Less is More

세 모녀 에코페미니스트의
좌충우돌 성장기

없는 것이 많아서 자유로운
Less is More

도은 ＊ 여연 ＊ 하연

행성B잎새

두 번은 없다.
참으로 유감스러운 일이지만
우리는 누구나 준비 없이 와서
연습도 못하고 살다 떠난다.

세상에 나 같은 바보가 없다 해도
세상에서 내가 가장 바보라 해도
......

우리는 서로 미소 짓고 입 맞추며
별 아래 동일한 운명을 찾고자 한다.
같은 시간 속에 존재하지만
두 개의 물방울처럼 서로 다름에도

— 비스와봐 쉼보르스카야의 〈두 번은 없다〉 중에서

　　15년이 되어간다. 어린 나를 먹여주고 길러주었던 시골 땅으로 돌
아와 무지막지하게 서툰 실수를 거듭하며 살다 보니 어느덧 세월이
그리 흘렀다. 작은 트럭에 몇 가지 이삿짐을 싣고서 도시를 떠날 때 내

배 속에서 꼬물대던 작은 아이는 지금 꽃피는 열다섯 살이 되었고, 천하무적 울보 감성파로 나를 당황시켰던 네 살배기 큰아이는 이제 열아홉청년이 되어간다. 시골로 막 이사 온 즈음의 에피소드 하나가 생각난다. 큰아이가 또 눈물을 흘리며 울길래 이래저래 심란하고 속상해서 아이를 붙들고 마구 소리쳤다.

"대체 왜 그렇게 우는 거니? 응? 이 엄마가 정말 미치겠다!"

거위 엄마처럼 내가 꽥꽥거리자 종달새 아이는 얼음사탕 같은 눈물을 뚝뚝 떨어뜨리며 "슬픔이 자꾸만 여기 눈으로 나오겠다고 그러잖아! 흑흑"

아, 졌다! 너의 슬픔은 도대체 어디서 생기는 것이더냐. (이 말은 차마 어린 종달새에게 못 물어보았다.)

내가 농촌 마을인 고향을 떠난 이유는 읍내보다 좋은 고등학교를 가겠다는 핑계였다. 이것은 청운의 꿈 같은 고상한 이유라기보다는 가난한 시골 집에서 멀리 도망치겠다는 것, 도시에 나가 폼 나는 삶을 살아보겠다는 거였다. 이유야 어쨌든 간에 도청 소재지가 있던 도시에서 자취하던 여고 시절부터 무려 20

여 년 가까이 작은 도시와 큰 도시들을 떠돌았다. 최루탄 연기 자욱한 가운데 대학을 졸업하고, 이런저런 잡다한 일들을 전전하고, 별 볼일 없던 연애도 몇 번 하고, 결혼도 하고, 외국 유학이란 것도 잠시 해보고, 아이도 낳고, 이혼도 했다.

특별할 것 없는 삶이었고 대단한 의미가 있다고는 도저히 말할 수 없는 삶이었다. 의미는 없어도 우여곡절은 많은 게 인생일까. 이런저런 경험을 한 뒤 서른이 훌쩍 넘어서야 나는 비로소 나를 낳아주고 길러준 땅으로 돌아올 수 있었다. 고향은 아니었으나 농사를 지을 수 있는 땅으로 돌아온 것이다. 겉으로 보기에는 명백한 실패자에다 사회부적응자의 모습이었으며, 의지할 데 없는 초라한 싱글맘의 모습이 당시의 나였다. 스스로도 내가 정말로 한심한 바보 같았다.

그런데 여기, 내가 돌아온 이 땅에 어떤 삶이 있었다. 실패를 하고 나니까 보인 중요한 삶의 의미가 숨어 있었다. 아웃사이더의 자세로 세상을 보게 되자 비로소 마음에 들어온 그것, 누가 시켜서가 아니라 내가 직접 찾아낸 귀한 무엇이 있었다. 나처럼 한심한 바보도 진화하고 성장한다! 여기 쓰인 글들은 그렇게 '내가 발견한 귀한 삶의 의미'에 관한 것들이다. 또한 땅으로 돌아온 뒤 우리 세 모녀가 겪어내고 살아낸 변화와 성장과 고투의 기록들이다.

작은 텃밭부터 시작해서 점차 자급농사를 지으면서 15년 가까운 세월을 땅에 깃들어 살아오다 보니, 이제는 어느 정도 나 자신을 '순정 생태주의자'라고 말할 수 있게 되었다. '순정'이라는 말을 굳이 '생태주의자' 앞에 붙인 이유는, 이 세월 동안 허접한 내 마음 속에서 오고간 그 무수한 변덕과 변심과 배신에도 불구하고, 딱 하나 '땅과 자연에 대한 애틋한 사랑'만큼은 늘 오롯했기 때문이다. 게다가 이 사랑은 세월이 갈수록 점점 더 커지기만 할 뿐 이루어질 수 없는 애끓는 짝사랑마냥 안타깝기가 이루 말할 수 없었다. 야생까지는 욕심내지 않더라도 적어도 자연이라고 부를 만한 것들이 파괴되는 게 내 가슴앓이의 이유이다.

어쨌든 우리네 이름 없는 인생도 인생인지라 우연과 필연이 춤추듯 만나고 의지가 솟아오르기도 한다. 이렇듯 어떤 의지가 작용할 때면 나는 애끓는 가슴앓이 대신에 힘센 야수처럼 맹렬한 전의를 느끼곤 한다. 그런 용기백배한 날이면 나는 스스로를 '에코 페미니스트'나 '에코 아나키스트'라고 부르고 싶어진다. 아마도 현대문명에 의해 무력하게 상처입고 죽어가는 희생자가 아니라 힘차게 저항하고 싸우는 전사(戰士)로 살고 싶다는 의지의 표현이리라.

하지만 진정한 전사가 되는 일은 그 얼마나 어려운 일인가. 배신의 유혹은 수없이 널려 있고, 일상의 진부한 습관들과 관습들은 우리를 옭아매고, 이기적이고 치졸한 자신의 욕망과도 싸워야 하며, 골리앗 같은 적 앞에서 한 마리 벌레처럼 딱 엎드려 항복하고 싶은 허약함도 극복해야 한다. 사실 나는 아직 멀었다.

그런데 이 세월 동안 때로는 충실하게 따르고 때로는 격렬하게 반항하면서 나의 동반자 노릇을 할 수밖에 없었던 딸들은 어떠할까. 그들은 '에코 페미니스트'나 '에코 아나키스트'가 되고 싶어할까? 혹시 고집으로 무장하고 집안에서 군건한 독재정치를 감행했던 이 엄마에 대해서 역적모의를 꿈꾸는 반란군이 되고 싶어하는 것은 아닐까? 아니면 골리앗과 싸우는 동맹군이 되기 위해 나름 열심히 힘을 기르고 있는 중일까? 두고 볼 일!

이 책 속에는 내가 고통스럽게 깨닫게 된 현대문명에 대한 생각이 곳곳에 스며있다. 또한 살면서 나와 내 딸들이 받은 상처와 실패와 좌절 이야기가 있다. 실패를 극복하기 위해서 이런저런 교활한 전략을 세우고, 씩씩대며 싸우고, 남몰래 눈물 흘리고, 절망을 넘기 위해 고군

분투한 이야기도 있다. 그러면서 발견해낸 삶의 아름다움에 관해서도 이야기하고 싶었다.

무엇보다도 '개발과 성장'이란 요구 때문에 버림받고, 소외당하고, 병들어가고 있는 '땅과 자연', '농사일', '여자'에 대해서 이야기하고 싶었다. 어른으로 시골에 돌아와 살면서 나는 한국이란 나라에서 사는 '여자'이고 애 키우는 '엄마'이며 '농사짓는 가난한 사람'이라는 사실을 한 번도 잊은 적이 없다. 페미니스트가 되지 않을 수 없었고 자연스레 생태주의자의 시선을 갖게 되었다.

멋진 '귀농 이야기'를 풀어내려는 게 아님을 미리 말해야 할 것 같다. 그러니까 깔끔하고 예쁜 전원주택에서 넓은 전망 창을 통해 그림 같은 자연 풍광을 감상하고, 너른 집 주변에 야생화를 조랑조랑 심어놓고, 집 옆 텃밭에 상치와 고추 몇 포기 심어서 상에 올리고, 향기로운 커피를 내려 마시면서 지인들과 우아하게 담소를 나누는 한가로운 시골생활! 슬프게도 우리와는 거리가 멀다. 우리도 그런 생활을 살짝 동경하긴 했지만 그럴 수 있는 자본이 없었다. 게다가 현대문명이 만든 온갖 편리한 도구들과 기계들을 하나도 포기하지 않은 채 시골의 좋은 공기를 다 누리고 살겠다는 배짱이나 의욕이 크게 없었던 것 같다.

그보다는 이런 풍경이 훨씬 더 친근하다. 꼬질꼬질 땀내 나는 작업복과 진흙 묻은 농기구가 여기저기 나뒹구는 구질구질한 농가 흙 마당에서 닭들과 강아지들과 고양이들과 아이들이 아랑곳하지 않고 흙투성이가 되어 뒹군다. 밭에서 돌아온 엄마가 그 꼴을 보고 옷 좀 고만 버리라고 잔소리를 퍼붓지만 아이들은 들은 시늉도 안 한다. 별수 없이 머리에 둘렀던 수건으로 땀을 닦으며 지저분한 마루에 앉아 찬물을 벌컥벌컥 들이키는 엄마의 목과 손톱 밑에는 흙 때가 까맣게 끼어있다.

나는 개개인들을 무력하게 만드는 '현대문명'과 '자본주의'라는 체제 속에서 살아가고 있는 우리네 삶을 이야기하고 싶었다. 생태계가 파괴되고 있는 지금의 '과학기술 시대'를 살면서 우리 나름대로 고민한 흔적들을 담고 싶었다. 물론 이 문제들은 참 어렵고 해결하기도 벅찬 문제들이다. 그럼에도 불구하고 아주 작은 것이라도 살아가면서 행한 실천을 담아낸 책을 나는 읽고 싶었다. 그래서 그런 이야기들을 쓰고 싶었는데 내 바람이 성공할지는 잘 모르겠다.

우리는 우리 식대로 어떤 길을 가기로 했다. '농사짓기', '학교에서 벗어나기', '병원에 덜 의존하기', '자발적 가난뱅이가 되어 없이 살기를 실천해보기' 등은 우리가 비틀거리며 걸어가고 있는 길들에 어지러이 찍힌 발자국들이다. 우리는 지금 세상의 흐름이나 유행에 그대로 순응하고 싶지 않았다. 우리가 찾아서 스스로 배우고, 발견하고, 자유로워지고 싶었던 듯하다.

빈틈없이 짜인 체제 속에서 손톱만큼의 자유를 추구한 대가는? 가난, 인정받지 못함, 비주류라는 것. 그래도 한줌의 도덕적인 자부심, 어떤 세계관, 적은 돈으로 살아가는 능력을 얻은 것은 괜찮은 성과처럼 보인다. 하지만 여러모로 무모했고 인간적인 성숙이 이루어지지 않았던 탓에 많은 실패를 겪어왔음을 고백한다. 이런 저런 관계에서 날카롭게 상처도 주고받았고, 없이 사는 수모와 고난도 충분히 겪고 있는 중이다. 그래도 이 삶이 나는, 의미가 있다!

딸들아, 너희들은 어떠냐?

차 례

#01
땅으로 돌아오다

그대들은 꽃처럼 살아라
언제나 사람들이 물주고 보살피고 찬양해주지만
한낱 화분에 매인 운명이 되어라

나는 못생긴 키다리 잡초가 되리라
독수리처럼 절벽에 매달려
높고 거친 바위들 위에서 바람에 흔들리리라

돌 껍질 뚫고 나온 생명으로
광활하고 영원한 하늘의 광기에
당당히 맞서리라

차라리 사람들의 눈에 띄지 않으리라

모든 이가 피하는 잡초가 되리라
달콤하고 향기로운 라일락 향 대신
차라리 퀴퀴하고 푸른 악취를 풍기리라
홀로 굳세고 자유롭게 설 수 있다면
차라리 못생긴 키다리 잡초가 되리라

― 훌리오 노보아 폴란코의 〈나만의 삶〉 중에서

내가 돌아오고 싶었던
그곳은 어디 갔을까

젊은 날을 뒤로 하고 도시를 떠나면서 '나는 온 몸에 햇살을 받고 푸른 하늘 푸른 들이 맞닿는 곳으로, 가르마 같은 논길 따라 꿈속을 가듯', 정처 없이 걷고 또 걷고 싶었다. 대책 없는 낭만주의자의 헛된 소망일지라도 나는 고향이 그리웠고, 땅과 자연이 너무나 그리웠다.

돈 못 벌어도 가난해도 좋다.
내게 한 뙈기의 땅을 달라.
흙에 발을 담고 겸손하게 살겠노라!

하지만 고향은 예전에 내가 알던 그곳이 아니었다. 이른 새벽에 반짝 눈을 떠서 이웃 공터에 떨어진 홍시감이나 토실한 알밤을 주우러 달려 가던 골목길, 여름비 내린 뒤 풀숲 이슬에 발목을 적시며 갖가지 버섯을 따러 갔던 동네 뒤의 작은 야산들은 깡그리 없어진 지 오래였다.
대신 그 자리에 들어선 거대한 양돈단지. 주저주저 마을에 들어서 자 돼지똥 냄새가 코를 찌르고 사람은 그림자도 찾을 수 없었다. 많은 이들이 도시로 떠났고 남은 몇몇 사람들이 빈집들과 밭을 밀고서 돼지 사육장을 지어서 양돈 사업을 하고 있었던 것이다. 고향은 내가 원하는 그런 농사를 지을 만한 곳이 아니었다. 양 볼을 꼬집어 꿈을 깨야만 했다.

'지금은 남의 땅, 빼앗긴 들에도 봄은 오는가.'

일제시대처럼 나라를 빼앗긴 것도 아니건만, 내 고향은 개발과 부동산 열풍과 화학비료와 농약으로 몸살을 앓고 있었다. 보이지 않는 어떤 힘에 의해 더욱 잔혹하게 빼앗긴 남의 땅처럼 보였다. 대체 이 땅을 누가 빼앗았을까? 쌀과 콩과 배추를 기르던 땅에 시멘트를 붓게 만드는 힘은 무엇일까? 논과 밭을 허물고 축사를 지은 이들은 바로 코를 홀짝이며 나와 구슬치기, 딱지치기를 했던 그 옛날의 동네 오빠들과 이웃들이다. 이들을 돈벌이 사업으로 내몰고 있는 이 회오리바람은 도대체 어디에서 시작된 것일까? 가슴이 서늘해졌다.

찢어져 흩날리는 비닐조각, 눈길을 돌리는 곳마다 번쩍대는 포크레인과 도로들, 골짜기마다 박힌 양돈장과 비육우 사육장들, 썩어가는 냇가, 넘치는 쓰레기들, 내가 돌아갈 땅은 어디로 사라진 걸까?

내 손에 호미를 쥐어다오.
살진 젖가슴 같은 부드러운 이 흙을
발목이 시리도록 밟아도 보고
좋은 땀조차 흘리고 싶다

— 이상화 〈빼앗긴 들에도 봄은 오는가〉 중에서

　현실의 고향은 물론 내 마음속 고향조차 꿈속처럼 사라져버렸다. 살진 젖가슴 같은 부드러운 흙을 밟아보고 땀 흘리면서 만나고 싶었던 땅은 이미 생명을 길러내는 순수한 땅이 아니었다. 돈이 되는 부동산이거나 함부로 파헤쳐도 되는 땅덩어리일 뿐이었다. 호미를 쥐고서 땅에 낮게 엎드려 살아야만 내 안에 쌓인 오만함을 조금이나마 씻어낼수 있다고 생각했던 나는 절망했다. 시골에 올 때 내 수중에 있던 몇 푼 안 되는 돈으로는 한 뙈기의 땅도 구할 수 없었다. 자업자득이었다.
　내 스스로 떠난 땅이기 때문이다. 상급학교 진학을 핑계로 농사짓던 가난한 홀어미를 뒤로 하고 떠난 건 나였다. 촌스러움이 싫다고 사투리도 벗어던진 채 겉멋과 허영심을 부풀리며 도시의 아스팔트 길을 헤맨 것도 나였다. 이제 도시 삶을 뒤로 하고 땅으로 돌아오고 싶었지만 어디로 가야 할지 막막하기만 했다.

내가 땅 앞에
겸손해진 이유

농촌에서 태어난 내가 도시로 갔던 것은 순전히 나 혼자만의 선택이었을까? 내가 태어난 1960년대와 학교를 다닌 1970년대와 1980년대를 생각해본다. "민족중흥의 역사적 사명을 띠고 이 땅에 태어난" 우리는 '조국 근대화'와 '산업화'라는 박정희 식의 위대한(!) 국가 프로젝트를 철저히 수행해야만 하는 무수한 톱니바퀴들 같은 존재들이었다.

젊고 능력이 있으면 고향을 떠나 도시에 가서 일자리를 구하고 돈을 버는 것이 당시에는 거의 유일한 '성공'의 기준이었다. 다른 대안을 들어본 적도 상상해본 적도 없었다. 반란을 모의하려 해도 혁명을 하려 해도 도시에 가야 했다. 시골에서 태어난 우리는 너나 할 것 없이 개발, 출세, 성장 귀신에 씌어서 도시로 가는 물결에 휩쓸렸고, 나도 그랬다.

농촌은 우리가 버리고 떠나야 할 곳이었다. 그래야 이농한 노동력들이 값싼 공장 노동자가 되거나 '근대 국가 건설의 역군'으로 불철주야 일해서 대한민국을 부유하게 할 자동차도 만들고 컴퓨터도 만들지 않겠는가. 그게 시대의 흐름이었고 근대화와 산업화란 바로 그런 것이었다.

지금도 별로 다르지 않아 보인다. 조금이라도 도시에 나가 살 능력이 있고 공부를 잘하면 너도나도 고향을 떠났고, 떠나고 있다. 남아 있으면 못난 바보 취급한다. 농촌은 도시를 위해서 끝까지 착취당해야 하는 식민지일 뿐이다. 인간이든 땅이든 식량이든 모두 그렇다. 자기가 태어난 땅을 진정으로 사랑하고 이해하기도 전에, 마치 새벽녘에 남루한 사내가 창녀촌을 서둘러 벗어나듯이 우리는 시골을 벗어났다. 그리고 어쩌다 시골에 올 때는 땅 투기꾼이라는 기둥서방 혹은 부재지주라는 포주가 되어 거들먹거리며 나타나곤 한다.

상급 학교 진학 때문에 도시로 갔던 내 경우를 떠올려본다. 고등학교 이후부터 내 삶의 어느 시기까지는 시대 분위기를 그대로 따라갔던 삶이었다. 분명한 의식이 있었던 것은 아니지만, 가만 생각해보면 내가 태어난 땅은 떠나고 잊어버리면 되는 곳이었다. 나는 도시에서 좋은(?) 교육을 받고 두둑한 보수가 보장되는 성공한 사람이 되면 그만이었다.

나는 혹시 이런 암시를 받은 것은 아니었을까? 최고 교육을 받고 무엇이 되든 간에 성공만 하면 되고, 그 성공은 너의 개인적인 삶을 위해서 맘껏 쓰면 된다고. 네가 받았던 교육을 네가 태어나고 자란 고향을 위해서 쓸 필요는 없다고. 고향에 자선을 좀 베푸는 거야 좋은 일이겠지만 너의 출세는 너의 안위를 위해 쓰라는 암시 말이다.

물론 나는 도시에서 성공하지 못했고 으스댈만한 출세도 하지 못했다. 지금 생각하면 퍽 안도가 되는 일이다. 독자 중에 못 믿겠다는 분들이 있을지 모르겠다. 하지만 지금 내 삶에서 그나마 자랑스럽게 생각하는 점이 있다면, 그것은 내가 성공하지 못했고 물질적 욕심을 부릴 처지가 아니었기 때문에 생겨난 것들이다. 만약 도시에서 성공했다면 나 역시 시골에 농사짓겠다고 오지 않았을지도 모른다. 그랬다면 내 삶에서 아주 귀한 깨달음을 놓쳤을 것이다. 그러므로 아이들이 아직 어리고 나도 아직 조금은 젊을 때 땅에 깃들어 살겠다고 한 결정은 참으로 잘한 일 같다. 그러니까 이 체제 속에서 한 자리를 얻지 못했다는 사실이 나한테는 아주 귀한 약이 된 것이다. 그것은 내가 '할 수 없이' 겸손해져서 이 지구에 해를 덜 끼치게 되었다는 뜻이기 때문이다. 생각할수록 귀한 장점이다.

도시에 간 나는 가난한 집에 손 벌릴 수 없는 자가 겪어야 하는 갖가지 경우의 수를 밟으며 청춘을 보냈다. 운 좋게 주어지던 장학금들, 과외 아르바이트 일들, 임시직 일들로 생활비를 벌면서 대학을 졸업했고 기숙사, 자취방, 더부살이, 반지하방, 옥탑방, 지상의 방 한 칸, 낯선 외국 대학 기숙사 등으로 옮겨 다니다 보니 30대 중반이 되어 있었다. 넉넉하게 살아본 적이 별로 없었는데 기죽지 않고 자연스레 받아들였다. 아마 젊었기 때문이었을 것이다. 아름답던 청춘의 힘이 내게도 있었다. 또 당시에는 지금처럼 극성스런 배금주의가 지배적이지 않은 분위기였고, 이상을 가진 좋은 이들과 친구하며 살았던 것도 내게 영향을 주었다.

그런데 어느 날 인생의 쓴맛을 꿀꺽 삼킨 상태로 시골로 왔다. 이리저리 고민하고 결정했다기보다는 막무가내였다는 말이 맞을 것이다. 삶의 터를 도시에서 시골로 옮기려 할 때면 누구나 여러 가지 고민과 준비를 하기 마련이다. 돈은 어떻게 벌 것인가, 어떤 생활수준을 유지할 것인가, 아이들 교육은 어떻게 할 것인가를 요모조모 생각하게 된다. 그런데 나는 뭔가를 준비할 여유도 없었고 누구랑 상의하고 말 것도 없었다. 인생의 큰 전환기였는데 아이들 빼고는 가진 게 없다 보니 머리가 텅 빈 바보처럼 스스럼없었다. 그때는 아직 '귀농'이란 말이 널리 쓰이기 전이었다.

처음 내가 어린 자식과 짐을 푼 곳은 농사짓는 공동체였다. 태어나서 자란 고향은 아니었지만 그래도 농사를 지을 수 있는 시골이라서 기뻤다. 찢어진 비닐이 펄럭여도 농약으로 오염된 땅이어도 무엇인가를 심고 가꾸고 기를 수 있다는 사실이 무조건 좋았다. 당시의 난 기뻐할 능력이 아직도 남아있다는 사실이 도리어 신기했다.

땅과 함께 사는 사람들에게는 땅이 온 세상의 중심이다. 우리는 우리가 살고 있는 땅과 공생관계에 있

다. 이 공생관계를 깨뜨리고 뛰어넘을 수 있다는 생각이 지금 우리가 안고 있고 만들어낸 여러 가지 문

제의 핵심이다. 땅은 존경받아야 하며 땅에 대한 존경심이 있어야 스스로와 남을 존경할 수 있게 된다.

— 리처드 드린넌

그곳에서 주위 사람들의 도움을 받으며 둘째를 낳았다. 고맙게도 시골 살면서 많은 분들의 넘치는 도움을 받았다. 정말 감사한다. 힘든 시기마다 세 모녀가 어떻게든 살아갈 힘을 얻을 수 있었던 것은 매 시기마다 우리를 사랑하고 도와준 그분들 덕택이다. 그 뒤로 지금까지 다섯 번 정도 이사를 다녔다. 전부 작은 시골 마을인데, 아는 분의 호의로 거저 빌린 임시 거처도 있었고 약간의 돈을 주고 빌린 허름한 농가들도 있었다. 집주인이 빚 때문에 야반도주한 후 수년 동안 방치된 폐가를 무료로 빌려서 고쳐 살기도 했다.

늘 주머니가 가벼웠기에 고생은 숨 쉬는 공기처럼 당연하다고 여겼다. 돈 쓰고 소비하는 식의 생활은 거의 해보지 못했다. 그런 욕망 자체가 크게 일어나지 않았다. 물론 책을 맘껏 사보고 싶은 마음이 든 적은 많았고, 도시에서 열리는 음악 공연 같은 것들을 가끔씩 그리워했다.

어찌 보면 고립되고 폐쇄적인 삶이었다. TV도 없었고, 신문도 보지 않고, 라디오도 안 듣고, 영화 같은 것은 정말이지 생각조차 해본 일이 없다. 인터넷 같은 것도 당시의 내겐 먼 나라의 일이었다. 세상일에 대해서 별다른 관심도 흥미도 없었던 시기였다고나 할까. 오직 땅과 아이들, 농사짓고 살아가기, 이런 것들만이 내 관심사였다. 이 땅이 내게 허락하는 것이 무엇이고 거절하는 것이 무엇인가? 이걸 배우고 싶었다.

어쩌다 너무 고독해져서 우울함이 치밀고 올라오던 순간들이 있었는데, 그럴 때는 애꿎은 어린아이들에게 온갖 신경질을 부려댔다. (정말 부끄럽다!) 신경질이 가라앉으면 죄책감으로 머리를 쥐어뜯다가 나는 왜 살아가고 있는지, 어디로 가고 있는지에 대해서 해답 없는 고민을 했더랬다. 유토피아에 대한 상상을 하거나 좋은 책을 찾아 읽으며 위로를 구하기도 했다.

그런데 운이 좋았는지 어딜 가든 집 주변에 푸성귀를 기를 만한 텃밭이 있었고 오밀조밀한 산과 들이 있었다. 어린 자식들과 손잡고 시골길과 산길을 걷거나 텃밭에서 보내는 시간은 참 평화롭고 행복했다. 산길을 걸으며 내 어린 시절에 불렀던 동요들을 아이들과 큰소리로 함께 부르며 웃고 즐거워하기도 했다. 시간이 흐르면서는 대담하게 꽤 큰 밭을 빌려서 온갖 농작물들을 조금씩 심어보는 재미도 누렸다. 덩달아 내 안에서도 신경질과 두려움과 우울 같은 감정의 찌꺼기들이 세월과 함께 조금씩 걸러져 나갔다. 이런 걸 두고 요새 유행하는 '치유'라고 하나보다.

아이들도 자랐다. 세 모녀가 아웅다웅 치고받고 싸우다 보니 아이들은 무럭무럭 쑥쑥! 나는 흰 머리가 하나, 둘, 셋, 넷, 우수수! 그렇게 세월은 강물처럼 무심히 흘러갔고 땅에 발붙이고 살아가는 우리 실력도 조금씩 늘어갔다.

미래를 먹는 인간

팀 플래너리란 고생물학자는 지구에서 멸종한 동물들을 연구하는 학자이다. 그는 인간을 '미래를 먹는 존재(Future Eaters)'라고 불렀다. 인류가 환경의 일부로 살아가기보다 환경을 지배하면서 중요한 자원의 기반을 잠식해가는 존재가 되었다고 보는 것이다.

나도 이런 상상을 할 때가 있다. 우리 인류는 풍요로운 생명의 나무에서 다른 생명의 존재들과 어느 시기까지는 나름대로 잘 살아왔다. 깔깔대며 사랑도 하고 서로의 몸에서 이도 잡아주고 말이다. 그러다가 누군가가 자기 발밑의 나뭇가지들을 자르기 시작했다. 무슨 이익이 있었나 보다. 그러자 너도나도 자기의 발밑 가지를 자르더니 곧 남이 앉아있는 가지까지 자르려고 덤벼들었다. 이것은 순식간에 유행이 되어 버렸고, 이제 사람들은 이 일에 너무나도 열중하고 있다. 많은 가지가 잘려나갔고 누군가는 아래로 떨어졌다. 저 아래의 캄캄한 허공을 얼핏 본 몇몇이 제발 그만하라고 소리쳤지만 대다수는 귓등으로도 듣지 않았다. 시끄럽게 왜 소리치고 난리야? 남들 다 하잖아!

미래를 먹는 습관은 현대 인간의 거의 보편적인 특성이 되어 버렸다.

나는 이 땅에 놀라고 있다.
땅은 무척이나 조용하고 끈기가 있으니
그토록 부패한 것으로부터 그렇게나 상큼한 것들을 길러내며……
그토록 신성한 물질들을 인간에게 건네주고
마침내 그것들로부터 떠나는 것까지도 허락하는구나
— 월트 휘트먼

이런 걸 두고 '대중의 패닉 상태'라고 하는 것일까? 자기 혼자만 소외될까 봐 두려워서 옆 사람이 누구든 그 행동을 미친 듯 따라 하는 군중의 맹목적인 모방행위 말이다. 네가 가면 나도 가고, 네가 다이어트하면 나도 하고, 지금 유행이라면 한 달 전에 산 휴대폰도 과감히 쓰레기통에 처넣는다. 우린 너무 고독하거든. '소속감'을 느낄 수 있다면 뭐라도 할 거야. 소비든 폭력이든 생태계 파괴든 상관없어.

미래를 먹어버린다는 것. 그것은 결국 우리 후손이 살 공간과 자연을 앞질러 파괴해버린다는 뜻이다. 자손을 남기고 번식하고 그 사슬이 이어지도록 애쓴다는 생명의 법칙에 완전히 반대되는 행위를 하는 것이다. 우리는 지금 자살골을 계속 넣으면서 환호하고 있는 것은 아닌지 모르겠다.

도시에 나가 살면서 그리고 다시 땅으로 돌아와 살면서도 내 안에는 말로 설명할 수 없는 묵직한 느낌이 늘 존재했다. 비록 농사를 지으며 개인적인 치유와 작은 만족을 얻고는 있으나 세상이 갈수록 파괴되고 있다는 절박한 느낌을 갖지 않을 수 없었던 것이다. 나 개인이 아무리 애를 써도 변하는 건 아무것도 없으리라는 암울한 기분에 사로잡힐 때가 있다. 괴로워서 그냥 잊어버리고 싶을 때도 있다. 이럴 때는 애써 시를 읽는다.

동무여, 이제 나는 바로 보마.
사물(事物)과 사물의 생리와
사물의 수량과 한도와
사물의 우매와 사물의 명석성을
그리고 나는 죽을 것이다

— 김수영 〈공자의 생활난〉 중에서

　나도 바로 보고 싶다. 사물뿐만이 아니라 인간과 이 지구의 생리와 한도와 명석함을 제대로 알고 싶다. 특히 나를 포함해서 인간의 우매함을 똑바로 봐야 한다는 생각이 든다. 그리고 뭔가를 해야 한다면 그걸 열심히 한 다음에 스스럼없이 미래를 후손에게 남겨주고 싶다. 나도 살다가 죽을 것이다. 그런데 우리가 미래를 먹어치우지 않고 죽을 수가 있을지, 후손에게 남겨줄 수 있는 미래가 있을지, 정말 고민이다.
　하여간 나와 내 두 딸 아이는 땅으로 돌아왔고, 이런 고민들을 하면서 농사를 짓고 있다.

#02
농사짓는 일의 기쁨과 슬픔

세상에 허투른 것은 하나 없다.
모두 새 몸으로 태어나니,
오늘도 쏙독새는 저녁 들을 흔들고
그 울음으로 벼들은 쭉쭉쭉쭉 자란다.
이때쯤 또랑물에 삽을 씻는 노인,
그 한 생애의 백발은 나의 꿈.

— 고재종, 〈들길에서 마을로〉 중에서

농사와 환상, 그리고 엄마와 나

나는 평범한 아이다. 물론 '평범함'이라는 기준을 어디에 두느냐에 따라서 나를 아주 특이한 아이로 보는 사람도 더러 있다. 하지만 그게 과연 '나'를 말하는 것일까? 어렸을 때 내가 엄청나게 특별한 아이가 아니었다는 사실은 확실하다. 지금도 별로 다르지 않다. 나는 방을 폭탄 맞은 것처럼 어지럽히고, 몸무게와 간식 사이에서 고민하고, 남들 앞에서 조금이라도 똑똑하게 보이기 위해 애를 쓰는 열여덟 살 여자아이일 뿐이다.

왜 이런 이야기를 하냐면 엄마가 내가 해왔던 농사일에 대해서 글을 써보라고 했기 때문이다. 내가 했던 농사일이라고? 분명 남에게 자랑할 만한 자식 이야기는 아닐 텐데. 설마 내가 밭일하기를 얼마나 싫어했는지를 쓰라는 건가? 엄마와 내가 밭에서 고무신을 던지면서 (오해하지 말길 바란다. 던진 건 엄마였다.) 싸운 이야기를 하라는 거야?

우리 가족은 내가 기억하는 한 언제나 농사를 지었다. 사실 내가 학교에 가지 않게 된 이유 중에 작지만 결코 무시할 수 없는 부분이 바로 농사일이다. 아동착취니 뭐니 하면서 억울해했지만 이제 와서 어쩌겠는가. 그때 엄마는 꽤 넓은 밭을 빌렸고 일할 사람이 필요했다. 직접 밭고랑도 만들어야 했고, 오줌통도 날라야 했으며, 무서운 속도로 자라는 풀들도 누군가는 매줘야 했다. 하지만 동생은 너무 어렸고 엄마에게는 남편이 없었다. 그러니까 나에게는 선택의 여지가 '전혀' 없었던 것이다.

학교를 그만 둔 첫해, 여러 가지 일들이 있었지만 그 가운데서도 돼지똥 냄새가 가장 강하게 기억에 남는다. 엄마가 이웃으로부터 산 거름은 제대로 발효되지 않은 돼지똥거름이었다. 똥거름은 더럽다고 생각하는 사람이 많겠지만 잘 발효된 거름은 나름대로 냄새가 향긋하다. 물론 고급 향수에서 나는 향기는 아니지만 그래도 작업복과 흙투성이 장화와 흘러내리는 땀방울에는 잘 어울리는 냄새다.

하지만 엄마가 사온 거름은 향긋함과는 거리가 멀었다. 그야말로 '돼지똥냄새'를 풍겼다. 역겹고, 불쾌하고, 토할 것 같은 냄새를. 더 끔찍한 건 군데군데 박혀있던 미처 썩지 않은 뼈들이었다. 해부학을 공부하지는 않았지만 나는 지금도 그 뼈가 돼지 뼈였다고 확신한다. 머리뼈에서부터 다리뼈까지 모르긴 몰라도 거의 돼지 두 마리분의 뼈를 찾아낸 것 같다. 그 거름 주인이 돼지 시체를 거름더미에 버린 것이었을까? 자세히 알려고 하지 않는 게 낫겠다.

하여튼 그 거름을 퍼서 밭에 뿌리고, 괭이질을 한 번 할 때마다 걸리는 동물 뼈와 비닐 쪼가리와 돌멩이를 골라내면서 밭을 만드는 건 보통 힘든 일이 아니었다. 무엇보다 그때 나는 열세 살이었다. 그 나이 또래의 아이가 괭이질을 잘한다는 이야기를 들어본 적 있는가? 내가 엄청난 시간과 에너지를 들여서 처음으로 만든 밭이랑은 한마디로 한심했다. 일을 하면서도 그 일에 대해 전혀 관심이 없었고, '일머리'라고 부르는 특수한 재능 또한 전혀 계발되지 않은 상태였기 때문이다. 자발성이 눈곱만큼도 없었다는 점 또한 중요한 이유였다.

엄마는 엄마대로 모든 걸 일일이 시키는 게 엄청나게 짜증나는 모양이었다. 게다가 '자신의 딸'이 일을 못하고 싫어한다는 냉엄한 현실에 적응하는 일이 쉽지만은 않았을 것이다. 나는 나대로 아침에 일어나는 일이 악몽 같았다. 일주일 내내 비가 오기만을 기다렸다. 비가 오면 적어도 따뜻한 집 안에서 엄마와 싸울 수 있기 때문이다. 몇 년 전에 내가 썼던 글을 인용해보겠다.

《은하수를 여행하는 히치하이커를 위한 안내서》를 지은 더글러스 애덤스 식으로 말하자면, 우리는 마주칠 때마다 상당한 소음을 동반하는 지나치게 활발한 의견교환을 했고, 열 번 중에 열 번은 나의 눈에서 짭짤한 물이 흘러나왔으며, 때로 엄마는 손에 들고 있던 물건들을 중력의 법칙에 저항시켜가며 공중으로 날아오르게 했다.

무엇보다 가장 큰 문제는 우리가 매일 매시간 마주쳤다는 점이다.

하여튼 학교를 그만두고 엄마와 농사를 지은 처음 몇 해는 나에게 강렬한 냄새로 남아있다. 썩은 감자 냄새, 발효된 오줌 냄새, 한여름에 썩어가는 풀에서 나는 독한 냄새, 노린재가 다닥다닥 붙어있는 병에 걸린 고추 냄새, 어둑어둑한 밭에서 나는 먼지와 눈물과 분노와 신경질이 섞인 냄새. 여러 해가 지나면서 차차 무뎌졌지만 그때는 그런 냄새들이 끔찍하도록 예민하게 다가왔다. 이제 그런 시간들이 지나갔다는 것에 감사할 따름이다.

맞다, 힘들었던 처음 몇 년은 지나갔다. 그동안 우리는 산 윗마을로 이사를 했고 여러 가지로 상황이 변해서 나는 예전처럼 힘들게 일하지 않아도 되었다. 엄마와 나의 관계도 안정을 찾았다. 빌려 짓는 게 아니라 '우리 밭'과 '우리 논'을 구했고, 동생도 많이 자라 나름대로 일꾼 역할을 하게 되었다. 이제는 밭이랑을 만들고 풀을 매는 일이 예전처럼 힘들지는 않다. 여름에 온갖 작물들로 무성한 우리 밭을 보면 가슴 깊은 곳에서 뿌듯함이 올라온다. 한여름에 땀을 뻘뻘 흘리며 일하다가 배가 고프면 바로 옆에 열린 토마토나 오이를 뚝 따서 옷에 쓱쓱 닦아 먹는 건 또 얼마나 달콤한지 모른다. 무엇보다 세상 모든 사람이 우리처럼 살지 않는다는 사실을 깨닫고 나니 어릴 때는 구질구질하게만 느껴졌던 밭이 전혀 다른 느낌으로 다가왔다. 어쨌든 밭과 논은 우리 모두를 먹여 살리고 있는 기특한 장소가 아닌가.

하지만 결론을 말하자면, 여전히 나는 뙤약볕 아래에서 일하기보다 집에서 책을 읽거나 기타를 연습하는 걸 더 좋아하는 편이다. 자라면서 나에게 다른 일들이 많이 생겨서 농사일에 예전처럼 많은 시간을 쏟기도 불가능해졌다. 언니가 기타 연습 같은 일로 자리를 비우는 날이 잦아지면서 자연스레 농사일에 투입되기 시작한 동생에게는 종종 미안한 마음이 들곤 한다. 하지만 언니에게도 사생활이라는 게 있지 않겠니? (동생이 이 글을 보면 코웃음을 칠 것 같은 예감이 든다.)

앞으로도 내가 이 집에서 사는 동안은 가족들과 함께 일을 할 것이다. 물론 내가 하는 일이란 건 언제나 엄마의 조수 역할이지만 (나는 엄마가 "여기에다 고추밭 이랑을 만들어라."라거나 "콩밭에 풀이 많이 났으니 가서 뽑아라."라고 말하면 시키는 대로 할 뿐이다.) 뭐, 이 정도라도 나름대로 잘하고 있는 거라고 스스로를 격려하기는 한다. 만약 내가 나중에 농사를 짓게 되면 그땐 정말로 내가 원하고 필요를 느껴서일 것이다. '원하고 노력하면 나도 농사일을 잘 해낼 수 있겠지, 언제라도.' 이런 자신감을 심어준 것에 대해서는 엄마에게 진심으로 감사한다.

밭일과의 불편한 관계, 엄마와의 불편한 관계. 엄마는 나에 대해서 너무나 많은 환상을 가지고 있었고 나 역시 그랬다. 환상을 깨나가는 과정은 싸움의 연속이었고 심각한 위기도 많았다. 하지만 결국 우리가 서로의 평범함을 인정하는 순간 관계가 좋아지기 시작했던 것 같다.

엄마는 내가 꽃과 나무에 관심이 많은 사랑스러운 소녀가 아니라는 걸 깨달았고, 나는 엄마가 너무나 작은 것에 때로 상처받을 수 있는 약한 사람이란 걸 알게 되었다. 엄마는 내 서툴고 느린 일솜씨를 인정했고, 나는 엄마의 신경질을 이해했다. 완전히 성공했는지는 아직 모르겠지만.

그렇게 서로를 인정하게 되자 함께 사는 게 편안해지기 시작했다. 밭에서도 마찬가지다. 나는 괭이로 고추밭 이랑을 만들고 엄마는 저쪽에서 땅콩을 심는다. 서로 별다른 말을 하지는 않지만 편안하다. 내가 어른이 되어서 집을 떠나기 전까지 이런 편안함이 지속되길 진심으로 바란다.

하연이의 글

농사일, 좋기도 하고 싫기도 하고

내게는 작은 텃밭이 있다. 정말 쪼끄만 밭인데 내가 심어보고 싶은 작물을 심어보라고 엄마가 반 장난(?)으로 몇 해 전부터 나한테 떼어준 것이다. 직접 괭이질을 해서 밭이랑을 만들었고 지금은 당근과 완두콩을 심어놓았다. 조금 있다가는 브로콜리, 파프리카, 토마토를 심을 예정이다. 거듭 말하지만 밭이 너무 작아서 거기에다 씨앗을 심는 일은 소꿉장난 같다. 그래도 나는 호들갑을 떨면서 두 줄도 안 되는 당근에다 톱밥을 깔아주고, 딱 두 개 싹이 올라온 완두콩에다 밭에 갈 때마다 물을 주고 있다. 작년에는 씨앗을 심기만 하고 풀도 잘 안 매주고 제때 수확을 못해서 내가 기른 땅콩과 토란이 겨울 동안 땅속에서 썩어버린 적도 있다.

그렇다. 내 텃밭은 나한테는 일종의 놀이이다. 그러나 농사는 절대 놀이가 아니다.

우리한테는 가족이 넉넉하게 먹을 수 있는 쌀을 제공해주는 논과 우리 밥상을 책임지고 있는 넓은 밭과 집 옆에 작은 텃밭이 있다. 큰 밭에는 온갖 것들을 심는다. 기본으로 감자, 배추, 고추, 양파, 당근, 옥수수, 토마토, 콩, 깨, 상추 같은 것들을 심지만, 아스파라거스나 오크라, 허브 종류인 바질이나 카모마일 등도 키운다.

우리는 작물을 기를 때 농약을 쓰지 않는다. 그래서 완벽하고 멋있는 모양의 농작물을 얻는 일이 조금 드물다. 특히 고추에 꼬여드는 냄새 고약한 노린재와 배추 잎사귀를 갉아먹는 배추벌레, 브로콜리와 양배추를 무지 좋아하는 진딧물의 피해가 크다.

배추가 잎사귀는 거의 사라지고 밑동만 남을 정도로 배추벌레에게 심하게 당하자, 보다 못한 엄마는 나와 언니에게 크나큰 임무를 주었다. 이 악당 배추벌레들을 모두 잡아 죽이라는 거였다! 밭에 쪼그리고 앉아서 막대기로 초록빛의 통통한 배추벌레를 잡아 터트리는 일은 정말 끔찍했다!

그래서 우리 가족은 '목초액 커피'라는 친환경 농약을 만들었다. 목초액이란 나무를 태울 때 나오는 연기가 식으면서 생기는 시크무레죽죽한 액체로 고약한 냄새가 난다. 이 목초액을 값이 싼 커피가루와 섞은 뒤 물을 많이 타서 희석시킨 것이 '목초액 커피' 농약이다. 색깔도 이상하고 냄새도 묘한 이 액체는 살충 효과가 있는지 애벌레는 물론이고 진딧물까지 퇴치해주었다.

밭에서 내가 땀 흘려(?) 키운 작물들은 그 어느 것보다 맛있다. 그래도 밭일을 하는 게 싫을 때도 있다. 씨앗을 심고, 풀을 매고, 가꿀 게

산더미처럼 쌓인 바쁜 농번기에는 아침 6시부터 저녁 8시까지 종일 일 해야 한다. 볕이 지글지글 뜨거운 한낮에는 잠시 쉬지만, 제대로 놀지도 못하고 하루 종일 괭이질과 호미질과 낫질을 하고 있으면 팔이 빠지도록 힘이 든다. 물론 엄마는 나보다 고생을 더 하지만.

여름에 땀 냄새 나는 작업복을 입는 일도 싫고, 삐죽삐죽 솟아있는 콩대나 결명자 밑동을 뽑는 일도 싫다. 뭐니 뭐니 해도 땡볕에 밭에 쭈그려 앉아서 풀매기 하는 일이 제일 싫다! 그래서 풀매기를 하는 날이면 나는 슬그머니 도망을 친다.

그래도 나는 농사일이 좋다. 내가 먹을 것을 내가 기른다는 사실(정확히 말하자면 엄마가 기른다는 사실)이 뿌듯하고, 통통한 완두콩 꼬투리를 따는 행복은 그 무엇과도 바꿀 수 없는 기쁨이다. 밭에서 우리가 먹을 토마토나 오이를 따서 바구니에 담고 상추를 솎아오는 일은 주로 내가 하는데, 이런 일은 늘 즐겁다. 넓적한 호박잎들 사이에서 애호박을 보물찾기하듯 찾아내는 일도 좋아한다. 아삭아삭한 피망이나 빨갛고 노란 파프리카를 따는 것도 기분 좋은 일이다.

나는 밭에 가면 자유롭다고 느낀다. 왠지 그런 기분이 든다.

몸을 써서 노동하는 일

몸을 써서 하는 일 속에서 나의 유토피아를 찾고 싶었다. 그렇지만 나란 인간은 몸 쓰는 일을 잘하지 못한다. 어려서나 젊어서나 일을 해본 적이 별로 없었고 익힐 기회도 없었기 때문이다.

 "너는 공부나 잘하려무나. 배우면 그래도 가난을 벗어나겠지."
 "학비 대줄 형편이 안 되니, 장학금 받고 좋은 대학 가면 그게 최선이다."
 "네가 뭔 일을 하겠느냐? 그 작은 몸으로. 여기 농사일은 네가 안 도와줘도 된다."
 "농사란 나처럼 부모 잘못 만나 학교 문턱에도 못 가본 못난 어미나 짓는 게지."
 "나는 이 길밖에 아는 게 없어서 여태 그래 살았다. 니들은 다르겠지."
 "그래도 그 험한 시절, 자식들 굶기지 않고 살아왔으니 나로선 됐다."

 6년 전에 돌아가신 어머니가 생전에 혼잣말처럼 하셨던 말들이 가슴에 사무친다. 일제시대에 농촌에서 가난하게 태어나, 일본 위안부 징집을 피하려고 열일곱 어린 나이에 결혼해서 주렁주렁 자식들을 낳고, 병치레 잦던 남편을 일찍 저세상 보내고(당시 어머니는 30대 후반, 막내인 나는 두 돌이 채 못 된 걸음마쟁이였다.), 평생 홀로 땅과 함께 살다가, 큰 아들마저 먼저 다른 세상으로 보낸 후, 나이든 어머니는 3개월쯤 앓다가 조용히 눈을 감았다. 한 번도 도시에 나가 살아보지 않았으며, 고향 땅에서 해방과 한국전쟁과 근대화 물결에 따라 정신없이 변해가는 한국 사회를 묵묵히 겪어오셨다.

혼란스러운 시대였고 개발과 성장이 최고의 시대적 가치였던 때였다. 당시 거의 모든 부모처럼 내 어머니도 여기에서 자유롭지 못하셨다. 그래서 자식들이 천대받는 농사일을 하기보다는 도시에 나가 돈 벌며 잘 살길 바라셨다. 가난한 탓에 자식들에게 충분한 교육을 못 시켰기에 늘 안타까워하면서 말이다. 그랬어도 자신은 마지막으로 몸져 눕기 전까지 고향집에 혼자 남아서 작은 밭뙈기를 일구셨다. 양돈 사육장들이 사방을 포위한 곳에서 한 해도 일손을 놓지 않고 뭘 심고 거두셨다.

추운 겨울날 어머니 장례를 치른 후 쓰시던 살림들을 정리하려고 고향집에 갔을 때다. 언니들이 어머니 옷들을 정리해서 태울 때 나는

곳간과 장독간을 서성였다. 곳간에는 그해 가을에 수확한 호박덩이들
이 꽁꽁 언 채 쌓여 있었다. 살아 계셨으면 틀림없이 이 호박들을 따뜻
한 부엌이나 방 안에 들여놓으셨을 것이다. 이런저런 콩들과 들깨 등
도 미처 정리가 안 된 채 비닐포대에 담겨 있었다. 크고 작은 봉투들
에는 갖가지 씨앗들이 들어있었는데, 받아 놓은 지 오래된 것들도 있
었고 그해 막 받은 씨앗들도 있었다. 장독간에 놓인 둥그런 항아리들
은 주인의 영원한 부재를 아는지 모르는지 눈을 맞고 가만 웅크리고
있었다. 도시 사는 자식들에게 어머니가 마르지 않는 샘물처럼 퍼다줄
된장, 고추장, 간장, 고춧가루, 젓갈을 담고서.

　집 옆 밭에는 어머니가 아프기 전에 심어놓은 양파와 마늘이 뾰족
한 파란 잎을 하얀 눈 위로 내밀고 있었다. 어머니가 살아 계실 때 여러
모로 불효했고 늘 자기만 아는 못된 딸이었던 나는 마늘밭 가장자리에
쭈그리고 앉아서 오래오래 울었다.

　다음 날, 어머니가 받아놓은 씨앗들을 가방에 가득 담아서 내가 사
는 곳으로 가져왔다. 상추씨, 아욱씨앗, 쑥갓씨앗, 시금치씨앗, 결명자
씨앗, 옥수수, 강낭콩, 호박씨……. 지금도 그 후손들이 우리 밭에서 대
를 이어가며 자라고 있다. 내가 도시로 떠난 후부터 가깝고 친밀한 유
대를 못 맺었던 우리 모녀는 (모두 이기적인 내 탓이다. 내 사는 게 힘들고 바쁘

다는 핑계로 외로운 어머니와 긴 시간을 같이 지내본 적이 없었다.) 뒤늦게, 가슴 아리게도 너무 뒤늦어서야 어떤 유대를 맺고 있는 것 같다. 어머니가 옛날에 길렀고 내가 지금 기르고 있는 이 식물들을 통해서…….

"엄마, 올해는 우리 밭에서 결명자가 잘 안 여문 것 같아. 비가 많이 와서 그런 가봐. 작년에는 아주 잘 돼서 선물도 많이 했는데."

"엄마, 우리 고추에 노린재가 가득해. 탄저병도 번지고 있어. 대체 어째야 돼? 농약이 아예 없었던 시절에 엄마는 어떻게 고추 농사를 지었어? 하긴 그때는 탄저병이 별로 없었다고 했지. 어휴, 이 고추 가지고 올해 김장이나 할는지 모르겠어."

"엄마, 어젯밤에 산 아래 고구마 밭을 산돼지가 다 파 뒤집었지 뭐야. 막 알이 들기 시작했는데. 에고, 속상해라. 여긴 산골이라서 어쩔 수 없나 봐."

밭에서 혼자 일할 때면 나는 가끔씩 어머니에게 말을 건다. 그녀가 바로 내 곁에 있고, 나한테 뭔가를 조언해주고 있는 것처럼. 우리가 지금 나란히 앉아서 밭매기라도 하는 것처럼 나는 그녀에게 궁금한 것을 묻고, 한탄하고, 수다를 늘어놓는다.

"그런데 엄마는 왜 그때 나한테 일을 안 시켰어? 그까짓 공부가 뭐라고. 몸으로 일하는 걸 오랫동안 무시하고 살아야 했잖아. 책만 보는 삶이 뭐 그리 대단하다고."

일하다가 밭둑에 기대어 잠깐 쉬는 시간. 얼굴을 간질이는 풀들 사이에서 푸른 하늘과 흘러가는 구름들을 바라본다. 풀줄기 하나를 입에 넣고 잘근잘근 씹어대며 근원으로 돌아가 이제는 홀가분해 하실 엄마에게 공연히 시비를 걸어본다.

"엄마는 여자 몸으로도 못하는 일들이 없었잖아. 그에 비하면 나는 일을 참 못하는 사람이야. 솔직히 일하는 게 너무 힘들어. 젊을 때 일하는 법을 몸에 익히지 못해 그런 것 같아. 음, 그래서 우리 애들은 그렇게 안 키우려고. 엄마, 무슨 좋은 방법이 없을까? 억지로 시키면 일을 정말로 싫어하고, 안 시키면 쥐꼬리만큼의 관심조차 안 보인단 말이야."

나는 몸 쓰며 하는 일을 잘하지도 못했고 좋아하지도 않았다. 농부의 딸이었지만 막내여서 큰일을 해본 기억이 별로 없다. 힘든 일은 언니 오빠들이 다 했다. 어린 시절의 나는 동네 우물가에서 걸레 빨아다가 마루 닦고, 가끔 산에 가서 솔가지 긁어오고, 솥에 불 때고, 해질녘에 고추 거둬들이기를 했던 것 정도가 아련히 기억날 뿐이다. 그런 쉬운 일 말고는 내내 놀았다! 골목에서 핀 따먹기, 구슬치기, 딱지치기,

삐비(달콤한 맛이 나는 어린 억새 새순) 뽑으러 들판 헤매기, 편 갈라 전쟁놀이하기, 고무줄놀이 등 여럿이 혹은 혼자서 낮이건 밤이건 놀고 또 놀았던 기억만 난다. 어떤 꼬투리를 하나 만나면 이 추억들은 한없이 길게 줄줄 풀려나온다. 어린 시절을 생각하면 놀이에 대한 기억만이 가득한 것, 행복인가?

땡볕에 엄마와 언니들이 논밭에서 땀 뻘뻘 흘리며 김맬 때, 뻔뻔하기 짝이 없던 나는 감나무 아래에서 동화책을 읽거나 숙제를 했다. (변명 : 어렸기 때문에) 모내기철이나 타작 철이 되면 열 서너 살 된 바로 위 언니를 포함해서 온 가족이 밤늦도록 일했다. 그때도 나는 막걸리 주전자를 논으로 내가는 심부름 정도만 하고는 굽이굽이 흐르던 냇가 둑 곁에서 신나게 흙장난 물장난하며 놀았다. (변명 : 어렸기 때문에)

조금 자라서 농사일을 해도 될 나이에는 십 리쯤 떨어진 읍내 중학교를 걸어서 통학하는 바람에 소소한 집안일 말고는 일할 시간이 없었다. 게다가 문제는 그놈의 공부를 남보다 조금 잘했다는 데 있다. 학교가 원하는 정답을 쏙쏙 찾아내어 시험을 잘 치는 바람에 우쭐해져서는 몸을 써서 하는 일로부터 영 멀어지게 된 것이다. 공부만 잘하면 만사 오케이던 시절이라서 엄마도 나도 그런 줄로만 알았다.

"일요일인데 도은이 쟨 뭐한다고 종일 방구석에 처박혀 있대?"

"공부하는 모양이니, 내버려둬라."

일하는 언니의 볼멘 불평소리와 엄마의 두둔. 그 결과는?

일할 줄 모르는 자로 자라난 것. 책상 앞에 앉아 수학 문제는 풀어도 손수레를 끌 수 있는 팔 힘은 없는 자, 영어책은 읽을 줄 알아도 괭이질하고 낫질하는 법은 모르는 자, 온갖 책들을 읽었어도 명아주와 비름을 구별 못하는 자, 밤새워 소설책은 읽어도 거름내고 밭고랑 만드는 법은 모르는 자. 시험은 잘 쳐도 부엌에서 밥할 줄은 모르는 자. 이론은 외웠는데 실제에 적용할 줄은 모르는 자가 된 것이다.

달라지고 싶었고, 달라져야만 했다. 농사일을 할 줄 아는 사람이 되고 싶었고, 그래야 했다. 힘들었다. 내 몸은 게으르게 책 읽는 데 익숙해서 호미보다는 책을 드는 게 편했다. 괭이를 쥐면 금방 손이 부르텄고, 거름 몇 번 내고 나면 헉헉대며 나자빠졌다. 할 일이 태산인데도 장마 비가 계속 오기를 무심코 바랄 정도로 밭에 가기 싫었던 여름날들, 땀에 푹 젖은 채 밭고랑을 기어다니는 게 싫어서 '자연농법', '풀과 함께 짓는 농사' 운운하며 나태와 방치를 합리화하던 날들. 어떻게 저 잡초들이랑 씨름하나 한숨 쉬며 바라보다가 그냥 모른척했던 날들.

그런 게으른 몸을 이끌고 다독이며 조금씩 농사일이란 걸 하게 되때때로 그는 허리를 굽혀 흙을 손안에 그러모으고 앉아서 그것을 움켜쥐었다.

그의 손가락 사이에서 흙은 생명으로 충만한 것 같았다.

그리고 그는 만족했다. 흙을 움켜진 채.

— 펄벅《대지》중에서

었다. '할 수 없이' 익히게 되었다고나 할까. 큰 농사를 짓는 대농도 아니고 중농도 아니어서 가능했을 수도 있다. 몇 백 평 안 되는 작은 땅뙈기에다 자급 농사를 짓는데 농기계에 의존할 수는 없었다. 누구에게 부탁할 수도 없으니 내 몸으로 노동해야만 했다. 그렇게 세월이 흘러갔다. 그러면서 겨우겨우 제때에 거름 내고, 땅 파고, 씨 뿌리고, 김매고, 솎아주고, 거두는 일을 하나하나씩 해내게 되었다. 잘 해낸다고는 지금도 절대(!) 말 못한다. 하지만 꼭 필요한 만큼은 간신히 해내게 되었다고나 할까. 어머니가 살아계셨더라면 이런 나를 보며 뭐라고 하실지 참 궁금하다.

"잘난 척 말거라. 필요하면 다 하기 마련 아니더냐? 네가 좋은 쪽으로 변했다고 믿으니 나도 좋다만, 솔직히 지금도 실수투성이 아니냐? 너희 논밭에서 나는 것들을 좀 보아라. 벌레 먹은 것투성이에다 울퉁불퉁하고 자잘한 게 많아서 자랑할 게 조금도 못되잖느냐? 내 보기엔 아직 멀었다. 그저 예전보다 애를 좀 쓸 뿐이지. 얼마나 어설퍼 보이는지 여기서 보면 내사 웃음이 다 난다."

"그래도 엄마, 봄이면 거름 내고, 씨 뿌리고, 밭고랑에 엎드려 풀맬 줄 알게 됐다고. 허리 구부려 모심고, 김매고, 벼 베고, 탈곡기 돌려가며 벼 타작하고, 막대 휘두르며 콩 타작, 깨 타작하는 일을 할 수 있게 되었어. 대단하잖우? 게으르고, 허약하고, 일 못하는 애라고 찍힌 나였잖아."

힘차게 땅에서 노동할 때 우리는 진정 세상과 연결되고 세상을 알게 된다고 믿는다. 땅과 조화롭게 협동하며 일하는 사람의 모습은 아름답다. 푸르게 잘 자라는 벼들, 익어가는 콩들과 옥수수, 철따라 피어나는 꽃들과 채소들. 이러한 풍요로운 땅과 흙을 어찌 경배하지 않으랴. 그러니 누가 물어본다면 내 종교는 '땅'이라고 대답할 참이다.

나는 얼마나 가졌는가가 아니라 얼마나 성실히 일하는가를 기준으로 사람을 보고 싶다. 그렇다고 모든 노동이 다 신성하다고 찬양하고 싶지는 않다. 돈과 권력에 봉사하는 노동을 신성하다고 말하진 못하겠다. 원자폭탄과 무기를 만드는 노동은 차라리 안 하는 게 낫다고 생각한다. 농부나 목수처럼 뭔가 이로운 것을 만들어내거나 망가진 것을 고치는 사람, 스스로에게나 타인에게 생산적이고 유익한 노동을 하는 사람들을 높이 존중하고 싶다.

그런데 우리가 살아가는 데 꼭 필요한 일상 속의 노동을 무시하는 자들은 나도 무시한다. 밥하고, 빨래하고 청소하고, 아이 기르는 일을 하찮게 여기고 농사일조차 하찮다고 보는 자들은 경멸하고 싶다. 대량 생산, 단일 재배, 산업적 먹이 사슬의 논리로 기업농을 부추기는 우리 문화를 경계한다. 반듯반듯한 획일성을 갈망하고, 생산성만이 기준이고, 깨끗함이 미덕이라서 제초제로 깔끔하게 정리된 밭을 보고 감탄하는 이들을 한심해한다. 땅에서 살아가는 식물들과 동물들의 갖가지 생존전략들을 모르거나 알면서도 모른척하는 이들도 마찬가지이다.

혼자 묻는다. 일하지 않으면서 호화롭게 사는 자들이 부러운가? 오, 아니다! 그들은 분명 다른 사람들이 노동한 대가를 어떤 식으로든 빼앗아서 살고 있는 것이다. 나도 그 정도는 안다. 그러므로 그런 자들은 누가 뭐래도 비열한 도둑들과 다를 바 없다는 사실을 늘 기억하고자 한다. 돈이든 지식이든 권력이든 뭔가 가진 자들한테서 무시당했다고 느낀 날에는 더욱더 그러하다. 그런 날에는 이런 시가 가슴에 담긴다.

가스레인지 위에 두툼하게 넘친 찌개국물이 일주일째 마르고 있다.
……
가스레인지 위에 눌어붙은 찌개국물을
자기 일처럼 깨끗이 닦아줄 사람은
언제나처럼 단 한 사람

어젯날에도 그랬고 내일날에도 역시 그럴
너라는 나, 한 사람
우리 지구에는 수십 억 인구가 산다는데
단 한 사람인 그는
그 나는
별일까
진흙일까

— 이진명 〈단 한 사람〉 중에서

　많은 경우 진흙이고 어느 한 순간만 반짝 빛나는 별인 것도 같은 나는 언제나처럼 밥을 짓고, 가스레인지에 넘친 찌개 국물을 닦아내고, 흙을 만지는 한 사람이다. 살림하는 여자이고 애 키우는 엄마이며 농사짓는 한 사람이다.

대형 마트 소풍 가는 날

우리도 살아가려면 몇 가지 공산품이 필요하다. 그걸 읍내에서 구하기 쉽지 않을 때나 뭔가를 고쳐야 할 때면 가까운 도시에 간다. 자주 있는 일이 아니라서, 그러니까 희소성의 원칙 때문에 우리 아이들은 도시의 대형 마트나 큰 시장에 가는 일을 아주 기뻐한다. 벼르고 벼른 내 어린 날의 소풍처럼 아이들에게는 소비자 천국이라는 대형 마트 구경이 퍽 기대가 되는 모양이었다. 하여간 그런 날이면 우리 가족은 오색찬란한 물건들 구경에 넋이 빠지곤 한다. 와우, 대단해! 이런 걸 발명하다니, 참으로 신기하다.

그걸 사서 쓰면 여러모로 편리하다는 걸 모르지 않는다. 편한 것. 나도 좋아한다. 소비를 찬양하는 시대 아닌가.

"나는 소비한다, 고로 나는 존재한다."

"나는 쇼핑한다, 고로 나는 존재한다."

2001년 미국에서 9. 11 테러가 터졌을 때, 당시 대통령이던 미스터 부시가 "우리가 할 일은 백화점에 가서 물건을 잔뜩 사고 디즈니랜드에 가는 것"이라고 말했단다. 내 생각에 이 지구 자본주의 경제에 능통하지 못한 이들이나 다른 별에서 온 우주인은 이 말을 이해하지 못할 것 같다. 테러와 백화점의 관계라니? 테러와 소비는 서로 어떤 관계가 있지?

하여간 그런 제품들을 안 써도 우리가 사는 데는 큰 지장이 없는 게 많은 것 같다. 아무리 광고와 미디어와 갖가지 선전술을 통해서 그걸 안 쓰면 바보이고 멍청이라고 세뇌를 한다 해도 말이다. 예를 들어 대형 마트에 갈 때 내가 관찰을 할 목적이 아닌 한, 제 발로 찾아갈 일이 없는 코너가 몇 개 있다. 그중 하나가 샴푸와 린스와 갖가지 항균제와 살균제와 소독용 청소용품들이 즐비하게 진열된 곳이다. 가루와 액체와 기체로 된 이 화학 합성물들이 만약 무슨 사고로 지구에 다 쏟아져 나온다면 어떡하지? 그런 걱정까지 하는 나도 문제긴 문제다. 매일 샴푸로 머리 감고 바디 제품으로 샤워하는 청결과는 거리가 먼 사람인데 이런 걱정까지 한다. 모든 세균들을 죽여준다는 울트라 초강력 살균제 청소용품 없이 아주 지저분하게 살고 있으면서도 별 걱정을 다 한다.

그것 말고도 내가 가장 경이로워(!) 하는 코너는 식품 코너이다. 산더미처럼 쌓인 온갖 먹을거리들 앞에서 그 가짓수와 양에 놀라고 조금 무서워지기까지 한다. 이 많은 것들이 전부 어디서 온 것들이냐?

음, 이것은 중국산, 이건 멀리 동남아시아에서 온 바나나와 열대 과일들이고, 이 치즈는 유럽과 뉴질랜드산, 이 포도주는 칠레산, 이 생선들은 러시아산, 이건 남아프리카공화국, 인도, 터키에서 왔고……

거의가 산업 생산과 원거리 무역으로 유통되는 먹을거리들이다. 이런 상상을 해본다. 수입된 것 말고 한국에서 생산된 것들만 진열한다면 대형 마트 식품 코너를 얼마나 채울 수 있으려나? 내가 애국자라서 그런 게 아니다. 솔직히 나는 '애국심, 우리 민족의 우월성, 민족 부흥, 국가 선양' 그런 말을 들으면 살짝 소름이 돋는 사람이다. 하지만 먹을거리 자급이 안 되는 나라의 미래에 대해서는 조금 걱정이 된다.

한국에서 나온 것들 역시 석유가 없으면 불가능한 식품들이 많다. 한겨울에 나오는 먹음직스러운 딸기와 봄나물들, 4월의 푸른 고추와 붉은 토마토, 5월의 노란 참외와 키위, 6월의 수박. 모두 비닐하우스에서 석유나 전기를 써가며 키운 것들이다.

그 다음 경이로움은 끝없이 이어지는 가공식품 코너에서 빛을 발한다. 별의별 인스턴트 식품들이 요란하게 진열된 이곳에 가면 이제는 호기심 많은 화성인의 눈이 되어 두리번거리기까지 한다. 너무나 재미있다. 찬찬히 관찰한다. 아, 이건 대체 뭐야? 뭘 가지고 만들었지? 어떻게 먹는 거야? 사골국이네. 포장만 뜯어서 데우면 된다고? 음, 인간의 역사에서 꽤 중요한 일이었던 음식 만들기란 행위가 곧 사라지겠네. 주위에 마트 하나 있고 돈만 충분하면 부엌일 하지 않아도 되겠구나.

그런데 이것들은 장기 보존과 유통을 위해서 여러 가지 첨가물들을 넣은 가공식품들이다. 별로 건강하지 않은 음식이라는 것은 누구나 알 수 있다. 아니, 정말 누구나 알까? 다시 생각해보니 의문이 든다. 모두가 이 사실을 안다면 자기 건강을 위해서라도 되도록 안 사먹을 텐데. 어떻게 이런 식품 산업이 깜짝 놀랄 만큼 나날이 발달할 수 있지? 부자보다는 가난한 사람들이 더욱더 이 구조에 의존적이라고 한다. 어느 실업자의 식사는 아침에는 삼각김밥, 점심에는 떡라면, 저녁에는 즉석 포장식품, 야식에 컵라면이란 이야길 들었다.

어쩔 수 없는 것 같기도 하다. 전자레인지에 넣고 돌리기만 하면 금방 먹을 수 있게 만들어놓은 게 편리한 것도 사실이다. 음식 산업은 여자들을 음식 만들기라는 가사노동에서 해방시키는 역할을 하고 있다. 가사일과 직장일을 하며 힘들게 살아가는 여자들을 마음속 깊이 존중하는 나도 그 점은 충분히 인정한다.

그런데 내가 말하고 싶은 것은 이런 상황이 꼭 개인의 선택일까 하는 점이다. 오히려 나한테는 개인의 선택 문제가 아니라 구조의 문제처럼 보인다. 음식을 먹는 일이 거대 식품산업에 점차 의존해가고 있는 구조가 되면서 우리가 잃어버린 것들이 안타깝다. 우리는 땅에 대한 존중심을 잃었으며, 땅에서 난 먹을거리들에게 고마워하며 경의를 표하는 법을 잊어버렸다. 당근과 토마토가 흙에서 나는 게 아니라 마트에서 나온다고 믿는 아이들이 자라는 세상이 걱정스럽다. 우리가 먹는 것들은 한 때는 살아있던 식물이나 동물이었는데, 가공식품 코너에서는 이걸 알아차리기가 쉽지 않아서 한숨을 푹 쉬곤 한다.

이 세상 무엇이
씨 뿌리는 일보다 중요할까

　우리가 먹을 식량을 길러낸다는 것! 이 일은 우리가 살고 있는 이 땅에 대한 감각과 양심을 일깨울 수 있는 일이다. 인간이 살면서 하는 경험 중에서 깊은 의미가 있는 경험이라고 생각하며 우리는 농사일을 한다.

　그런데 우리는 농부의 경험과 기억과 추억에 무지하다. 농부의 딸이었지만 나 역시 한국 근대 교육의 수혜자인지라 농부의 경험과 기억을 거의 갖고 있지 못하다. 살림을 할 줄도 몰랐다. 쓸모없는 지식을 장식처럼 두른 채 철없고 교양 없이 살았기 때문이다. 지금은 물론 반성하고 있다.

사람의 위대한 일이란
잠든 티티새와
행복해하는 아이들 곁에서
낡아빠진 신발을 깁는 일
한밤중 귀뚜라미 소리를 들으며
달그락달그락 베를 짜는 일
빵을 만들고 포도주를 담고

텃밭에 배추씨를 뿌리고 마늘을 심는 일

그런 뒤 따스한 달걀을 거두어들이는 일

— 프란시스 잠 〈사람의 위대한 일이란〉 중에서

　그래서 우리는 작지만 나름대로 생활의 원칙을 정했다. 즉 멸치나 미역 같은 해산물을 빼고는 가능한 한 우리가 기른 것들을 먹는다는 원칙이다. 우리가 농사지을 수 있는 것들은 되도록 사먹지 않으려 한다. 실력이 부족했거나 날씨가 나빠서 그해 농사를 못 지었으면, 못 지은 대로 아껴가며 먹는다. 예를 들어 어느 해 감자 농사를 잘 못 지었다. 그래서 탱자만 한 감자 두어 박스 밖에 못 건졌다. 하지만 시장에서 감자를 사 먹지 않으려고 애썼다. 그래야 다음부터 굉장히 정성들이며 감자 농사를 짓게 된다.

　우리가 먹기 위해 기르는 것들은 쌀과 밀, 보리, 수수 같은 곡식. 감자, 고구마, 옥수수, 땅콩을 비롯한 온갖 콩들. 들깨와 참깨, 당근, 오이, 호박을 비롯해서 철마다 넘치는 온갖 채소들. 고추, 마늘, 양파, 생강, 파 같은 양념 채소들. 거기에다가 노지 딸기, 토마토, 참외, 수박, 복숭아, 사과도 철따라 나름 풍성하게 먹으니까 과일류도 어느 정도는 자급한다고 할 수 있겠다. 이 외에도 순전히 내가 심어보고 싶어서 기르는 것들이 꽤 많다. 아스파라거스, 바질이나 딜(dill) 같은 서양 향신료, 박하나 페퍼민트 같은 허브들. 두릅, 도라지, 더덕, 당귀, 토란, 결명자, 마, 오크라, 아피오스, 껍질째 먹은 깍지콩류, 향부추 같은 것들이다. 이런 것들은 밭 한 쪽에다 조금씩 기른다. 우리 삶을 풍요롭게 해주는 취미생활인 셈인데 요새는 밭 뒤 산에서 표고버섯까지 길러 먹을 수 있게 되었다. 봄에서 늦가을까지 우리는 이 다양한 것들을 심고 돌보고 가꾸는 일에 온 정신을 쏟아붓는다. 그지없이 행복한 일이 아닐 수 없다.

질문자 농작물을 팔지 않나요?

나 농작물을 팔아서 생활비를 벌지는 못해요. 그럴 수 있는 실력이 안 될뿐더러 그리고 싶지 않은 듯도 해요. 쉽지 않은 문제네요.

질문자 왜 그런가요?

나 되도록 기계를 쓰지 않고, 땅에다 비닐피복 안하고, 농약과 비료를 쓰고 싶지 않아서 그럴 거예요.

질문자 유기농이 그런 농사 아닌가요? 요즘 웰빙 붐으로 유기농산물을 찾는 사람들이 무척 많아졌어요. 친환경 농산물 말예요.

나 알아요. 그런데 유기농이나 친환경 농사도 대량으로 팔기 위해서는 기계농사에 의존해야 한답니다. 트랙터로 땅을 갈고 콤바인으로 수확하고, 비닐 멀칭도 해야 하고, 큰 하우스를 지어야 할 때도 있어요. 그러니까 우리는 형편상 넓은 땅을 경작할 수가 없는 소농, 가족 자급농 수준인 거지요.

질문자 자기 가족만을 위한 농사라니 조금 그러네요.

나 가끔은 저도 그렇게 생각한답니다. 장기적으로 봐서 그러니까 미래의 식량 위기를 생각한다면, 우리 말고도 도시에 사는 두어 가족 정도가 먹을 수 있는 정도는 길러내야 하지 않을까 싶어요. 쌀은 충분히 그럴 수 있을 것 같아요. 천규석 선생이 주장하는 도농 협력 공동체 운동이 그런 점에서 의미가 있다고 봐요. 여럿이 함께 지으면 가족이 지을 때보다 많이 지을 수 있을 테니까요. 저희 경우에는 여러 가지 한계가 많았죠. 그래도 어린 자식들 기르고, 농사일을 하나하나 배워가면서 자급 수준이나마 도달했다는 게 저로서는 충분히 만족스러워요. 완전한 자급은 아니지만요.

질문자 그러면 생활비는 어떻게 마련하세요?

나 시골에 와서 제가 가장 중요하게 생각한 게 가능한 한 돈을 적게 쓰는 구조를 만드는 거였어요. '최소한의 돈으로 최대한 만족스런 생활을 하는 것'이 제 목표였으니까요. 물론 어려운 일이었어요. 어쩔 수 없이 써야 하는 생활비는 시골에서 할 수 있는 갖가지 일들을 하며 벌고 있어요.

질문자 가령 어떤 일들인가요?

나 일당 받고 하는 농사일을 다양하게 했어요. 며칠씩 할 때도 있는데, 양파 심기, 양파 캐기, 논에 모 때우기, 사과 꽃따기, 사과 따기, 어린 배 솎아내고 배 봉지 싸기, 밭에 풀매기, 하우스에서 상추 따기, 아주 큰 밭에서 할머니들과 주르르 줄서서 콩 심기도 해보았어요. 배 봉지 싸기는 가까운 지인이 유기농 배 농사를 짓는 분이라서 아이들과 6년 넘게 즐겁게 해오고 있어요. 열흘 가까이 일하는데 아이들도 일당을 받고 일해요. 큰아이는 몇 해 전부터 어른 일당을 받고 있고, 작은아이는 작년부터 반액 일당을 받았어요. 1년간 쓸 용돈을 자기들이 일해서 버는 셈이죠.

다른 돈벌이로는 번역 일을 많이 했어요. 집에서 농사일하는 틈틈이 할 수 있는 일이라서 일거리가 들어오면 기꺼이 하곤 했죠. 책으로 출판되어 나온 좋은 글들도 꽤 있답니다. 또 논문들이나 팸플릿, 박사과정 학생들의 세미나를 위한 번역물 등 다양한 분야의 글들을 번역했어요. 등 뒤로 아이들이 새근새근 잠자는 소리를 들으면서 혼자 밤늦게까지 꼬부랑 글자들과 씨름하곤 했지요. 이런저런 글을 써서 약간의 돈을 벌기도 하고요.

시골에 온 초기에는 방과 후 공부방 교사나 초등학교 특별활동 교사도 했답니다. 심지어 읍내에서 학원 강사 일과 과외까지 한 적도 있어요. 당시에 집 전세금 때문에 돈을 빌렸는데 그걸 갚아야 했거든요. 빚을 갚고 난 뒤에는 학원 강사나 과외 일은 되도록 하지 말자고 스스로 약속했어요. 어느 늦은 밤 과외를 마친 뒤 어린 딸들이 기다리고 있는 집으로 돌아오는데, 시골에까지 와서 내가 지금 뭐하는 거지? 그런 생각이 들었거든요.

질문자 농사짓는 땅은 어느 정도 되나요?

나 처음 시골에 와서는 백여 평이 못되는 텃밭부터 시작했어요. 두어 번 이사 다닐 때까지 그랬는데 다 빌린 거였지요. 그러다가 점차 큰 밭을 빌렸어요. 당시 열세 살 된 큰 딸과 제가 5백 평 정도 되는 밭을 빌려서 2년 정도 같이 지은 적도 있어요. 비닐로 피복하면서 관행농법으로 농사짓던 밭들이라서 잘게 찢어진 채 흙 속에 섞여 있던 무수한 비닐들을 주워내는 것도 일이었어요. 남의 땅 빌려서 밭 농사짓던 10여 년 가까이 우리가 흙 속에서 주워낸 비닐들이 얼마나 많은지…… 아마 몇 포대쯤 되지 않을까 싶네요. 게다가 농사일 하기 싫어하는 사춘기 딸하고 싸우느라 또 얼마나 힘들던지(하하)!

지금은 우리가 구한 다랑이 논 7백여 평, 산 아래 밭 5백여 평 정도에다 자급 농사를 짓고 있어요. 논 옆에 작은 개울 밭이 있고 집 옆에 작은 텃밭도 있어서 과일 나무랑 꽃도 심고 푸성귀도 심어요.

질문자 어떤 방식으로 일하세요?

나 밭은 우리가 한 이랑씩 괭이로 일구어서 씨앗들을 심고 뿌려요. 비닐로 덮지 않으니까 풀이 엄청나게 올라온답니다. 장마 때면 풀들이 대단한 기세로 자라요. 다른 방법을 잘 모르니까 무식하게 일일이 호미로 매고 낫으로 베어서 고랑에 깔아준답니다. 게으름 피우다 풀을 제때 못 잡아서 수확이 형편없던 해도 있어요.

논은 1년에 한 번 동네 경운기를 빌려서 땅을 갈고 써레질을 한 후에 모내기를 합니다. 이앙기를 쓰지 않고 온 가족이 직접 손모내기를 해요. 그 후에 허리 구부려 두세 번 김매기를 하게 되면 논 풀은 어느 정도 잡히죠. 가을에 익은 벼도 낫으로 벤 다음 손으로 묶고 말린 후에 발로 돌리는 탈곡기로 타작합니다. 4~50년 전에 농촌에서 썼던 탈곡기인데 우리가 고쳐서 쓰고 있어요.

트랙터 몰면서 농사짓는 분이 보기에는 농사랄 것도 없는 아주 소농인 거죠. 그 밖에도 동네 할머니가 다리를 다쳤다든가 하는 사정으로 못 짓게 된 2~3백 평의 밭을 우리가 대신 지은 때도 있었네요.

질문자 그 정도면 가족이 먹고 남지 않나요?

나 충분히 먹고 남는다고 할 수 있어요. 쌀이 특히 그래요. 다른 밭작물도 우리 가족이 풍성하게 먹어도 언제나 많이 남아요. 그럴 때는 고마운 지인들에게 기쁘게 선물을 하곤 해요. 쌀이나 감자, 양파, 콩, 고구마 같은 것들을 중심으로요. 때로 우리가 기른 콩으로 직접 담은 된장을 보내거나 들기름을 짜서 보내기도 해요. 오이나 토마토나 피망 같은 채소도 많이 나눠먹고요. 파는 게 아니니까 예쁘게 포장하지 않아도 되고 자유롭죠. 하여간 우리를 사랑해주고 염려해준 것에 대해서 우리 식대로 고마움을 표하고 맘껏 기쁨을 누리는 거지요. 우리에게는 이러한 기쁨이 살아가는 데 퍽 중요하답니다.

질문자 먹을 것을 직접 길러먹는다는 의미 외에 농사일에서 가장 의미를 찾는 것은 무엇인가요?

나 나의 노동을 어떻게 자연에 적용시킬 수 있는지를 배우는 점이랄까요. 내가 비록 있는 그대로의 자연을 사랑하고 야생을 동경하긴 하지만, 농사일이란 게 흙의 성질이나 날씨 같은 여러 자연조건들과 깊은 관계를 맺으면서 행하는 일이잖아요. 이렇게 내가 자연 속의 존재라는 점, 한계를 가진 존재라는 걸 인정하는 것, 농사를 통해서 겸손해질 수밖에 없는 존재가 된다는 게 저한테는 의미가 있는 것 같아요.

#03
무엇을 먹고 살까

우리는 점점 더 수동적이고 무비판적이고 의존적이며
단순한 소비자가 되어간다.
사실 이런 종류의 소비 형태는
식품 관련 기업들이 정말로 달성하고 싶어하는
주요 목표들 중의 하나일지도 모른다.
음식 생산업자들은 소비자들에게 미리 공장에서 준비된 음식을
선택해서 먹으리고 계속 설득해왔다.
그들은 당신을 위해서 먹을거리들을 대량으로 재배하고,
요리하고, 배달할 것이다.
그리고 마치 엄마처럼 그 음식을 먹으리고 강요할 것이다.
그들이 아직 그 음식을 당신의 입속에 집어넣어주거나
씹어 넣어주지 않은 이유는
단지 그 일에서 많은 이익을 남길 방법을
아직 찾지 못했기 때문이다.

— 웬델 베리

음식에 얽힌 두 모녀의
돌고 도는 듀엣댄스

한참 전의 일이다. 아직 학교를 다니던 초등학교 3학년 큰 딸 아이가 학교에서 돌아와 가방을 팽개치며 소리친다.

"엄마, 배고파 죽겠어. 오늘 급식에 닭죽이 나와서 쫄쫄 굶었단 말이야."

"저런, 쯧쯧. 어쩌누."

"그저께는 함박 스테이크인가 뭔가가 나와서 맨밥에 김치만 먹었다고!"

짜증이 무럭무럭 묻어나는 목소리.

"그럼 엄마가 도시락을 싸줄까?"

"싫어! 창피하게 나 혼자만 어떻게 도시락을 먹어."

우리는 오래 전부터 육식을 하지 않는다. 시골에 온 초기에 자의든 타의든 어떤 것들을 버리고 포기해야 했는데, 그중에 '고기 먹는 일' 또한 포함되었다. 이것은 순전히 엄마인 내가 아이의 동의 없이 포기한 것 중의 하나이다. 당시 큰아이는 네 살이었다. 그 전까지 아이는 소고기 국도 맛있게 먹고 삼겹살이랑 닭죽도 잘 먹었다.

우리가 고기를 먹지 않겠다고 선택한 이유는 몇 가지가 있다. 육식 문화가 지구 생태계에 미치는 파괴성 때문이기도 하고, 현대인이 앓고 있는 병들이 어느 정도는 과도한 육식 때문이라고 생각하기 때문이다. 하지만 가장 직접적인 이유라면, 당시에 큰애가 아토피 증세로 시달렸기 때문이다. 지금도 많은 부모들이 우리 아이도 그렇다며 이구동성으로 성토하고 있는 그 아토피! 환경오염이나 먹을거리 오염 때문일 거라고 막연히 추측만 할 뿐 진짜 원인은 아직 잘 모르고, 임시 처방 외에 근본적인 치료 방법도 거의 없다는 그 아토피 말이다.

뭔가를 찬찬히 생각해볼 겨를 없이 도시에서 정신없이 살던 때라 나는 아이의 증세에 대해서 걱정과 짜증만이 앞섰고, 심할 때는 스테로이드 연고를 발라주는 임시방편으로 때웠다.

그러다가 시골에 와서야 비로소 이 문제를 정직하게 대면한 것 같다. 밤에 잠을 자면서도 아이는 피가 나도록 자기 몸을 긁어대곤 했다. 그런 아이에게 밤새 부채질을 해주면서 한숨을 푹푹 쉬었다. "무엇이 문제인가", "어디서부터 이 문제를 해결해야 할 것인가"

주위 사람들에게 묻기도 했지만 딱히 해결책을 얻지 못했다. 책 읽기 말고 잘 하는 게 거의 없던 때라 할 수 없이 이런저런 책을 찾아 읽기 시작했다. 특히 당시에 나온 자연치료에 관련된 책들을 많이 읽었는데, 어떤 자료들에서 (막연한 근거이긴 했지만) 아토피 피부염의 원인이 '고기', '우유', '계란'과 관계가 있는 듯하다는 글을 읽게 되었다.

당장 딸에게 고기와 우유와 계란을 먹이지 않겠다고 결심했다. 당연히 나도 안 먹기로 했다. 나는 비교적 쉬웠다. 둘째를 임신한 상태였지만 인생 고민이 많아서인지 먹는 일에 큰 관심도 의욕도 없었기 때문이다. 하지만 한창 커가고 있던 어린 딸은 정말 힘들어했다. 설상가상으로 그때 우리는 어느 공동체에 살고 있어서 공동으로 밥을 먹어야 했는데, 고기를 덜 먹자는 분위기가 전혀 없었다. 우리 가족이 따로 사용할 수 있는 부엌도 없었다. 게다가 공동부엌에서 내 아이만을 위한 음식을 하는 일이 이상하게 내키지 않았다. 지금 생각하면 어떻게 그럴 수 있었을까 싶다. 허기진 아이를 위해서 엄마인 내가 당당히 아이용 음식을 만들어서 먹였어야 했는데, 남들 눈치가 보여선지, 자의식 과잉 때문인지, 만사 귀찮아서였는지(이게 제일 큰 이유 같다.) 그때는 그러질 못했다. 어쩌다 기회가 있을 때 빼고는 말이다. 그 생각을 하면 지금도 아이에게 미안하다. 눈칫밥이 뭔지를 착실히 알아가느라 바빠서 자식의 깊은 허기를 무시한 죄! 이 죄는 나중에 우리 모녀의 투쟁사에 깊은 그림자를 드리운다.

억지로 고기를 못 먹게 된 아이는 때때로 울고불고, 신경질을 부리고, 화를 냈다. 네댓 살 아이로서는 당연하지 않겠는가. 공동식당 불판에서 지글거리며 구워지는 삼겹살을 눈물 어린 눈으로 바라보며 아이는 나를 무지하게 원망했다. 도시였다면 과일이라도 사먹이며 허기어린 마음을 달래주었으련만, 그곳에는 걸어서 다녀올 수 있는 가게조차 없었다. 내 나름대로 보리나 밀 등을 볶아서 간식으로 주기도 하고, 손님들이 사오는 과자를 건네주며 아이를 달래기도 했지만 당연히 역부족이었다.

아이는 무의식 깊은 곳에 먹는 것에 대한 '원망'과 '허기'를 차곡차곡 쌓아가고 있었다.

그러다가 둘째를 낳고 몇 달 지나서 이사를 했다. 드디어 맘대로 쓸 수 있는 부엌이 생겼다는 뜻이다. 그런데 문제는 어린아이를 둘이나 키우고 있는데도 불구하고, 내가 음식 만들기를 좋아한다거나 즐거워하는 여자가 아니었다는 점이다.

꽤 오랫동안 나는 음식 만드는 일에 별다른 관심이 없었다. 학생으로 자취하던 시절부터 먹는 일은 대충 해결하는 것으로 머릿속에 박혀 있었고, 그 버릇이 아이를 낳고도 쉽게 고쳐지지 않았다. 살림이란 걸 할 줄 몰랐고, 텃밭에 이런저런 채소들을 길렀지만 그것을 맛있게 요리하는 법에는 별다른 관심이 없었다. 그냥 잘 씻어서 된장에 찍어 먹거나 푹푹 끓여 먹으면 그걸로 땡! 맛없는 음식 앞에서 애먼 아이들만 고생이 막심했다.

그러는 동안 큰아이는 고기와 계란 안 먹기, 우유 안 마시기뿐만 아니라 염증으로 벌건 살갗에 죽염 바르기(얼마나 쓰라렸겠는가!), 뜨거운 쑥 뜸뜨기, 겨울 찬바람에 발가벗고 서 있어야 하는 풍욕하기, 시큼한 탱자즙 억지로 마시기 같은 온갖 처치를 강제로 당해야 했다. 아이는 자기 몸에 가해지는 그런 강압적인 처치를 끔찍이도 싫어했다. 싫어하는 만큼 엄마를 미워하고 반항심을 키워나가기 시작했다.

어쨌든 그런 온갖 고난을 겪어내면서 아이의 아토피 증세는 조금씩 나아졌다. 이게 자연요법 맹신자가 되어 아이를 볼모로 잡은 선무당 엄마 덕택인지, 자라면서 스스로 면역력이 키워져서 그런 것인지는 지금도 잘 모르겠다. 그렇게 두어 해 지난 후부터 아이는 더 이상 밤에 긁어대지 않게 되었다. 가끔씩 팔다리의 접힌 부분이 빨갛게 되는 일은 있었지만 몇 해 지나자 그것도 없어졌다.

둘째는 쉽게 자연분만을 했다. 아주 작은 몸으로 이 세상에 나왔던

덕이다. 그런데 아토피 증세 같은 것은 전혀 없이 태어났다. 그걸 보면서 어쩔 수 없이 어떤 기억들이 떠올랐다. 큰아이 임신했을 때 나는 고기는 많이 먹지 않았지만 슈퍼에서 사온 우유를 물처럼 들이켰더랬다. 하루에 거의 1리터 가까이 마신 것 같다(세상에!). 도시에 살 때라서 치즈나 햄 같은 가공식품들도 손쉽게 사서 먹었다. 그와 달리 둘째를 임신했을 때는 앞에서 말한 상황 때문에 우유나 고기나 햄 등을 전혀 먹지 않았다. 이것이 내 뱃속에서 나온 두 아이의 차이와 어떤 관계가 있을까? 한 아이는 아토피 증상이 가득한 채 태어났고 다른 아이는 그렇지 않았으니 말이다.

그러니까 둘째는 태중에서부터 그리고 태어난 뒤에도 고기나 우유를 먹을 기회가 없었다는 뜻이다. 모유도 돌이 넘을 때까지 맘껏 먹었고(큰아이는 생후 10개월 즈음에 젖떼기를 했다) 이유식도 우리가 먹는 밥과 국을 끓여 주거나 채소 죽을 먹였다(큰아이는 우유나 계란, 고깃국으로 이유식을 시작했다). 그래서인지 둘째는 '채식주의자'가 되는 일이 비교적 자연스러웠고 지금까지 큰 무리가 없는 듯하다. 입맛이 길들여질 기회가 아예 없었으니까.

하지만 큰아이는 달랐다. 아이는 분명한 기억이 있었고 자연스럽지 않은 상황에서 먹는 것을 괴롭게 강제 당하는 경험을 해야 했다. 고기가 눈앞에서 맛있게 익고 있는데도 금지 당했기 때문에 깊고 깊은 불만이 잠복해 있었던 것이다. (물론 다른 요인들도 있었을 것이다. 시골에 온 초기에 엄마의 불안정한 상황, 잦은 이사, 느닷없던 이별들, 아버지 부재로 인한 정서적 허기 같은 것 말이다.)

이 불만의 씨앗은 아이가 일곱 살이 되어 시골 초등학교 병설 유치원에 다니면서부터 서서히 그 실체를 드러내기 시작했다. 바로 '단 것 중독'과 '빵과 과자에 대한 엄청난 집착'이 그것이다. 그때부터 먹을 것을 둘러싼 모녀의 투쟁은 우리 가족 내에서 가장 큰 분쟁거리로 자리매김을 하게 되었다. 그 과정은 대충 이러하다.

아이는 수단과 방법을 가리지 않고 단 것과 빵과 과자를 탐닉했다. 자기가 얻은 모든 돈을 단 것을 사먹는 데 썼다. 내 지갑에서 스스럼없이 돈을 꺼내가는 일도 자주 일어났다.

엄마인 나는 공갈, 협박, 애원, 간청 등 할 수 있는 모든 방법을 동원하여 그걸 막으려 애썼다. 매를 들기도 했다.

그러자 아이는 모든 것을 숨기기 시작했다. 자기가 사먹는 것을 전부 숨겼고 추궁당하면 거리낌 없이 거짓말을 했다. 아이의 가방, 신발주머니, 서랍, 책꽂이 구석 틈에는 늘 과자 껍질들과 빵 껍질이 수북했다.

몇 년 동안 우리 모녀는 서로만 바라보는 한 쌍의 댄스파트너가 되어 속고 속이기, 눈감아주거나 상황 이용하기, 분노의 폭발과 비는 척하기, 체념과 교묘한 전술 등이 복잡하게 뒤섞인 '돌고 도는 듀엣 댄스'를 계속했다. (늘 그런 게 아니라서 그나마 다행이다.)

그 다음은? 정말 다행스럽게도 많이 달라졌다. 우선 몇 년 전부터 내 생각이 변했다. 그게 뭐 그리 중요할까, 인생에 중요한 일들이 얼마나 많은데, 그깟 일로 왜 그 난리를 떨었을까 싶은 생각이 어느 순간 들기 시작한 것이다. 내가 속이 너무 좁은 사람이라는 것을 새삼 깨달았다. 본디 천성이 옹졸한 데다가 싱글맘이란 상황이 나의 좁은 시야를 더욱 편협하게 고착시킨 것임을 깨닫게 되었다. 나로서는 아프고 괴로운 깨달음이었다.

그 나이의 아이는 충분히 그럴 수 있다는 것을 엄마인 내가 인정하지 못한 것과 너그러이 이해하기 싫었던 이유에 대해서 참 많이 고민했더랬다. 혹시 나는 아이를 내 방식으로 길들이고 싶었던 것은 아니었을까. (맞다!) 나의 동지로 키우고 싶다는 이유를 내세우며, 일방적으로 윽박지르고 아이를 세뇌하고 싶었던 것은 아니었을까. (맞다!)

모든 사소한 다툼이 그러하듯이, '무지', '오해', '인정하기 싫음', '관대해지기 싫음'이 우리 분쟁의 씨앗이었다. 이 분쟁에서는 당연히 아이보다는 어른인 나의 책임이 아주 크다. 사실 딸아이의 행동은 별 게 아니었고 충분히 있을 법한 일이기 때문이다. 엄마가 채워주지 못한 부분, 자기 안의 깊은 허기를 달래줄 뭔가가 그 아이도 필요하지 않았겠는가. 아이에겐 그것이 '단 것'이었을 뿐이다. 그리 대단한 문제가 아니었단 뜻이다. 오히려 내가 화를 내며 법석을 떨어대는 바람에 무력한 아이를 마음의 어두운 쥐구멍과 궁지에 몰아넣었다는 것을 지금은 선선히 인정한다. 그리고 속으로(만) 미안해한다.

'미안, 그때 내가 참 뭘 모르고 철이 없었거든!'

아이는? 사춘기에 접어들면서 단 것 중독이 정점을 이루다가 그 뒤로 내리막길을 걷고 있다. 자라면서 아이도 조금씩 의식이 깨어나고, 자신이 먹고 있는 게 어떤 것인지에 대해서 고민도 하는 모양이다. 청년이 되어가는 아이는 이제 피식 웃으며 "그땐 참, 내가 어떻게 그렇게 먹어델 수 있었는지 몰라, 그것도 몰래 혼자서 말이야. 정말 어떤 꿈속 장면 같다니까."라고 이야기한다.

(이 모녀 투쟁사를 처음부터 끝까지 지켜본 증인이 하나 있다. 바로 둘째! 일찍이 꼬맹이 시절에 '오래된 영혼'이라는 별명을 얻은 둘째는, 엄마와 언니가 손을 맞잡고 추는 이 '돌고 도는 듀엣 댄스'를 한심하다는 듯 지긋이 바라보며 늘 조소를 날리곤 했다.)

독재자의 변명

분명 나는 우리 집에서만큼은 독재자이다. 먹는 것에 관해서는 더욱더 그러하다. 아토피 때문이긴 했어도 처음에는 지나친 면이 많았다. 국민(둘뿐인 딸들)의 동의를 구하는 최소한의 절차조차 생략하고, 군벌 파워("내가 옳아!"라는 신념파워)로 무장한 독재자처럼 강압적 무력 통치를 강행했다.

큰아이가 그렇게나 반항하고 싶은 마음이 든 것은 당연한 일인지도 모른다. (한때 나도 '군부독재 물러가라'고 외쳐댔지 않았나?) 여하튼 꽤 오랫동안 우리는 고기는 물론이고 우유, 계란, 생선도 거의 먹지 않았다. 게다가 이 독재자는 그 당시에 채소거리로 먹음직스러운 음식을 만들어낼 실력조차 되질 않았다. 한 마디로 국민의 복지를 알뜰히 보살필 능력이 되질 않았다는 뜻이다. 그러니 먹는 게 가장 큰 중심을 차지하는 어린 시절인데, 그 어린 국민들이 대체 뭘 먹고 살았을까? 생각해보면 나라도 반항했을 것 같다. 큰아이는 학교에서 매일 나눠주는 우유를 마시지 못했고, 일주일에 서너 번 이상 급식으로 나오는 고기반찬도 먹지 못했다. 어쩔 수 없이 소외감과 위축감을 느낀 적도 많았으리라.

그러다가 초등학교 5학년을 마치고 큰아이는 학교를 가지 않게 되었다. 이제 예전처럼 몰래 밖으로 나돌며 반항할 수 없게 되었고(아니, 그래도 틈만 나면 교묘히 반항했다), 피할 수 없이 엄마의 독재를 스물네 시간 겪어야 했다. 속으로는 부글부글 끓어오를지라도 겉으로는 따르는 척하는 수밖에 없었다. 왜냐고? 아직은 엄마로부터 독립할 능력이 없는데 어쩌겠는가.

허나 독재자에게도 나름 변명과 두려움은 있는 법이다. 독재자 부모가 써먹는 가장 흔한 수법은 "이게 다 너희들의 건강을 위해서야!"이다. 나도 툭하면 그 말을 써먹었다. 하지만 이 수법이 언젠가는 통하지 않을 날이 올 것에도 대비해야 했다. 모든 독재자는 부패하기 마련이고 언젠가는 목이 잘리거나 추방당한다. 앞에서 이야기했듯이 당시 반항하는 큰아이한테는 벌써 내 수법이 통하지 않고 있었다. 독재를 계속하기 위해서 나는 더욱 교활해져야만 했다. 논리적으로 내 독재의 근거를 하나하나 철저히 세워나가야 했던 것이다. 그래서 세운 근거는 다음과 같다.

첫째, 작은 지구를 위한 소박한 식사를 하자는 것. 즉 생태계에 무리를 주지 않는 방식의 식사를 하자는 것. "그중 하나가 채식일 거야. 너희들은 이 작고 푸르고 연약한 지구의 자식들이란 사실을 잊지 말아야 해! 책임감을 가져야 한다는 말씀!"

둘째, 돈벌이를 목적으로 나날이 커지고 있는 산업적인 음식 공급 체계로부터 벗어나자는 것. 대형 마트나 외식 문화로부터 자유로운 식사를 하자는 것. "음식 산업이 왜 이렇게 번성한다고 생각해? 너희들의 건강을 정말로 걱정해서 잘 먹게 하려고 그런 걸까?"

셋째, 우리의 노동으로 생산되고 요리된 것이 가장 싸고 맛있고 건강한 음식이라는 것. "보렴, 얼마나 싱싱한 맛이야. 예전에는 먹을 수 있는 모든 것이 음식이었지만, 지금은 음식을 가장한 '가짜 음식'들이 넘쳐난단다. 혹시 그런 걸 먹으면서 평생 살고 싶은 건 아니겠지?"

넷째, 지금의 소고기와 돼지고기와 닭고기들이 어떻게 생산되는지를 알아야 한다는 것. "햄버거용 고기를 만드느라고 열대우림의 3분의 1 이상이 베어졌고 지금도 베어지고 있다는 사실, 잘 알고 있겠지? 게다가 공장식 축산으로 지하수를 비롯한 물 오염이 심각하거든. 또 항생제와 호르몬제가 동물에게 엄청나게 사용되는 것도 알지?"

아이들은 '부모 조종하기'라는 면에서는 교활하기 짝이 없지만, 또 어느 면에서는 퍽 순수하다는 것을 깨닫는다. 어릴 적부터 고양이들과

자기 안에 있는 보다 높고 시적인 자질을 진실로 최상의 상태로 보전하려고 했던 사람들은
모두 동물성 음식을 삼가고 어떤 종류의 음식이든 과식을 특히 삼갔다.
— 헨리 데이비드 소로우 《월든》 중에서

강아지들과 마당에서 한 식구처럼 뒹굴어온 딸아이들은 길들여진 것
이든 야생이든 모든 동물들을 정말로 사랑한다. 어떤 동물이라도 인간
때문에 고통 받는 것은 옳지 않다고 믿고 있다. "한 나라의 위대함은
동물을 다루는 방식으로 판단할 수 있다."는 간디의 말을 아이들은 본
능으로 알고 있는 것이다. 특히 야생동식물들이 빠른 속도로 멸종해간
다는 소식을 들으면, 동물보호가가 되고 싶어 하는 둘째는 눈물을 글
썽이며 소리높이 성토한다.

"으악, 정말 나빠! 인간들, 너무 못됐어!"

여기에다가 산업 축산에서 소와 돼지와 닭들이 어떻게 키워지고, 도
살되고, 포장되어 나오는지를 조금만 설명해주면, 두 아이 모두 작은
주먹을 불끈 쥐고 분개해 했다.

"너무 불쌍해! 우리는 절대로 그런 고기는 안 먹을래!"

그리고 세상의 많은 부자 나라 사람들이 비만과 다이어트로 난리를
떨어대지만, 다른 한쪽에서는 하루 한 끼도 못 먹고 굶주리고 있는 사
람들이 많다는 것, 지금도 매일 매일 축구장만 한 열대우림들이 잘려
나가고 있다는 이야기를 들려주면, 거의 나의 승리가 보장된다. 아이
들은 어른들보다 그런 일들을 훨씬 더 가슴 아파하는 것이다.

그래도 더욱 완전한 승리를 위해서 나는 보다 교묘한 전술도 마다

하지 않았다. 세계 최대 아이스크림 회사인 '베스킨 라빈스'의 상속자였음에도 육식과 각종 유제품 속에 감춰진 진실을 폭로한 존 로빈스의 책《육식, 건강을 망치고 세상을 망친다》를 읽어보라고 권하거나《음식혁명-육식과 채식에 관한 천 가지 이해와 오해》같은 책들을 눈에 잘 띄는 곳에 슬쩍 놓아두었다.

잘 통했다. 어른용이라서 책을 전부 읽지는 않더라도 아이들은 자연스레 책을 뒤적이곤 했다. 흥미로운 부분이 나오면 몰두해서 읽었다. 그러면서 '고기를 먹지 않는 생활'을 당연한 일로 받아들였다. 이 지구에는 꼭 동물을 죽여서 먹지 않더라도 다른 먹을거리들이 충분히 있다는 것을 인정했다. 단 것에 대한 집착을 제외하고는 큰아이도 나의 독재에 선선히 백기를 들었으며, 다른 집에 가서도 고기반찬에 손을 대는 일이 전혀 없었다.

세월이 흐르고 아이들이 커 가면서 나 또한 서서히 강압 정치를 풀고 싶었다. 일상의 민주주의야말로 살면서 얼마나 중요한 일이던가! 독재 정치는 배신과 암살과 추방의 위협이 없다 하더라도 피곤하고 외로운 일이다. 조금 늦은 감이 있지만 지금이라도 민주주의의 소중함을 몸소 알아가고 있으니 나로서는 일종의 성장이라면 성장이겠다.

이 민주주의 의식의 깨어남과 함께 나는 음식 만들기를 중요하게 여기고 즐거워하는 여자로 거듭나고 싶었다. 우리가 기른 것들을 맛있게 만들어 먹고 싶다는 바람이 생긴 것이다.

"먹는 일에서 건강한 풍요로움과 소박한 품위와 삶의 아름다움을 느끼게 하라!" 이걸 내 모토로 삼고 싶다는 뜻이다. 그렇다고 호화로운 미식가 요리를 꿈 꾸는 건 아니다. 다만 이제는 특별한 날이면 생선 요리도 하고, 우유도 가끔 사서 차에 타서 마시곤 한다. 맛있다. 아이들도 밖에 나갔을 때 목이 마르면 우유를 사 마시고, 빵도 큰 죄의식 없이 사먹는다. 몇 년 전부터는 집에서 대여섯 마리의 닭들을 키우면서 갓 낳은 따뜻한 달걀들을 거두는 즐거움과 신선한 계란요리를 해먹는 기쁨까지 누리게 되었다.

"나와 같이 살 동안에는 고기를 먹지 않더라도 나중에 너희들이 어른이 되면 이 문제는 스스로 알아서들 선택해라."

그러면 아이들은 "글쎄, 우리는 이미 고기를 먹고 싶은 마음이 일어나지 않는 걸. 어떤 때는 고기 냄새가 진짜 싫더라고. 계속 채식주의자로 살 것 같은 예감이 들어. 그게 이 지구에 작게나마 보답할 수 있는 일인 것도 같고."라고 입을 모은다.

야호! 이만하면 내 독재는 성공이다!

내가 먹을 음식을 정할 권리

채식주의자가 과거에 비해서 많이 늘었다고 해도 다수가 육식을 하는 세상에서 소수자로 살아가는 건 쉽지 않은 일이다. 채식주의라는 게 사실 그렇게 대단한 것도 아닌데. 무슨 '주의'가 붙으면 다 그렇듯 접근하기 어려운 뉘앙스를 풍기는 것 같다. 물론 채식주의자들 사이에서도 가장 투철하게 모든 종류의 동물성 식품을 밥상에서 몰아낸 '비건'들을 우러러보는 분위기가 있긴 하다. 하지만 그들도 식물 자체를 해치는 것을 거부하는 '열매주의자'들로부터 유제품과 생선은 가끔 먹되 육류를 먹지 않는 '새미 채식주의자'들까지 다양하다. 그런데 이들은 모두 자신이 먹을 음식을 스스로 결정하고 싶어한다는 공통점이 있다. 내가 뭘 먹을지를 결정하는 일이 뭐 그렇게 대단한가 싶기도 하지만, '식품'이라는 말 뒤에 '산업'이라는 말이 붙기 시작한 이후 많은 사람들이 이 권리를 포기한 것처럼 보이기 때문에 이 결정권은 더욱 중요하다. 패스트푸드와 즉석조리 식품이 등장한 후에는 두말할 나위도 없다. 이런 세상에서 조금이라도 원칙을 지키려면 어느 정도는 의지와 고집이 필요하다.

어렸을 때는 고기를 먹는 사람과 먹지 않는 사람의 차이에 대해서 생각해본 적이 없다. 관심이 없었기 때문이다. 네 살 때부터 시작한 채식이 심각했던 내 아토피를 낫게 했다는 이야기를 엄마한테 들었고, 내가 고기를 안 먹는 걸 보고 누가 묻기라도 하면 자랑스럽게 읊을 수 있는 고정 대사도 갖고 있었다. 하지만 그냥 그 정도였을 뿐이다.

그런데 학교에서 매일 간식으로 주는 우유를 나 혼자만 마시지 못했고, 급식으로 자장밥이나 함박스테이크가 나와서 다른 아이들이 환성을 지를 때 나는 옆에서 김치와 밥으로 점심을 때워야 하는 상황이 꽤 자주 있었다. 이런 상황을 어린 내가 담담하게 받아들인 기억은 지금 생각해도 신기하기만 하다. 사실 몇몇 이야기는 이렇다.

어느 점심시간, 급식으로 나온 소시지 볶음이 너무나도 유혹적인 냄새를 풍기고 나의 몸과 마음은 이미 그 유혹에 넘어간 지 오래다. 하지만 배식을 하는 아주머니도 담임 선생님도 모두 내 상황을 알고 있는데 그걸 먹고 싶어도 딱히 방법이 없었다. 게다가 지금까지 채식에 대해서 그렇게나 잘난 척을 해왔는데! 그래도 먹고 싶은 소시지를 어떤 식으로든 몇 개라도 받아왔다고 치자. 자리에 앉기 무섭게 옆에 앉

은 친구가 내 옆구리를 쿡쿡 찌르면서 말한다.

"야, 너 고기 안 먹잖아! (그러니까 그거 나 줘!)"

무엇보다 그때는 허전한 마음을 달래줄 과자들이 도처에 널려 있었다. 실제로 내가 싸워야 할 적은 고기가 아니라 과자 같은 달콤한 군것질거리들이었다. 학교 앞 가게에서 팔던 몇 백 원짜리 값싼 빵들, 갖가지 색깔의 초콜릿과 과자들, 부드럽고 시원한 아이스크림……. 별로 먹어보지도 못한 고기는 굳이 그리워할 필요가 없었다는 게 맞을 것이다.

그렇게 과자를 좋아했던 이유가 채식으로 인한 영양부족 때문이었다고는 생각하지 않는다. 그것보다는 갑작스레 식생활을 바꾸면서 느껴던 음식에 대한 결핍이 그런 식의 욕망으로 표출된 것이 아니었을까. 우리 가족에 대한 콤플렉스도 여기에 한몫을 했다. 엄마가 종종 해줬던 강낭콩이 박힌 달지 않은 찐빵이나, 우리 밀 통밀식빵, 껍질을 깎지 않은 과일 따위를 마트와 빵집에 가득 쌓여 있는 빵과 과자와 음료수에 비교해 보지 않을 수 없었다. 그럴 때면 우리 집, 우리 엄마, 우리 밥상이 너무나 초라하게 느껴졌다. 그래서 나는 남들 앞에서는 엄마가 해준 간식을 맛있게 먹다가도 나중에 혼자 숨어서는 초콜릿을 몰래 까먹곤 했다.

솔직히 어렸을 때 내가 먹고 싶었던 것은 고기가 아니라 양념치킨이나 스팸 햄이나 돈가스 같은 강렬한 맛의 인스턴트 식품과 가공식품이었다. 달고, 맵고, 모호한 감칠맛이 나는 음식들, 가게에 가야만 사먹을 수 있는 정체불명의 음식들 말이다. 마을회관에서 어른들이 구워먹는 돼지고기는 전혀 맛있어 보이지 않았던 걸 보면, 그건 차라리 내가 모르는 세상에 대한 동경이 아니었나 싶다.

새로 이사한 마을에서 꽤 큰 밭을 얻었을 때, 쌀과 해산물을 제외한 거의 모든 음식을 자급하려는 원대한 결심을 한 엄마는 계란, 생선, 유제품과 토마토케첩 같은 '사와야 하는 음식'들을 요리에 넣지 않으려고 무진 애를 썼다. 웬만한 비건들보다도 더 심한 엄격함이었다. 상황이 이러하니 내가 요리를 해도 무조건 우리가 농사지은 제철 채소들만 이용할 수밖에 없었다. 그런데 남들은 일상적으로 먹는 음식들이 우리 집에서는 특식이라는 사실이 내게는 갈수록 견디기가 힘들어졌다. 그렇다고 절대 권력자인 엄마 앞에서 불만을 토로할 수도 없었다.

그런 식으로 계속 갔으면 어떤 일이 벌어졌을지 잘 모르겠다. 다행스럽게도 엄마는 세월이 가면서 자기 기준을 조금씩 허물어트리기 시작했다. 그런 변화는 나와 동생에게 분명 다행스런 일이었다.

늘 시골에서만 살던 내가 몇 년 전부터는 혼자서 도시에 나갈 기회가 생겼다. 기타 레슨이나 연주회 관람이나 연주회 참가 같은 일들이다. 그러면서 나는 엄마나 주변 사람들과는 전혀 다른 사고방식과 생활방식을 가진 사람들을 만나게 되었다. 그 사람들이 먹는 음식은 내가 상상한 것과 비슷하기도 하고 다르기도 했다. 우선 사람들이 고기를 그렇게 많이 먹는다는 걸 처음 알았다. 도시 식당가에 끝없이 늘어선 고깃집들을 보면서 '이건 아닌데……' 라는 생각을 어렴풋이 했던 것 같다. 함께 식당에 가서 밥을 먹게 되면 사람들은 자꾸만 "이렇게 맛있는 (고기가 든) 음식을 도대체 왜 먹지 않는 거냐."고 묻곤 했다. 당황스러운 질문이었다. 그때까지 내가 만났던 몇 안 되는 사람들은 육식이 건강에 좋지 않다는 것 정도는 아는 사람들이었기 때문이다.

"음, 뭐…… 전에 아토피도 있었고 고기를 먹는 게 환경에 안 좋기도 하고 그렇잖아요."

흐리멍덩하게 대답할 수밖에 없는 나 자신이 문득 한심하게 여겨졌다. 그래, 내가 고기를 안 먹기는 하지. 하지만 어릴 때부터 집에서 고기 요리를 해 먹지 않았을 뿐, 어른이 돼서도 채식주의자로 살아가겠다는 생각을 해본 적은 없는데……. 잠깐, 내가 어른이 돼서도 채식을 한다고? 이 사람들 사이에서 고기를 먹지 않고 살아가는 일이 가능하기는 할까?

남들이 먹는 걸 보고 갑자기 고기를 먹고 싶은 충동이 든 건 아니었다. 워낙 어렸을 때부터 먹지 않아서인지 내 뇌는 형체가 보이는 모든 종류의 고기들을 음식으로 인식하지 않는 것 같다. 이 말은 고기만두나 고기가 든 카레같이 고기의 모습이 직접적으로 드러나지 않는 음식들은 모르는 척 먹을 때도 있다는 이야기다. 다른 사람들이 삼겹살을 구워먹을 때 옆에서 된장국에 밥을 말아 먹으면서도 편안해진지는 오래되었다. 그러니까 그때 나는 비교적 보편적이지 않은 내 식생활을 옹호할 수 있는 논리가 필요했던 것 같다.

채식에 관한 책들을 찾아보기 시작했다. 그러면서 희미하던 생각들이 점점 더 구체적으로 변해갔다. 책에서 읽은 수많은 사실 중 한 가지만 이야기해보자. 2차 세계대전 이후 화학비료가 발명되면서 옥수수와 콩의 생산량이 폭발적으로 늘어났다. 그러자 당연히 식품 시장이 압박을 받게 되었고 그걸 소비하기 위해서 풀을 먹도록 진화된 소에게 엄청난 양의 곡식들을 사료로 먹이게 되었다. 또 소에게 다른 동물의 단백질과 지방까지 먹여 부족한 영양소를 채우려고 했다. 그렇게 자연스럽지 못한 짓을 했으니 당연한 결과로 소들이 질병에 시달리게 되었다. 그러자 병든 소의 몸에다 항생제까지 쏟아부었다. 이런 식의 대량사육 축산은 이윤이 많이 남았고, 땅과 자본을 가진 대형 목축 기업들은 소규모 농장들을 집어삼키면서 계속 성장해왔다. 물론 고기의 질은 나빠졌다. 하지만 가격은 내려갔다. 이제 사람들은 값싼 고기를 아주 많이 먹게 되었다.

픽 단순해 보이는 이러한 이야기를 알고 있는 사람이 옛날보다 많아졌다는 건 분명 좋은 징조이다. 하지만 아직도 많은 사람들이 자기가 매일 무엇을 먹고 있는가를 생각하지 않는 것 같다.

불행하게 죽어간 다른 생명을 먹는다는 점에서는 윤리적인 문제도 빼놓을 수 없다. 마트에서 부위별로 포장된 고기를 사는 소비자들은 자신이 하나의 생명을 먹고 있다는 생각을 조금이라도 할까? 강아지에게 옷을 입히고 미용실에 데려가고 온갖 애정을 기울이는 애완동물 애호가들을 어디에서나 볼 수 있다. 그런데 좁은 우리 안에서 '몸무게 늘리기'라는 목표 아래 동족의 살과 뼈를 먹도록 강요당하다가 끝내는 기계의 칼날 아래에서 죽어가는 다른 동물들에 대해서는 왜 그렇게 무관심한 걸까?

사슴이 불쌍하다는 이유로 육식동물인 호랑이에게 풀을 먹으라는 건 부자연스러움을 넘어서 바보 같은 짓이다. 하지만 21세기를 살아가는 우리의 경우는 좀 다르다는 생각이 든다. 다른 생물을 우리의 음식으로 바꾸는 일임에도, 티끌만큼의 윤리나 하다못해 보편적인 상식이 개입할 여지가 조금이라도 있는지……. 이런 결론에 이르자 내가 고기를 먹지 않고 살아왔다는 사실이 자랑스러울 지경이었다.

고기를 먹어야만 필수 영양소의 대부분을 섭취할 수 있다는 '상식'이란 게 사실은 식품 대기업들과 정부의 합작품이라는 주장을 읽었을 때는 충격이었다. 그야말로 우리가 당연하게 여기는 것들이 사실은 교묘한 조작일 수도 있다는 이야기인데, 웬만해서는 믿기 어려운 일이다.

하지만 이런 생각들이 내가 살아가는 현실과 바로바로 연결되지는 않는다. 나 자신도 아직은 이 연결에 완전히 성공하지는 못하고 있다. 젖소들이 얼마나 끔찍한 삶을 보내는지 책을 읽어서 알고 있고, 닭들이 먹는 사료에 소와 돼지의 살과 뼈와 유전자 조작 옥수수가 들어있다는 걸 머리로는 분명히 안다. 그런데도 계란과 버터가 듬뿍 들어간 폭신폭신한 빵을 보면 군침이 흐른다. 양식한 생선이 항생제와 호르몬제 범벅이라는 것을 알고서는 충격을 받았지만, 횟집에서 잠깐 아르바이트를 할 때는 남아도는 생선을 열심히 먹었다.

동생과 나는 가을마다 우리가 기르는 배추를 지키기 위해 초록빛의 예쁘고 통통한 배추벌레들을 손으로 잡아서 죽인다. 팔에 모기가 붙으면 망설임 없이 내리친다. 이렇듯 우리가 다른 생명을 해치지 않고 살아가기란 불가능하다. 하지만 더 큰 틀 안에서 나는 적어도 내가 무엇을 먹고 있는지 알고 싶다. 내가 나 자신을 위해서 뭔가를 먹을 때마다 주변 환경에 어떤 영향을 끼치는지도 알고 싶다. 참치가 멸종해가는 것을 뻔히 아는데도 값싼 가격과 긴 유통기간의 유혹에 못 이겨 참치 통조림을 잔뜩 사와서 저장해두는 일은 하고 싶지가 않다. 잠깐의 만족스러움이나 주변 사람들에게 기쁨을 주겠다고 고기 파티를 벌이는 일도 하고 싶지 않다.

분명한 원칙을 세우고 살아가는 일이 결코 쉽지만은 않을 것이다. 나도 아직 갈 길이 멀다. 하지만 그저 편안하게 살기 위해서 현실을 모른 척하는 어른으로 자라고 싶지는 않다. 앞으로 어떤 인생을 살아갈

지는 알 수 없지만, 내가 원하지 않는데 세상과 지나치게 타협하는 일
이 없기를 바란다.

꽃잔디

산으로 들로 나를 부르는 산나물들

빨리 봄이 왔으면 좋겠다.

이른 봄에는 밭에서 나는 것들이 완전히 크지 않고, 다른 먹을 것들도 별로 없기 때문에 이름 하여 '보릿고개'를 우리 가족도 피해 갈 수 없다. 이런 배고픈 계절을 나는 왜 기다릴까?

고개 너머 우리 밭과 집 옆의 텃밭에 먹을만한 게 없고 겨울 음식 저장고도 텅텅 비었을 때, 나는 산으로 간다.

중간 크기의 가벼운 바구니에 작은 호미 하나, 자그마한 과일 칼 하나, 혹시 모르니 비닐봉지 두어 개를 챙긴다. 흙이 묻어도 되는 편한 옷(내 옷은 거의 다 흙이 묻어도 된다)에 모자를 쓰고, 언제든지 풀어서 보자기로 쓸 수 있는 튼튼한 스카프를 두른다. 이 정도 복장이면 하루 종일 밭 뒤에 있는 산을 헤매고 다녀도 끄떡없다.

봄에 먹는 산나물 중에서 내가 제일 많이 찾아내는 건 쑥과 취나물이다. 돌나물도 가끔 뜯긴 하는데, 새순들 사이사이에 작은 돌이나 흙, 벌레 등이 끼어있을 때가 많아서 성가시다. 돌나물은 따서 다듬을 때는 너무 귀찮다. 하나하나를 손으로 일일이 뜯어야 하는데, 그런 식으로 한나절을 앉아 있어도 얻는 건 고작 한 끼 먹을 수 있는 만큼이다.

그에 비해 취나물과 쑥은 어느 정도 뜯으면 꽤 부피가 된다. 밭 뒷산을 살살이 뒤지고 다니다가 취들이 모여 있는 곳이라도 발견하면 절로 탄성이 나온다. 취는 내 손바닥보다 조금 큰 게 맛있다. 그보다 더 크면 질기고 그보다 작으면 먹을 수는 있어도 향이 조금 약하다. 취는 말려 두었다가 겨울에 물에 불려 나물로 해먹으면 맛있지만, 내가 혼자 뜯는 양으로는 어림도 없다. 취는 마르면 완전히 쪼그라들기 때문에 말린 취나물 한 봉지를 만들려면 엄청난 양의 취가 필요하다. 나는 그냥 생으로 쌈 싸먹고 그때그때 나물로 만들어 먹을 만큼 취가 넉넉하다는 데 충분히 만족한다.

쑥도 참 맛있다. 보송보송하고 하얀 빛이 나는 깨끗한 쑥을 바구니에 가득 담아 집으로 돌아갈 때의 그 만족감! 쑥은 너무 어리면 맛이 별로다. 또 너무 크면 질기고 쑥 향이 너무 강해진다. 중간 정도의 쑥을 캐서 일일이 다듬어 씻어야 하는데, 그래서 쑥 요리를 준비하는 일은 많은 산나물들이 그렇듯이 상당히 귀찮다. 그렇지만 고소하고 향긋한 쑥국, 쫀득한 쑥버무리 등을 한입 맛보게 되면 그 정도 고생쯤은 참아줄 만하다.

달래 무리를 발견하는 날은 행운의 날이다.

초록빛의 길고 연하고 가느다란 파 잎처럼 생긴 한 뭉텅이의 달래가 모여 있는 것을 보면 나는 당장 달려간다. 호미나 때로 삽으로 최대한 깊이 땅을 파고 흙덩이 사이에 있는 달래를 골라낼 때면 나는 정말 행복해서 어쩔 줄 모르겠다. 어쩌다가 무지 굵다란 (내 엄지손가락 보다 더 큰) 달래 뿌리를 발견하면 정말 흥분된다. 그러나 다른 나이든 산나물들처럼 그 굵은 뿌리 알은 너무 질기거나 속이 썩어있을 때가 많다.

나는 되도록 작은 달래는 캐지 않는다. 달래는 다년생이고 내가 사는 곳에서는 흔하지 않고 귀하기 때문에, 어쩌다가 작은 달래를 캐게 되더라도 먹기에 너무 작다 싶으면 반드시 파낸 자리에 다시 묻어준다. 그건 내가 먹는 산나물에 대한 최소한의 예의다.

야호! 막 순이 나오고 있는 화살나무를 발견했다! 이 화살나무 어린 순은 깨끗이 씻어서 밥할 때 넣으면 산뜻한 '화살나무 잎 밥'이 된다. 이 밥에다가 금방 캔 달래를 송송 썰어 넣은 간장을 비벼 먹으면 밥한 솥을 혼자 먹어도 부족하다.

화살나무 잎은 어릴 때 먹으면 참 맛있다. 나는 화살나무 어린순을 발견하면 따서 입에 넣고 우적우적 먹는데, 그러면 내가 꼭 토끼가 된 기분이다. 씻지도 않고 그냥 먹는 게 더럽다고? 일단 먹어보시라! 처

꽃복숭아

음에는 화살나무 새순 특유의 향과 질감이 조금 낯설 수 있지만 익숙해지면 가벼운 간식으로 그만이다.

작년 여름에는 덩굴딸기로 생각되는 덤불이 자라는 곳을 알아두었다. 우리가 사는 이곳은 다른 나라의 오지나 야생 숲만큼 산딸기나 야생딸기가 다양하진 않지만 평범한 산딸기들은 자라는 곳만 알아두면 꽤 따먹을 수 있다. 우리가 흔히 볼 수 있는 산딸기는 잘 익으면 달고 맛있지만 통통하고 작은 하얀 애벌레도 나만큼이나 딸기를 좋아하니까 조심해야 한다. 부주의하게 그냥 먹다가 애벌레를 발견하면 "설마, 내가 이 벌레들을 계속 먹고 있었단 말이야?" 하고 움찔 놀란다. 정말이다. 산딸기를 마구 분해해보면 열 개 중에 아홉 개는 이미 애벌레들이 점령해있다. 사실 태어나서 지금까지 산딸기만 먹고 산 이 애벌레들은 그냥 산딸기나 다름없지만, 그래도 좀 징그럽지 않은가! 다행히 단단하고 신 산딸기는 벌레가 별로 없다. 그렇지만 시고 딱딱한 산딸기는 사람도 별로 안 좋아한다!

산나물을 채집할 때는 한 곳에 있는 산나물을 몽땅 캐버려서는 안된다. 산나물도 번식해야 하는데 뿌리까지 캐버리면 너무 미안하지 않은가.

그리고 처음 보는 열매와 풀, 버섯 등은 되도록 먹지 않는 게 좋다. 정 먹고 싶으면 독성이 있는 것인지 책으로 찾아보거나 아주 조금만 입에 넣고 씹어본다. 이렇게 씹어볼 때에는 삼키지 말고 맛만 봐야 하는데, 독이 있다면 혀가 아릿하고 쓸 것이다. 그러면 재빨리 뱉고 물로 입을 헹군다. 혀가 아릿하지 않더라도 잘 모르는 풀은 무조건 삼키지 말고 씹어보다가 뱉어내는 게 좋다.

그러나 야생 버섯은 손도 대지 않는 게 좋다. 만에 하나라도 독성이 강한 버섯이 있을 수 있기 때문이다. 그런 버섯은 아마 혀가 맛을 느끼기도 전에 죽을 수 있다. 그러니 버섯을 딸 때는 먹을 수 있는지 버섯인지를 확실히 알아두는 게 좋다.

먹을 수 있는 풀인지 알아보는 실험 중에서 조금 극단적인 방법이 하나 있다. 그 풀을 씹어 먹은 다음에, 그냥 그 자리에 드러누워서 죽는지 사는지 기다려 보는 방법이다. (하지만 나는 아직 한 번도 이 실험을 해본 적이 없다.)

이야기가 딴 길로 샜는데, 내가 말하고 싶은 요지는 보릿고개 때 내가 가족들을 먹여 살려야 한다는 이야기이다(하하). 산나물을 뜯어다가 엄마에게 주면 엄마는 그걸로 맛있는 쌈이랑 나물을 만들어주겠지. 아! 먹고 싶다~. (이 글을 쓰고 있는 지금은 늦겨울이다.)

아직 산미나리 뜯기나 둥굴레 캐기 등의 이야기는 못했지만 글을 쓰다 보니 배가 너무 고파서 이만 글을 접어야겠다. 간식이라도 만들어 먹어야지!

세 모녀의 개성이
뚜렷한 요리

우리 집의 모든 음식은 집에 있는 재료를 사용하는 것을 원칙으로 한다. 요리를 하기 위해 일부러 시장에 가는 일은 거의 없다. 그렇다 보니 음식이 계절의 영향을 많이 받는다.

봄에는 온갖 산나물과 시금치, 봄동 같은 생명력 강한 푸성귀로 기운을 차리고, 여름에는 끝없이 나오는 상추, 토마토, 오이, 가지, 호박, 피망 등을 주식으로 삼을 만큼 많이 먹는다. 늦가을에는 햅쌀로 만든 밥을 중심으로 당근, 순무, 배추, 무, 시금치가 있고, 고구마를 수확하고 무와 배추를 절여서 김장을 한다. 겨울에는 저장해둔 감자와 땅콩과 사과, 당근, 무, 시래기 등을 먹고, 이것들이 슬슬 질릴 때가 되면 다시 봄이 온다.

엄마의 요리

엄마가 실험정신이 풍부한 사람이라는 사실은 인정해주자. 대다수 실험가들이 그렇듯이 엄마의 음식도 처음 실험 시기에는 아이디어는 좋아도 맛이 따라주지 않는 경우가 꽤 많았다. 하지만 한 10년쯤 흐르자 꾸준한 노력의 결과가 나타나기 시작했다. 언제나 '적은 기름', '적은 조리', '적은 양념'을 모토로 요리한다. 여름에는 넘쳐나는 채소를 최대한 이용하여 온갖 채소에 매운 고추와 토마토로 맛을 낸 살짝 데친 요리와 샐러드를 주로 만든다. 하지만 방울토마토와 늙은 오이를 넣은 된장국 같은 이상한 요리를 만들기도 한다.

• 통밀찐빵

밀농사를 처음 지어본 해에 엄마가 개발한 간단하고도 열량이 높은 간식. 한참 일하다가 흙 묻은 손으로 집어먹는 게 가장 맛있다. 반죽에 야채나 견과류를 넣는 등 여러 가지 변주가 가능하다는 게 최고 장점. 반죽을 많이 해놓고 바로 쪄서 먹기도 하고, 하루쯤 놓아두었다가 쪄먹기도 하는데 시간이 가면서 반죽 자체가 저절로 발효되므로 아무것도 넣지 않아도 맛이 계속 변한다. 과일잼, 토마토소스, 치즈 등 어떤 음식과 먹어도 어울린다.

재 료 : 통밀가루, 소금 약간, 따뜻한 물
레시피 : 따뜻한 물에 소금을 약간 넣어서 통밀가루에 섞는다. 만졌을 때 묻

어나지 않은 정도로 쫀득하게 반죽을 한다. 반죽을 몇 시간 발효시켜서 들기름을 넉넉하게 바른 손으로 한 주먹씩 떼어내 조물거리며 모양을 만들어서 삼발이 위에 올린다. 큰 냄비에 물을 약간 넣고 삼발이를 올려서 찐다. 물을 아주 조금만 넣고 압력밥솥에다 쪄낼 수도 있는데 그러면 시간과 에너지가 절약되고 더 쫄깃하다. 시간이 없을 때는 발효시키지 않고 그냥 쪄도 통밀가루의 풍부한 향을 느낄 수 있다. 기호에 따라 과일이나 건포도, 해바라기 씨를 반죽 안에 넣어도 좋다. 밀기울을 넣을 때도 있는데 거칠지만 맛있다. 무엇보다 이 요리는 우리밀 통밀가루로 해야 제 맛이 난다.

• 토마토를 넣은 고구마순과 깍지콩 요리

한여름에 땀을 뻘뻘 흘리면서 뜨겁고 매콤하게 먹는다. 밥이든 빵이든 스파게티든 어디에나 잘 어울린다.

재 료 : 고구마순 두어 줌, 토마토 2~3개, 오크라(아욱과의 식물. 서양요리에 자주 쓰이며 씨앗을 감싼 깍지가 푸를 때 익혀 먹는다), 맵고 푸른 고추 몇 개, 껍질째 먹는 깍지 콩 두어 줌, 된장, 집 간장, 다진 마늘, 들기름 약간

레시피 : 고구마순의 질긴 겉껍질을 벗긴다. 냄비에 물을 자작하게 붓고 껍질째 먹는 깍지콩과 고구마순, 오크라, 푸른 고추, 잘게 자른 토마토를 넣고

끓이면서 된장과 간장으로 양념한다. 다시 끓인다. 깍지콩과 고구마순이 부드러워졌다 싶으면 마늘을 넣고 잠시 뒤 불을 끊다. 들기름과 깨소금을 넣고 섞은 뒤 우묵한 접시에 국물과 함께 담아낸다.

여연의 요리

익히느냐 마느냐. 그것이 문제로다. 성격처럼 음식도 좀 극단적이어서 샐러드 아니면 죽을 선호한다. 가장 만들기 좋아하는 음식은 야채샐러드이다. 빵과 과자에 집착했던 과거는 미숫가루와 청국장, 떡을 이상할 정도로 좋아하는 것에서 희미하게 찾을 수 있다. 때로는 엄마를 뛰어넘는 실험정신으로 자신이 좋아하는 몇 가지 음식들을 섞어보려고 안간힘을 써서 가족들을 기겁하게 만든다. 평범한 음식 만들기를 일부러 거부할 때가 많다. 시시하다나 뭐라나.

• 갖가지 드레싱을 뿌린 샐러드

봄과 여름에 나오는 산나물과 야채들은 그냥 된장에 찍어 먹어도 맛있지만, 약간의 드레싱을 곁들이면 일주일 내내 먹어도 질리지 않는 근사하고 푸짐한 요리가 된다. 드레싱으로는 찬장에 늘 준비되어 있는 집 간장과 매실 엑기스, 감식초와 들기름을 가장 많이 이용한다.

밭에서 키우는 식물들 중에서 샐러드 하기에 좋은 채소와 과일로는 양상추, 상추, 쑥갓, 오이, 토마토, 당근, 피망, 파프리카, 열무, 순무, 딸기, 복숭아 등 셀 수 없이 많다. 겨울에는 배추, 무, 뚱딴지(돼지감자), 고구마, 사과, 양파, 귤 등을 이용할 수 있다. 이른 봄에 나오는 냉이나 달래, 민들레 같은 산나물들로 만든 소박한 샐러드도 향긋하고 맛있다. 가끔은 집에서 기르는 로즈마리나 딜, 바질, 박하, 생강 등을 넣어서 독특한 향을 가진 드레싱을 곁들인다.

샐러드에 사용하는 기름은 들기름이나 올리브유, 직접 기른 해바라기 씨로 짠 기름 등이 있다. 간장이나 식초와 함께 매실효소나 과일효소, 꿀, 장아찌 국물을 이용해도 좋다. 샐러드에 대한 고정관념을 버리면 한겨울에도 미역과 저장해놓은 사과, 양파를 초고추장 소스로 버무린 색다른 샐러드를 만들 수 있다.

· 땅콩죽

어느 겨울날, 전날 먹다 남은 찬밥도 많고 저장실에 우리가 농사지은 땅콩도 있어서 혹시나 하고 끓여 봤는데 의외로 뜨거운 호응을 얻었던 요리이다. 역시 죽은 바닥이 두꺼운 냄비를 이용해서 눌어붙지 않도록 뭉근한 불에 오래오래 끓이는 게 맛있다. 땅콩의 양은 만드는 사람이 알아서 조절하면 된다.

재　료 : 찬밥(현미 잡곡밥이 좋다), 생땅콩, 소금, 밀기울(집에 있어서 넣었

다), 물, 계핏가루 아주 조금

레시피 : 찬밥에 물을 붓고 흐물흐물해질 때까지 끓인다. 그동안 겉껍질을

깐 땅콩을 속껍질 그대로 마늘 빻는 큰 절구에 넣고 거칠거칠한 가루가 되

도록 콩콩 찧는다. 밥이 끓으면 불에서 내려 냄비에 든 그대로 땅콩을 빻았

던 방망이를 이용해 찧는다. 밥이 끈끈해지면 땅콩을 넣고 물을 조금 넣어

서 다시 끓인다. 이번에 끓일 때는 불을 세게 해서 눌러 붙지 않도록 계속

저어주다가 보글보글 끓어오르면 불을 약하게 줄이고 뚜껑을 닫아 오래오

래 끓여야 한다. 이때 양파를 한 개쯤 잘게 잘라서 냄비에 넣는다. 불을 약

하게 했지만 가끔 뚜껑을 열고 저어주어야 한다. 충분히 끓였다 싶으면 소

금을 넣고 불을 잠깐 세게 했다가 계피를 살짝 뿌리고 불을 끈다. 말린 대추

나 건포도로 장식해서 식탁에 낸다.

하연의 요리

요리를 막 시작한 사람치고는 무척이나 센스가 있다는 평을 듣는다.

하기 싫은데도 어쩔 수 없이 요리를 해야 했던 엄마나 언니는 부엌일을

별로 싫어하지 않는 하연이를 신기해한다. 엄마와 언니의 실험작들을 먹어주는 데 지쳐서 그런지 평범한 요리법을 좋아하고 따르는 편이다.

• 김치 청국장

아무도 기대하지 않았는데 의외로 무척 맛있어서 모두들 깜짝 놀랐던 요리. 손맛이 있다는 찬사를 받았다. 청국장은 살짝 끓여야 유익한 균의 파괴가 적다는 엄마의 충고를 따랐는지는 모르겠다. 청국장과 김치는 모두 집에서 직접 만든 것을 사용했다.

재 료 : 김치 반포기, 배춧잎 몇 장, 청국장 반 덩어리, 국물용으로 멸치와 다시마 약간, 파

레시피 : 냄비에 물을 담고 멸치와 다시마를 넣고 끓인다. 김치는 국물을 살짝 짠 뒤 송송 썰고 배추도 적당히 자른다. 물이 끓으면 멸치를 건져내고 썰어놓은 김치와 배추를 넣고 보글보글 끓인다. 김치가 적당히 익으면 청국장 덩어리를 으깨어 넣는다. 조금 더 끓이다가 파를 넣고 불을 끈다.

• 쪽파 부침개

아직 추위가 가시지 않은 이른 봄, 언 땅에 파랗게 돋아난 어린 쪽파

는 먹기가 미안할 정도로 예쁘다. 이렇게 아까운 파는 가능한 한 조리와 양념을 하지 않고 그대로 먹고 싶다. 하연이가 만든 쪽파 부침개는 비록 열을 가하기는 했어도 많은 재료가 들어가지 않았기 때문에 봄 쪽파의 독특한 맛을 즐길 수 있다. 쪽파를 다듬고 남은 뿌리 부분은 깨끗하게 씻어서 국물을 낼 때 쓰면 시원한 맛이 난다.

재료 : 쪽파 한 단, 우리 밀가루 한 컵과 계란 한 알, 소금, 식용유 약간

레시피 : 파는 뿌리를 잘라내고 누런 잎도 떼어내 깨끗이 다듬는다. 그릇에 계란을 풀고 밀가루와 물, 소금을 넣어 묽은 반죽을 만든다. 프라이팬을 달궈 식용유를 살짝 뿌린다. 파를 반 줌 정도 집어서 프라이팬에 올려놓는다. 그 위에 반죽을 적당히 붓고 센 불에서 재빨리 굽는다. 이런 일을 몇 번 반복해서 부침개 여러 장을 만든다. 접시에 올려 식탁에 낸다. 반죽에 소금을 적당히 넣으면 굳이 양념장을 곁들일 필요가 없다. 양념장이 오히려 쪽파 부침개의 신선한 맛을 가릴 수도 있기 때문이다.

글을 쓰면서 잠깐 든 생각

먹는 것 때문에 내가 가족들과 부딪힌 적이 꽤 많았던 듯한데, 이 글을 쓰면서 보니 어느새 내 입맛이 바뀌었다는 걸 깨달았다. 예전에

그렇게 좋아했던 인스턴트식품이나 빵 같은 것보다 이제는 우리가 길러서 부엌에서 직접 만든 음식들을 맛있게 먹게 된 것이다.

이 변화는 내가 미처 알아차리지도 못하는 동안에 서서히 일어났다. 역시 사람은 환경에 저항할 수 없는 것일까? 내가 아무리 저항해도 농사꾼의 딸이라는 환경은 변하지 않으니까 말이다. 잠깐 의문이 든다. 그러면 난 엄마에게 별수 없이 세뇌 당했다는 뜻인가? 만약 그렇다면 내가 늘 두려워하던 일이 현실이 되어버렸다는 이야기인데, 이걸 반항을 해야 하나? 말아야 하나?

#04
학교에서 벗어나기

군집 동물과는 달리 사람은 자연과 동식물과 가까이,
그들과 접촉하면서 살아야 한다.
나는 갈수록 분명히 우리의 생활방식을 변화시키는 것이
필수적임을 느낀다.
우리는 다르게 살기 시작해야 한다.
그러나 어떻게? 무엇보다도 우리는 자유와 독립을
느껴야 하고 믿고 사랑해야 한다.
우리는 이 보잘것없는 세계를 거부하고
다른 어떤 것을 위해 살아야 한다.
그러나 어떻게?
어디에서?

— 안드레이 타르코프스키, 1977년 일기 중에서

아이들과 언스쿨링

초등학교 5학년을 마친 큰아이가 학교를 가지 않고, 작은아이도 초등학교 입학을 하지 않은 채 집에서 놀며 지내는 모습을 본 사람들은 당시에 모두 이렇게 묻곤 했다.

"아이들을 왜 학교에 안 보내는 거예요?"

우리를 사랑하고 염려해서 물어보는 게 아니라고 느껴지면, 나는 대충 애매하고 알쏭달쏭한 답을 지어내려고 애를 썼다. 성실하게 대답한들 이해해줄 것 같지 않아서였다.

"우리 애들이 학교 안 다니는 것이 당신 삶에 중요하지도 않고, 해를 끼치지도 않는데 뭘 그렇게까지 관심을 가지시나요?"

(속으로는 이렇게 생각하지만) 겉으로는 겸연쩍게 웃으면서

"아, 그냥 좀 자유롭게 살고 싶어서요."

"요새 학교가 약간 그렇잖아요."

"집에서도 뭐, 공부는 할 수 있으니까요. 책도 읽고요."

하지만 그들은 내 대답에 만족하지 못하고 의혹 어린 눈으로 다음

과 같은 의심을 품곤 했다.

"혹시 아이가 학교에서 왕따를?"

"아이들의 사회성이나 심성에 심각한 문제가?"

"이상한 종교적 신념 때문에?"

"아이들은 괜찮은데 혹시 엄마가 이상 성격?"

"아니면 개인교육을 철저히 시켜서 서울대나 하버드대에 보내려고?"

아니다! 우리가 학교에서 벗어난 것은 이런 추측들과는 하등 상관이 없다. 우리 사회에서 학교란 제도가 워낙 막강하기 때문에 그걸 벗어난 삶이 사람들에게는 퍽 이상해 보이나 보다. 6~7년 전에는 지금보다 훨씬 더 그랬다.

"정 그러시다면 제 이야기를 한번 들어보시겠어요?"

나도 정색을 하고 싶어진다. 비록 사람들 앞에서 직접 이야기한 적은 없지만, 그들이 의혹 어린 추측을 할 때마다 내 머릿속에서는 다음과 같은 말들이 줄줄이 이어지곤 했다. 하고픈 이야기가 퍽 많았던 모양이다. (당시 큰아이는 열서너 살이었고 작은아이는 아홉 살쯤 되었을 때다.)

"우리는 요새 유행하는 그 '홈스쿨링'을 하는 게 아니랍니다. 집(홈)에서 학교 교육(스쿨링)을 시키는 게 아니란 의미에서 그래요. 오히려 스쿨링을 안 시킨단 뜻으로 '안스쿨링'을 하고 있다고나 할까요. '홈스쿨링'이란 말보다는 '안스쿨링'이란 말이 우리한테는 훨씬 맞아떨어지는 개념 같아요. 물론 우리가 만들어낸 말이어서 널리 쓰이는 건 아니지만요. (유행을 무작정 따른 게 아님을 주장하는 이 도도한 자존심!)

그럼 집에서 애들은 뭘 하느냐고요? 큰 딸은 저하고 농사일을 조금 해요. 그리고 자질구레한 집안일도 함께 하죠. 음식을 만들고, 설거지하고, 청소하는 일 같은 거요. 언뜻 보기에 애들은 오리 떼처럼 느긋하게 놀고먹는다고 할 수 있겠죠. 작은아이는 특히 잘 놀아요. 한창 그럴 때잖아요. 해야 할 농사일이 없으면 지들끼리 놀다가 싸우기도 하고, 멋대로 책을 읽거나 읽어주기도 하고, 자전거 타고 나가 놀기도 하고, 윗동네 아는 집에 놀러 가기도 해요.

이게 무슨 '대안교육'의 한 부류냐고요? 글쎄요, 그럴 수도 있고 아닐 수도 있고, 보기 나름이겠죠. 우리나라에서 대안교육이라는 게 시작된 지 그리 오래되지 않았잖아요? 저도 아이들을 키우고 있는지라 막 시작한 대안교육 운동에 관심이 참 많았답니다. 책도 구해보고, 워크숍도 쫓아다니고, 발도르프 교육서 같은 것도 번역하고요. 모든 부모들의 소망처럼 저도 아이들을 잘 키우고 싶었거든요. 그런데 어떻게 잘 키울까에 대해서는 고민이 많았어요. 특히 지금은 아이 키우기에 있어 옛날과 달리 부모를 힘들게 하는 측면이 있지 않나요? 끝없는 경쟁과 부모의 욕심을 부추기는 사회잖아요. 이건 인정하시죠?

이런 고민에다가 대안교육에 대한 관심으로 예전에는 막연하기만 했던 근대 교육 비판에 어떤 근거를 얻게 된 것 같아요. 고개를 많이 끄덕였어요. 그래서 한국에서 빠르게 일어나고 있던 대안교육 운동의 흐름에 저도 끼어보려고 열심히 기웃거렸죠. 그런데 문제는 제가 그들과 계급이 다르다는 사실이 어느 순간 충격적으로 다가온 거예요. 경제적 계급 말예요.

당시 대안교육 운동에 발 벗고 나선 이들 대부분은 도시의 중산층 부모들과 의식 있는 교사들이었어요. 국가 지원 없이 대안교육을 시작해야 했고, 교사와 학부모가 물적 토대를 만드느라고 굉장히 고생했잖아요. 그런데 아이러니하게도 거기에 동참하기 위해서는 부모가 어느 정도의 경제력이 있어야 하는 구조였어요.

저야 그럴 돈이 없었죠. 계급 구조상 맨 아래층을 차지하는 농민이자 싱글맘이니까요. 처음 입학할 때 내야 하는 기부금 명목의 큰 목돈을 마련할 길도 없었고, 매달 내야 하는 상당한 교육비도 저로서는 버거울 게 뻔했어요. 또 모두가 그런 건 아니겠지만 막 생긴 대안학교들이 너무나 빨리 세속화되는 모습도 제 눈에 언뜻 보였어요. 돈과 대안을 양손에 쥐고 흔든다고나 할까요. 당신 아이에게 이렇게 멋지고 좋은 교육을 시키고 싶다면 이만큼 정도의 돈은 있어야 되지 않나요? 뭐, 이런 분위기요. 아, 대안조차 돈으로 사야 하는가?

눈 질끈 감고 돈을 벌겠다고 나서면 저 또한 아이들을 대안학교에 보낼 교육비 정도는 간신히 벌 수 있었을지 몰라요(과연?). 그러려면 제가 시골에 온 근본 이유를 부정하는 자기모순에 빠져야 했어요. 가난하게 살아보자는 거였는데. 돈을 버는 일에 급급한 내 모습, 싫을 게 분명했어요. 농사짓는 일도 당연히 뒷전으로 밀려나야 할 테고요. 뱁새가 황새 따라가느라 가랑이가 찢어지는 거죠. 그래서 아이들을 대안학교에 보내는 일은 비교적 쉽게 포기했어요. '언스쿨링' 밖에 다른 길이 없게 된 거죠.

여하튼 큰아이는 초등학교를 5학년까지 다녔어요. 당시 여러 가지 이유로 우리 가족이 다른 군의 시골 마을로 이사를 했는데, 그때부터 큰아이는 학교에 가지 않았어요. 전학 수속을 밟지 않은 거죠. 굳이 이유를 대자면, 이사한 곳에서 집수리며 이것저것 할 일이 많았고, 동네에서 큰 밭까지 얻었기에 농사도 지어야 했거든요. 큰아이의 노동력이 절실히 필요했어요. 아동착취라고요? 뭐, 그럴 수도 있고 아닐 수도 있고……. 어찌 보면 망설이고 있다가 "이 때다." 하고 결정한 측면이 크다고 할 수 있겠네요. 그러다 보니 작은아이는 초등학교에 자연스레 가지 않게 되었어요.

의무교육이니까 몇 번 귀찮은 일들이 있었어요. 면사무소에서 전화가 오고, 해당 초등학교에서도 여러 번 전화를 하고, 저도 두어 번 학교에 가서 교장, 교감 선생님을 만나야 했죠. 하지만 어찌어찌 해서 해결이 되었어요. 정원 외 관리던가? 그런 걸로 처리된 것 같아요.

그것 말고 별다른 문제는 없었어요. 세 모녀가 뭐든 알아서 꾸려 가면 되는 단출한 가족구성인 데다가 우리 삶에 대해서 간섭과 훈시를 해줄 (가족) 관계자 여러분들이 제 주위에 없었거든요. 오히려 당시 우리가 이사 와서 살던 시골 마을의 이웃 할머니들과 할아버지들이 엄마인 저를 퍽이나 야단쳤어요.

"왜 야들을 학교에 안 보내노? 바보 만들끼가?"

이런 말들을 무수히 들었죠.

이런저런 이유와 편리한 알리바이를 하나 만들려고 윗마을에 사는 두 가족과 '산골예술학교'란 걸 만들었어요. 이름만 들으면 굉장히 멋있는 대안학교 같지요? 하지만 대안학교와 달리 돈이 전혀 안 드는 곳이니까 조금 다르죠. 교사 모집이나, 장소, 돈 문제에 골머리를 전혀 앓지 않았거든요. 두 아이가 일주일에 두 번 산길을 걸어서 왔다 갔다 하는 이곳은 딱히 학교라고 할 수도 없어요. 하지만 필요하면 학교라고 내세울 수 있고, 선생인지 학생인지도 또렷하게 구분이 없지요. 단순, 명료, 과격한 이념과 방식을 갖고 있었다고나 할까요? 우리가 맘대로 정한 거거든요! 가장 멋진 일은 아이들이 걸어서 다닐 수 있고 부모 입장에서는 수업료가 전혀 들지 않는다는 사실이죠.

무슨 공부를 하냐고요? 글쎄요? 그걸 공부라고 할 수 있을랑가? 학교에 안 가는 10대 전후반 아이들 셋이 일주일에 두어 번씩 모여요. 10대 후반 청년이 그 아이들과 함께 과학사 책을 큰소리로 읽고 실컷 수다를 떨더군요. 모여서 그림도 그리고, 기타도 치고, 노래도 불렀지만, 주로 하는 일은 떠들고 돌아다니면서 노는 일이었거든요. 어른들도 아이들과 함께 정말 잘 놀았어요. 수채화 그린다고 계곡에 놀러가기도 하고(일종의 사생 대회?), 아는 사람들과 잔치도 열고, 음악회도 하고, 학교 이름으로 도시 연극단을 무료로 초청해서 동네 할머니 할아버지들과 연극 구경도 하고 그랬죠."

'안스쿨링'이 잘 통하지 않을 것 같으면, 나는 우리 아이들이 '산골

예술학교'에 다닌다고 허풍을 쳤더랬다. 학교라는 이름이 붙어선지 꽤 잘 통했다. 역시 사람들은 학교라는 것에 잘 길들여져 있는 것 같다.

그러나 학교란 이름을 풍자적으로 내세운 이 '산골예술학교'는 2년 정도 지나서 자발적으로 해체되었다. 여러 가지 사정이 있었지만 개인적인 이유들이라서 뭐라 말하기가 조심스럽다. 하여간 아이들은 이 시기를 나름대로 퍽 재미있고 신나게 보냈다. 엄마의 잔소리에서 벗어나고, 농사일과 집안일에서 벗어나서 놀러 가는 시간이었으니까. 그러는 사이에 아이들은 '안스쿨링'에 점차 익숙해져갔다.

학교 밖에서 배우다

시골에 오기 전까지 내 삶은 원대한 목표를 향해서 치밀한 계획을 세운다거나 하는 일과는 거리가 멀었다. 상황에 따라가는 일과 우연과 맹목이 뒤섞인 삶이었다. 내가 살아온 삶 속에 고유한 개성이나 자기 인격이 잘 드러나 있지 않다는 건 사실은 슬픈 일이다. 그래도 여기까지는 괜찮았다. 삶이라는 망망대해를 그저 파도의 흐름에 맡긴 채 떠도는 것 말고, 자기 철학 없는 어리석은 자가 할 수 있는 일이 대체 뭐가 있겠는가.

그런데 문제는 그 어리석은 자인 내가 두 딸들을 내 손으로 직접 키워야 한다는 사실이었다. 오, 맙소사! 이건 정말 예상치 않은 일이었고 참으로 진땀 나는 일이었다. 싫어도 어쩔 수 없이 자기 개성과 자기 철학을 안간힘을 다해 억지로라도 끄집어내야만 할 판이었다.

그런데 어디에서? 여태 없던 철학이 갑자기 하늘에서 굴러 떨어지기라도 한단 말인가? 물론 나 혼자 몸이었을 때처럼 몰개성적으로 시대의 조류에 턱하니 몸을 맡기면 만사 편할 수도 있으련만, 그것이 어째서인지 잘 안 된 게 내 고민의 시작이었다.

게다가 내 육아 환경을 보면 평균 수준을 한참이나 밑돌았다. 그랬기에 나는 심신의 에너지를 몽땅 쏟아야 하는 고달픈 양육자로서의 의무를 어떻게 하면 가볍게 처리할 수 있을지에 대해서 요모조모 궁리를 하기 시작했다. 하지만 잘 돌아가지도 않는 머리를 혼자 굴린다고 뾰족한 해결책이 나올리가 있겠는가?

"에고고, 귀찮아라. 어떻게 되겠지." 하며 어영부영하는 사이에 큰아이는 어느새 초등학교에 들어가게 되었다. 의무교육이라니까 그때는 안 보낼 생각 같은 것은 해보지도 않았다. 아이는 처음부터 학교란 곳을 놀러 다니는 데로 이해했던지라 한동안은 별 문제가 없었다. 다만 조금 시간이 지나면서 학교에서 행해지는 시험과 평가와 우열나누기 등이 귀찮다고 조잘댔을 뿐이다. 아이 이야기를 들으면서 나는 잊은 줄로만 알았던, 내가 받은 학교 교육을 떠올리게 되었다. 그때마다 학교에 대한 신랄한 마음이 불쑥불쑥 고개를 내밀었다.

"흥, 여전히 이런 걸 외우게 하고, 시험을 치고, 성적을 매긴단 말이지? 하나도 변한 게 없군."

실제 삶과 별 관련이 없는 조각난 지식들을 외우느라고 십대 시절을 고스란히 허비했던 일, 선생과 학교가 원하는 정답을 잘 아는 유능한 시험기계가 되어 능숙하게 성적을 올렸던 일, 그럼에도 혼자서는 사물의 이치에 대해 생각할 줄 모르고, 현실적인 문제에 부딪치면 백치처럼 어리벙벙한 채 어찌할 바를 모르던 내 모습!

초 · 중 · 고 대학을 모두 포함해서 나 같은 바보를 만드는 학교 교육을 받은 것에 대해서 경멸 어린 조소 말고 내가 뭘 더 떠올릴 수 있었을까? 욕먹을 각오로 과감히 말해보겠다. 내가 경험한 학교는 이러했다.

스스로 생각하는 능력을 갖지 못하게 방해하는 곳, 정해진 관습의 길을 따라서 줄지어 가는 수동적인 사람을 만들어내는 곳, 대중매체가 손쉽게 조종할 수 있는 방관적인 소비자를 만들어내는 곳, 철저히 길들여져서 체제에 순응하는 인간을 만들어내는 곳이었다.

10대, 20대, 30대 초반의 나는 이런 길들여진 모습을 아주 많이 지니고 있었다. 그야말로 범생이에다 어른 눈에만 '착한 학생'이었다. (그 생각을 하면 얼굴이 화끈거린다.)

물론 학창 시절 애틋한 추억과 좋은 기억들을 많이 가진 분들은 나와는 다르게 생각할 것이다. 그런데 나의 경우 기억 창고를 아무리 뒤져봐도 '통제와 감시와 평가와 줄서기와 경쟁'이 아닌 다른 아름다운 가치를 학교에서 배운 기억이 별로 없으니 참으로 속상하다. 게다가 나는 우러러 존경할만한 훌륭한 선생님조차 만나질 못했다. 나란 인간이 여러모로 못돼먹은 학생이라서, 또는 내가 스승을 알아볼 눈이 없어서 그랬는지도 모르겠다.

하여간 큰아이가 학교에 입학할 무렵 우리는 시골에서 살고 있었고 그랬기에 큰아이는 아주 작은 시골 초등학교만을 다녔다. 1학년과 2학년 때는 반 아이가 딸까지 포함해서 두 명이었다. 어찌 보면 좋았던 시절이다. 아이는 학교에 가서 친구랑 내내 소꿉놀이를 하며 놀았다고 한다. 담임선생님은 나이 지긋한 남자 교무주임 선생님이었는데, 고맙게도 두 아이를 닦달하지 않았다. 받아쓰기나 산수 시험을 어쩌다 치긴 했지만, 학생 둘이 워낙 똑같이 틀리는 바람에 선생님이 매번 답을 가르쳐주었대나 어쩼대나.

그 다음 이사한 곳에서 다닌 3학년, 4학년, 5학년은 반 아이가 모두 열 명이었다. 여기도 한 학년에 반이 하나뿐이라서 열 명이 내내 같은 반이었다. 덕분에 내가 신경 쓸 일은 거의 없었다. 준비물도 거의 학교에서 마련해주었고, 선생님도 나름 친절했고, 아이도 재미나게 다녔다. 솔직히 나는 학교란 것에 대해서 신경을 쓰고 싶지가 않아서 아이의 학교생활에 아주 무관심했다는 말이 사실에 가까울 것이다.

아이의 학교 교육에 대한 이런 무관심을 나는 '자유방임' 혹은 '자유방목'이라고 합리화를 하는데, 나를 아는 어떤 이들은 '완전 방치'라고 비난했다. 아이가 시험을 봤는지 어떤지도 모르고, 몇 명 되지도 않는 학부모회의에는 가본 적이 없으며, 운동회 같은 것도 슬쩍 빼먹을 정도였다. 게다가 아이는 이런저런 이유로 결석을 밥 먹듯이 했는데, 학교 가지 말고 놀러 가자고 꼬드긴 것은 전부 엄마인 나였다. 어떤 학부모는 이따금 사시 눈을 한 채 나를 째려보았다. 저 엄마, 왜 저런대? 기분 나쁘게 왜 저 혼자 잘난 척이야?

여러 가지 정황을 종합해보면, 당시의 나는 내가 편한 대로 학교를 교묘하게 이용하고 있었고, 눈치 빠른 아이도 역시 그러했다. 아이가 늘 내 곁에만 있는 것이 귀찮았기에 학교에 보낸 것은 아니었던가? 나만의 시간을 가지고 싶었고, 학교가 아이를 잘 관리하고 보호해주리라는 교활한 믿음이 있었던 것이다.

이런 나의 생각을 무의식적으로 꿰뚫어 보고 있던 아이에게도 학교는 엄마의 잔소리와 귀찮은 동생으로부터의 피난처일 뿐 배움의 장소는 아니었다. 또래 아이들과 장난치거나 유행을 알아가는 장소였을 뿐이다. 그런 까닭에 아이는 전교생을 친구처럼 다 아는 느슨한 분위기의 시골 학교를 퍽 좋아라 하며 다녔다. 다행인지 불행인지 학교도 선생들도 우리에게는 대체로 무관심했다. 아마 학교를 적당히 이용하였을 뿐, 우리가 그 체제에 크게 반기를 들거나 문제를 일으킨 적이 없어서 그런 것 같다.

　이렇듯 우리 가족에게 학교란 '뭔가를 배우는 곳'이라는 목적과는 아무런 관련이 없었다. 학교는 그저 우리 좋을 대로 생각하며 놀러 다니는 곳, 그 이상도 이하도 아니었다. 무식하면 용감해진다고 하지 않던가. 학교의 본질에 대해서 철저히 무지했고, 시골의 작은 학교들만 경험해서 이런 용감한 발상이 생겨났는지도 모른다. 나중에 생각해보니 진짜 눈 가리고 아웅 하며 살았던 시절이었다.

　그 즈음에 우리보다 앞서서 안스쿨링을 해온 가족을 알게 되었다. 그 집의 두 아이는 중학교와 고등학교에 가지 않고 10대 중후반의 든든한 일꾼으로 자라 있었다. 더욱 존경스러운 것은 그 가족도 농사를 짓고 있었다는 점이다. 우리는 그 가족으로부터 많은 영감과 도움을 받게 되었다.

　그러는 와중에 '녹색운동', '생태주의 대안 대학'을 표방하는 단체에 참여했다가 개인적으로 실망한 내 경험이 이래저래 겹치게 되었다. 내가 중요하게 생각하는 농사짓기와 자립의 가치보다는 근사한 프로젝트와 현란한 말들로 후원금과 눈먼 돈들에 관심이 많아 보였던 그 당시의 녹색 교육운동이 나는 실망스러웠다.

　그러던 차에 참으로 존경할 만한 사상가 이반 일리히의 책《학교 없는 사회》를 읽게 되었다. 충격이었다. 제도란 것에 대해서 이토록 명쾌한 시각을 지닌 사상은 나로서는 처음 접했기 때문이었다. 눈을 비비며 밤새워 읽고 또 읽었다. 현대 산업 사회에서 학교 제도가 갖는 본질이 무엇인지를 분명히 보여주는 매우 통렬한 비판이었다.

하지만 나는 여전히 이기적인 엄마였다. 일리히의 책을 통해서 학교 교육에 대해서 막연한 불만을 갖고 있는 수준이 아니라 본질적이고 본격적인 불신을 갖게 되었음에도 불구하고, 아이 교육을 내가 직접 책임져야 한다는 생각을 당장은 받아들이기 힘들었다.

"안 돼! 아무리 그래도 아이들에게 내 시간을 다 빼앗길 수는 없단 말이야. 어쩌면 좋지? 그래, 대안학교란 데에 아이를 보내면 되지 않을까? 일반 학교처럼 억압적이지 않고 자유롭게 아이들을 교육시킨다던데. 부모인 나를 대신해서 훨씬 잘 교육시켜준다고 하잖아!"

이 대목에서 문득 깨달은 한 가지 사실은 공립학교나 사립학교나 대안학교나 '학교'란 이름이 붙은 곳은 모두 자기들이 부모를 대신해서 아이를 교육시켜주겠다고 한다는 것이다. 지금은 사람들이 이런 상황을 너무나 당연하게 여기고 있지만, 사실 근대 교육 이전에는 전혀 그렇지 않았다. 근대 이전만 해도 아이들은 부모나 주변 사람들로부터 살아가는 데 필요한 중요한 지식들을 자연스레 배웠고 직접 어떤 일

교육의 핵심 역할은 배우려는 의욕과 능력을 몸에 심어주는 데 있다.
이미 '배운 인간'이 아니라 '계속 배워나가는 인간'을 배출해내야 하는 것이다.
진정으로 인간적인 사회란
할머니도 할아버지도, 엄마도 아빠도, 아이도 모두 배우는 사회이다.
— 에릭 호퍼,《길 위의 철학자》

에 뛰어들어서 실제로 행하면서 배웠다.

하여간 대안학교까지 생각이 미치는 일은 그래도 쉬웠다. 그런데 앞에서도 잠깐 말했듯이 돈이라는 걸림돌이 내 앞에 떡 하니 버티고 있었다. '자유롭고 창의적이며 자발성에 기초한 참된 교육'을 주장하는 그 멋진 이름들의 대안학교에 아이를 보내자면 돈이 많이 드는 게 현실이었다. 시골에서 농사지으면서 살아갈 수야 있지만, 도시에서라면 중산층은커녕 틀림없이 빈민층에 속할 나의 주머니 사정으로는 당최 불가능했다.

아이를 대안학교에 보내려면 밖에 나가서 돈을 벌어야 했다. 이 엄연하고 냉혹한 현실에 부딪치자 나는 평소 버릇대로 정신이 혼미해졌다. 아이 교육비를 위해서라면 무슨 일이라도 마다하지 않는 게 대한민국 부모들이라던데, 어찌하여 나는 그럴 수가 없는지……. (나는 부모 될 자격이 없는 자인가?)

"아이고, 이럴 수가! 결국 아이들 교육비를 벌기 위해서 내 시간을 빼앗기는 것은 마찬가지잖아."

심각한 고민으로 밥맛도 잃어버릴 정도였다. 하지만 결코 오래 고민하진 않았다. 무모한 결단이 특기인 나는 이 상황에서도 그 특기를 유감없이 발휘했다.

"흑흑. 차라리 아이들에게 시간을 빼앗기는 게 더 낫겠어."

이렇게 된 것이다. 우리가 안스쿨링을 하게 된 것은 결코 거창한 뭐가 있어서가 아니다. 거창한 이유가 있었으면 목에 힘이라도 줄 수 있었을 텐데…… 돈 때문이라는 쩨쩨한 이유가 숨어 있을 뿐이다. 아이들 때문에 자기 시간을 희생시키지 않겠다며 요리조리 머리 굴리다가 결국은 스스로 파헤쳐놓은 함정에 빠진 것이다.

"흠! 꼴, 좋다!"

그런데 막상 안스쿨링을 해보니 전혀 생각하지도 않은 일들이 벌어졌다. 그중에서 제일 우스운 것은 내가 가장 크게 염려한 일, 그러니까 아이들 때문에 내 소중한 시간(대체 뭐가 그리 소중하다고?)을 빼앗길까 봐 초조해했던 게 완전히 반전되어 버렸다는 사실이다. 열세 살 큰아이와 아예 초등학교 입학을 하지 않고 신나게 놀며 지내던 작은아이가 안스쿨링을 하면서 집에 같이 있게 되자, 놀랍게도 든든한 노동력이 되어 주었다.

아이들이 학교에 격리되어 잘(!) 보호받는 지금의 교육제도를 신봉하는 독자들은 내 말이 안 믿기겠지만, 아이들도 훌륭한 일꾼이 될 수 있다. 실험해보시라! 아동착취라고 비난할 사람도 있겠지만, 사실 아이들도 몸 쓰는 일을 곧잘 해낼 수 있다. 물론 노동을 싫어하는 아이를 설득하고 다그쳐야 하는 괴로움이 조금 있긴 하다.

여하튼 전에는 나 혼자 끙끙거리며 해온 농사일과 집안일을 시간이 팡팡 남아도는 두 아이들이 거들기 시작했다. 물론 초기의 강압적인 일 시키기 작전과 모녀간의 긴장과 투쟁이 꽤 있었음을 고백한다. 여 태까지 학교에서든 어디에서든 신나게 노는 일만이 전부였던 열세 살짜리 아이가 갑자기 자발적으로 일하겠다고 나서지는 않았으니까.

호미 들고 싸웠든 고무신을 던지며 싸웠든, 아이들이 내 노동 시간을 절약해준 건 확실하다. 게다가 동생과 늘 함께 있게 되자 첫째가 함께 놀아주기, 책 같이 읽기, 이것저것 알려주기 등을 맡게 되어서 둘째에 대한 내 부담까지 확 줄어들었다. 또 학교에 다니던 때보다 훨씬 자유롭게 놀러 다닐 시간까지 덤으로 주어졌다.

오호라, 돈 안들이고 아이들을 키우는데 함께 일도 하고, 맘대로 시간을 쓸 수 있고, 이거야말로 꿩 먹고 알 먹기구나.

나는 원래 아이들 교육보다는 내 자신의 인생에 더 관심이 많으며, 늘 자신에게만 몰입하는 이기적 천성을 어떻게 해도 숨길 수가 없는 사람이다. 그래서 안스쿨링을 하면서 처음 염려했던 것보다 사태가 점점 호전되자 그 본능이 되살아나면서 또다시 머리를 굴리곤 했다.

"흠, 그래. 아이들을 통해, 아이들을 발판으로 삼아, 아이들을 이용해서, 내가 하고 싶은 공부를 실컷 해야지. 야호, 신난다!"

아이들은 어떡하고? 뭐, 자기들이 알아서 천천히 커나가겠지. 학교에 의존하지 않을 거니까 별달리 뾰쪽한 수가 없잖아? 스스로 살아갈 수 있는 생존 능력을 길러갈 거야. 그러니까 난 느긋하게 아이들을 지켜보기만 하면 돼. 그러면서 고질병인 내 어리석음이나 열심히 파헤치고 치료하면서 살면 되는 거야.

그런데 오랜 세월 동안 이 사회와 체제에 순한 말처럼 길들여진 나야말로 진정 자유롭고 힘찬 삶을 위해 뭔가를 새롭게 다시 배워야 할 사람이 아니던가? 그렇다면 '안스쿨링'이 아이들보다는 오히려 나한테 더 필요한 것이 아닌가? 정말 그랬다! 안스쿨링을 하면서 어찌된 게 아이들보다 부모인 내가 더 많이 배우고 공부하게 된 듯하니 말이다.

학교를 벗어나
질문하고 배우다

도은 너희들은 학교 가고 싶은 적 없었어?

하연 뭐, 난 별로 생각해본 적이 없는 걸.

여연 사실 나는 학교 가고 싶은 적 있었어.

도은 언제 그런 생각이 들었어?

여연 밭에서 괭이질 할 때 문득 '지금쯤 내 또래 아이들은 학교에 가
      있겠지. 나도 학교에 가 있으면 이렇게 일하지 않아도 될 텐데.'
      그런 생각을 종종 했어. 또 산에서 부엽토 긁을 때도 그런 생각
      을 한 적 있었고.

하연 으이그, 일하기 싫어서 학교 가고 싶었던 거야? 이유 치고는
      좀…….

여연 그런데 넌 어째서 학교에 가고 싶은 생각이 안 드는 거냐? 신기
      하다.

하연 학교란 데를 아예 몰라서 그런가 보지, 뭐. 나야 언니처럼 일을
      많이 했던 것도 아니잖아? 요새는 좀 달라지긴 했어도. 언니가

나돌아 다니는 바람에 요샌 내가 일을 더 많이 하는 것 같다니까! 어쨌든 난 학교 가고 싶단 생각은 별로 안 해봤어.

도은 친구가 그리웠던 적은 없었어? 사실 여기에는 같이 놀고 이야기할 친구가 전혀 없잖아.

여연 친구가 그립다기보다는 뭐랄까, 내 또래 아이들이 무리 지어 다니는 것이 조금 부러웠던 적은 있었던 것 같아. 내 또래 애들이 혼자가 아니라 무리 지어 있으면 뭔가 있어 보이고 그러거든. 힘이 있어 보이잖아.

도은 아, 그렇구나. 혼자 다니는 게 외로운 마음이 드는 건가?

여연 외로운 거라기보다는 글쎄, 잘 모르겠어. 학교 다니는 아이들이 함께 몰려다니는 게 나한테는 무척 대단해 보였던 것 같아. 어딘가에 소속되어 있다는 느낌이 부러웠던 걸까? 하지만 그건 과거 일이고 지금은 그런 생각도 별로 안 들어. 사람들 만나는 것도 좋지만 평소에는 혼자 있는 게 편안해.

도은 하연이는 어때?

하연 친구? 어릴 때는 그래도 마을에 같이 놀 친구들이 좀 있었잖아. 언니하고도 놀았고. 그래서 괜찮았고 지금은 혼자 잘 놀고 잘 살잖아! 어른들하고도 친구처럼 잘 지내고……. 또래가 아니어도 친한 사람들이 많이 있어서 괜찮아. 또 학교에 안 가니까 맘껏 늦잠도 잘 수 있고, 사실은 자유로워서 좋아.

여연 하긴 너는 정말 게을러. 요새도 아침 열 시에 일어나지?

하연 아니야! 그건 겨울 일이고 지금은 봄이라서 적어도 아홉 시에 는 일어난다구!

도은 여연이 너도 잠이 많을 때가 있었잖니. 근데 요새는 여연이가 퍽 일찍 일어나던걸? 굉장히 부지런해졌더라. 사실은 나도 하연 이가 너무 늦게 일어나서 쬐금 보기 싫을 때도 있긴 해. 아침에 우리 둘이 밭에 나가 일하는데도 방에서 쿨쿨 자고 있을 때가 많잖아?

하연 윽, 둘이 내 흉만 볼 거야? 언니는 얼마나…….

(세 모녀의 대화는 서로의 단점 들추기로 이어질 것 같아서 여기서 얼른 멈추었다.)

인생의 모든 순간을 학습하고,
지식, 기술, 경험을 서로 나누어 가지고,
서로 도와주는 순간으로 바꾸어놓을 수 있는
가능성을 높일 수 있는 교육망 형성이
바로 우리가 추구해야 할 과제이다.

— 이반 일리히 《학교 없는 사회》 중에서

우리는 군이 학교를 가지 않더라도 어떻게 살아가야 하는지를 잘 배운다고 믿는다. 오히려 참된 앎은 살면서 우리가 행하는 스스로의 노력, 혼자서 의문을 갖고 질문을 던지는 과정, 여러 가지 실천들을 통해서 얻어지는 것이라고 믿는다.

배움이란 무엇일까?

자기가 발 딛고 서 있는 이 세상을 '구체적으로' 알아가는 일이라고 생각한다. 부엌에서, 작업장에서, 농장에서, 일터에서 우리는 손과 눈과 귀와 온 몸을 가지고 '구체적인' 지식을 얻고 활용한다. 농사를 짓고, 책상을 만들고, 집을 짓고, 아이를 키우고, 음식을 만들고, 옷을 만드는 사람은 '살아가는 데 필요한 것을 배웠고 배워가는 사람들'이다. 이들한테 학교 졸업장이 없다고 또 자격증이 없다고 무시할 수 있는가? (물론 이 사회는 무시한다.)

우리 시대의 학교는 학생들에게 사랑과 열정, 모험과 헌신의 가치를 가르치지 않는다. 문제는 이 지구가 이제 성공한 인물들을 더 이상 필요로 하지 않는 것 같다는 점이다. 오히려 지구는 전쟁반대론자, 생태주의자, 환경보호주의자, 치료사, 모든 생명을 사랑하는 사람을 절실히 필요로 하고 있다. 자기 지역에 뿌리를 박고 땅과 평화롭게 공존하는 사람을 간절히 필요로 하고 있다. 이 세상과 자연의 파괴에 대해서 도덕적 용기를 갖고 힘차게 싸울 수 있는 사람을 필요로 하고 있다.

가톨릭 수사였던 토머스 머튼은 이런 말을 했다고 한다.

"미치광이가 되든 술주정뱅이가 되든 별 거지 깽깽이 같은 인간이 되든 간에 자기가 원하는 대로 하라. 하지만 어떤 일이 있어도 한 가지만은 피하라, 바로 성공한 인간 말이다."

아이들이 학교에서 벗어나면서, 아니 도시를 떠나 시골로 오면서부터 우리도 이 체제에서 성공한 인간이 되겠다는 생각은 일찌감치 버렸다. 결코 될 수도 없고, 되고 싶지도 않으며, 되어서도 안 된다고 생각했다. 첨단 우주 공학자가 되어 수소폭탄을 실은 대륙간 탄도 미사일 설계를 열심히 하고, 군사 산업체의 고위직을 차지하고, 초국가적 농기업에서 최고 연봉을 받으며 유전공학자로 일하는 인간은 모두 최고 교육을 받은 이들이다.

애들아, 우리는 아마추어로 살자꾸나. 아마추어는 원래 '사랑하는 사람(amator)'이라는 어원을 갖고 있단다. 우리는 뭔가를 사랑하는 사람이 되자. 이 지구를 사랑하고 생명 있는 것들을 진정으로 사랑하는 사람이 되어보자.

물론 성공의 기준을 어떻게 보느냐에 따라서 나의 말뜻이 달라질 수도 있겠다. 내가 지금 말하는 성공은 이 체제 속에서 인정받고 돈과 권력을 누리는 성공을 뜻한다. 그런 성공이 아니라면 나와 내 딸들도 '성공'을 원한다. 땅에서 살아갈 수 있는 실력 있는 인간, 성공이다. 악조건에서도 스스로를 지켜내고 인간의 위엄을 잃지 않는 인간, 성공이다. 자신의 무지를 깨닫고 성실히 배워나가는 인간, 성공이다. 사랑, 우애, 열의, 헌신 같은 가치를 나이 들어도 잃지 않고 오히려 키워나가는 인간, 성공한 인간이다.

지금의 학교는 어떤 기술이 어디에 쓰이고 어떻게 쓰여야만 하는지에 관련해서 전체 그림을 그릴 수 있는 지성인을 키워내지 못하고 있는 것 같다. 배웠다고 하는 고학력자가 이렇게나 많은데 우리가 사는 이 세상은 왜 이 모양일까. 왜 위험할 정도로 지구 생태계가 파괴되었는가 말이다. 혹시 파편화된 지식으로 무장한 고학력 전문가 집단이 지나치게 많아져서 생태계 상황이 이렇게 악화된 것은 아닌지 문득 묻고 싶어진다.

지금의 학교 교육은 질문할 줄 모르는 아이들과 스스로 생각하는 법을 모르는 어른들을 만들어내고 있지는 않은지……. 오직 TV와 신문과 광고와 인터넷에만 의존하여 세상을 보는 인간들을 길러내고 있는 건 아닌지 의문이 든다. 이토록 학교가 많고, 이토록 교사와 학자들이 많고, 이토록 정보가 넘치는데도 불구하고 자신이 발 딛고 서 있는 이 세상에 대해서 이토록 무지한 시대가 또 있을까 싶다.

그래서 나는 이렇게 말하고 싶다.

"배우려는 이들이여, 우리 함께 머리 맞대고 질문해봅시다. 세상일이 어떻게 돌아가고 있는지 우리는 어떻게 살아야 하는지에 대해서 의문을 가져봅시다. 불의와 부조리에 슬쩍 고개 돌리는 인간이 아니라 옳지 않다고 소리 내어 저항할 수 있는 힘을 가지려면 어떡해야 하는지 함께 고민해봅시다. 우리 마음속에 분명히 들어있는 귀한 양심과 선량한 인격을 되도록 많이 이끌어내기 위하여 함께 애써보면 어떨까요? 사납고, 속이고, 질투하고, 탐욕을 부리려는 남루한 인격은 잘 달래서 튀어나오지 않게 하는 방법을 궁리해봅시다.

게다가 지금은 과학과 기술의 발전에 대해 의문을 갖고 질문해야할 때 같아요. 이미 어떤 한계를 넘어선 것은 아닌지 물어야 할 때인것 같습니다. 유전자 조작이나 생명체 복제 같은 유전 공학 기술과 원자력 기술 등이 이미 자기 조절 능력을 넘어선 것은 아닌지 심각하게 물어야 할 때가 아닐까요? 온갖 불법행위, 오류, 관리 불가능한 시스템으로 인해서 과학기술 자체의 근본이 흔들릴 날이 곧 올 거라고 예견하는 사람들도 있더군요. 과연 그런지 우리가 함께 질문해봅시다!"

배우려는 이들은 혼자서 혹은 같은 생각을 가진 친구들과 함께 질문을 던져야 할 것이다. 고독한 과정일 수 있으며 때로 막막하고 힘겨울 수 있다. 하지만 고독한 질문과 탐구는 진리로 가는 오솔길 중의 하나라고 믿는다. 기쁨도 고독 못지않게 크다. 배우는 일에 기쁨이 빠진다면 금방 억압이 되어버리므로 기쁨이 많아야 할 것이다. 그래야 잘 배우기 때문이다.

학교를 벗어나서 배울 때 무슨 기쁨이 있을까? 우리 경우를 보자면, 먼저 자유를 맛보게 되는 기쁨이 있다. 사실 이 자유로움은 학교에서 벗어나서 우리가 누리고 있는 가장 큰 기쁨이라 하겠다. 시스템이 강요하는 권위나 유행에서 벗어나는 자유가 우리는 정말로 좋았다. 이런 자유를 누리게 되자 세상에 대한 호기심과 경탄이 더 많이 생기는 것 같았다. 넉넉한 시간을 가지고 우리한테 필요한 것들을 자유롭게 찾아보는 기쁨도 크다.

그리고 독학자의 기쁨이 있다. 학교를 그만두고 검정고시를 준비해서 대학에 진학하는 그런 식의 독학을 말하는 게 아니다. 내가 말하는 독학자란 스스로 배우려는 욕구를 가진 사람을 말한다. 그런데 이 배움의 욕구는 어떻게 생기는 것일까? 인생에 대한 호기심, 훌륭한 책이나 자극을 주는 사람들과의 만남, 경탄을 불러일으키는 어떤 사상과의 만남을 통해서 이런 욕구가 생기지 않을까 싶다. 나는 진정한 배움 중에 열에 예닐곱은 독학으로 이루어지는 게 아닐까 생각하게 되었다.

살면서 내가 뭔가를 배웠다면 대부분이 학교 교육을 통한 게 아니었다. 어떤 시기마다 나에게 운명처럼 다가왔던 중요한 만남들을 통해서 배웠고 지금도 배우고 있다. 페미니즘을 만났고, 슈타이너 사상과 교육을 만났고, 자연의학을 만났던 것들은 모두 학교를 벗어난 후에 이루어진 것들이다. 직접 경험을 하면서, 실수나 실패를 통해서, 남들의 경험을 따라 하며 보고 배운 것들도 많이 있다. 농사짓기, 아이 키우기, 밥하기, 살림하기, 생각하기가 모두 그랬다. 좋은 사람들을 만났던 것과 좋은 책들을 만난 것도 이 배움에 크나큰 도움이 되었다.

어떤 책이 좋은 것인지도 '독학자'의 기준을 따르면 좋을 것이다. 다수가 아무리 찬양해도 내 의문과 배움에 아무 도움이 안 되면 나는 굳이 읽을 필요가 없다고 생각한다. 독학자는 베스트셀러에 거의 현혹되지 않는다. 내 경우를 보면 한국에서 잘 팔리는 베스트셀러들에게 차가운 의혹의 눈길까지 보낸다. 워낙 삐딱해서 그렇기도 하지만 한편으로는 세상의 유행에서 자유롭기 때문이라고 혼자 주장한다.

나는 독학자이다. 앞으로도 그럴 것이다. 딸들에게도 스스로 배워가는 사람이 되라고 권한다. 두려움 때문에 통제 당하는 인간은 되지 말자고 나 자신에게도 부탁하곤 한다. 심리학자 칼 융은 "한 인간이 자신의 인생행로를 따라가며 이루어내야 하는 첫째가는 임무는 자신만의 고유한 신화를 창조해가는 일"이라고 말했다. 나는 이 말에 크게 고개를 끄덕인다.

돌틈에 핀 제비꽃

우리가 함께 해온
이런저런 배움과 즐거움들

공부란 더 나은 삶을 위해 하는 것이라고 믿는 나는 아이들과 이런저런 일들을 벌여가면서 여전히 배워나가고 있는 중이다. 학교를 벗어난 뒤에 이루어진 우리만의 이 배움의 과정은 사춘기 초입의 큰아이와 초등학교 저학년 나이의 둘째 그리고 중년의 산을 오르고 있던 나 이렇게 셋이서 시작했다.

처음에 우리가 배워야 할 가장 큰 일은 '농사일하기'였다. 나도 일을 썩 잘하지 못하는 데다가 일하기 싫어하는 큰아이 때문에 속을 많이 끓였다. 자발적으로 알아서 일을 쓱쓱 해내는 청소년! 나에겐 꿈이고 몽상이었다. 그래도 농사일만은 몸으로 꼭 익혔으면 싶어서 나도 일을 많이 하려 했고 아이한테도 많이 시켰다. 일할 줄 모르던 내 어린 시절에 대한 반발일 터였다. 괭이질, 삽질, 낫질, 거름내기 등을 억지로(!) 하고, 시켰다.

아이는 일머리가 없었다. 당연하다. 뭘 해도 한심할 정도로 느린데다가 서투르기 짝이 없어서 일 못하는 내가 바라보기에도 무지 괴로웠다. 스스로 원해서 하는 게 아니라서 더욱 그랬다는 것을 지금은 깨닫는다. 인내심이 없는 나는 기다리지 못하고 화도 많이 냈다.

그런데, 참, 세월이 정말 약인가 보다. 서너 해 세월이 흐르자 아이는 나보다 밭매기를 잘하고, 나이 들어가는 엄마 대신 힘쓰는 일을 알아서 해내고, 괭이로 밭고랑 만드는 일도 나름 반듯하게 해내었다. 초보 수준이나마 몸을 써서 일할 줄 아는 아이가 된 것이다. 처음에야 자기도 힘들었겠지만 조금이라도 뭔가 배우긴 배운 것 같다.

둘째는 아장아장 걷던 꼬맹이 때부터 작은 식물들과 들풀들에 관심이 많았던 아이다. 들꽃들을 어찌나 좋아하는지 걸음마를 할 때부터 별명이 '꽃순이'였다. 엄마와 언니가 일하러 갈 때면 자기도 호미랑 바구니를 들고 따라나섰다. 곁에서 잠깐 일하는 시늉을 내기도 했다. 하지만 어느 순간 돌아다 보면 어디 갔지? 곁에 없다. 아이는 흥미로운 풀들과 자연 관찰에 한눈이 팔려 밭 옆 도랑이나 뒷산에 가 있기 일쑤였고, 자기만의 상상놀이에 푹 빠져 혼자 종알대며 별의별 놀이를 다하고 다녔다.

아직 어린 걸 어쩌겠나 싶어서 크게 간섭을 하진 않았다. 그래도 서당 개 삼 년에 풍월을 읊는다고 하질 않던가. 몇 년 그렇게 따라다니다 보니, 갖가지 풀들과 꽃들과 농작물의 생리와 생태를 아이 스스로 알아가게 되었다. 이 '풍월 읊는 서당 개'는 이제 집에 놀러 온 지인들한 테 "이건 먹을 수 있는 거고요, 이 풀은 먹을 순 있지만 맛은 별로 없어 요, 어쩌고~" 하며 가르쳐주기까지 한다. 게다가 들나물과 산나물 따 오기는 가족 중 누구도 따라갈 수 없는 실력이다. 그래서 겨울 저장식 품이 바닥나고 새 푸성귀는 귀한 보릿고개 봄철이 되면 작은아이 덕분 에 밥상이 푸르고 향기로워진다.

그 다음은 밥하기였다. 나는 학교에 안 가게 된 큰아이에게 일주일 에 하루 정도는 밥을 하라고 시켰다. 엄청 짜거나 맹맹한 반찬을 참고 먹어야 하는 날들이 꽤 있었다. 모전여전이라고 음식 못하는 엄마의 딸이니 어쩌겠는가. 그래도 밭일보다는 음식 만들기가 더 쉽고 흥미로 웠는지 큰아이는 차츰차츰 밥을 잘하게 되었다. 서툰 음식 솜씨를 가 진 엄마를 긴장시키고 싶었을까? 이제 큰아이는 텃밭이나 집에 있는 재료만으로도 온갖 음식들(떡이나 실험적인 음식도 포함)을 만들어낼 줄 알 게 되었다. 열댓 살 무렵부터는 엄마가 바쁠 때 매끼 식사와 새참을 거 뜬히 차려내고 동생까지 챙겨 먹이는 일을 스스럼없이 해내고 있다. 이걸 보고 부끄럽지 않으려고 나도 분발하고 있는 중이다. 자식 키운 보람인가?

의무 노동량이 언니보다 늘 적어서 시간이 많은 작은아이도 어느덧 자연스레 밥하기와 간식 만들기에 자발적으로 동참하고 있다. 워낙 혼자서 소꿉놀이를 많이 해와서인지(지금도 한다!) 음식 만들기도 소꿉놀이처럼 종알거리며 재미나게 하곤 한다. 신기하다. 이제 우리 부엌은 나 혼자 밥하고 치우는 공간이 아니다. 오히려 도마와 칼을 든 딸아이들이 점령하고 있을 때가 많다. 이런 점령군을 어찌 환영하지 않을 수 있겠는가. 가사노동에 시달리는 주부들에게는 점령군이 아니라 해방군이라 느껴질 터였다. 그런데 오늘은 무슨 반찬이 나오려나? 궁금해진다.

농사일과 밥해 먹고 치우는 일상의 일이 끝나면 우리는 주로 방에 모여 함께 읽기로 한 책을 돌아가며 소리 내어 낭독하고 두서없이 책 내용에 대해 이야기를 한다. "이게 대체 뭔 소리냐", "이런 뜻이다", "아니다, 저런 뜻이다" 등. 책과 관계없는 쓸데없는 수다로 이어질 때가 많고 내용이 어려우면 작은아이는 꾸벅꾸벅 졸기도 한다. 그러다가 자기 수준에 맞는 쉬운 영어책들을 큰 소리로 읽는다. 이따금씩 우리 시인들의 좋은 시를 함께 읽기도 한다. 윤동주와 백석에서부터 김수영을 거쳐 나희덕이나 황인숙까지.

이런 저녁들이 흔히 말하는 '공부시간'이라고 할 수 있겠다. 하지만 학교 교과과정이나 교과서에 구애받을 필요가 없어서 아주 자유롭다.

이마저도 바쁜 농번기에는 피곤하다는 이유로 그냥 푹 잤으며, 손님이 오거나 놀러 가는 날이나 주말에는 우리도 놀았다. 서로 싸워서 얼굴 보기 싫은 날은 당연히 그랬다.

함께 읽는 책도 우리가 골랐다. 교양 과학사와 관련된 책도 있었고 생태주의 시각을 가진 책도 있었다. 어쩔 수 없이 어른인 내가 흥미를 느낀 책들을 고르게 되는데, 공부란 걸 전혀 안 하는 큰아이에게 최소한의 상식과 지식 정도는 알려주어야겠다는 생각이 있었던 듯하다. 그래서 아이들이 혼자 읽기에는 조금 빡빡한 내용이거나 진도가 잘 안 나갈 것 같은 교양서들이 주로 선택되었다. 빌 브라이슨의 《거의 모든 것의 역사》, 앨런 와이즈먼의 《인간 없는 세상》, 전국과학교사모임에서 지은 《살아있는 과학 교과서》, 《살아있는 세계사 교과서》, 쑨자오룬의 《지도로 보는 세계 과학사》 책 등. 꽤 두툼한 책들을 머리말부터 아이들과 함께 천천히 읽어나갔다. 어떤 때는 책 한 권을 읽는데 6개월이 넘게 걸린 적도 있다. 빨리 읽을 생각이 없었다. 시험을 볼 것도 아니었고 시간만큼은 우리한테 넉넉하니까 말이다. 물론 반항심 많은 큰아이는 이 책읽기에 마지못해 따라왔고 어린 둘째가 이해하기에는 너무 어려운 내용이 많긴 했다. 그럴 땐 대강만 설명해주고 넘어가곤 했다. 사실 어떤 과학 이론들은 나도 이해가 안 될 때가 많았다. 백과사

전을 찾아보거나 아는 분께 물어보기도 했지만, 모르면 솔직하게 모르 겠다고 하고 그냥 넘어갔다. 언젠가 때가 되어서 그 분야의 공부를 하 게 되면 알게 되겠지 하는 마음과 그런 전문지식을 모르면 또 어떠랴 싶어서였다. 최근에는 내셔널지오그래픽에서 낸 《과학, 우주에서 마음 까지》라는 책을 읽기 시작했다.

소설이나 에세이처럼 혼자서 즐길 수 있는 책들은 각자가 알아서 맘껏 빌려다 읽었다. 큰아이는 어느 시기부터 초보 수준의 화학과 물 리학 책들을 빌려다 읽는 듯했고, 한때는 천문학 책들에 푹 빠져서 밤 마다 별을 보러 헤매고 다니기도 했다. 하여간 우리는 밥을 먹을 때나 함께 일할 때 자기가 재미나게 읽은 책 이야기를 두서없이 꺼내곤 한 다. 책들에게 애정 어린 감탄과 찬사를 보내기도 하고, 종이가 아깝다 고 혹독한 비평을 하기도 하고, 꼭 읽어보라고 서로에게 권할 때도 있 다. 하지만 아이들이 추천한 책(소설이 많다)이 나한테는 "내참, 별 시시 한 헛소리를 다 하네." 싶을 때가 있고, 내가 간곡하게 권한 책(교양서가 많다)을 아이들은 한두 쪽 들추다가 즉각 거부한 적도 있다. 아이들은 "윽, 엄마는 구식!"이라며 "세대 차이"를 들먹이지만 나는 "지성과 교양 의 차이"라고 빡빡 우긴다.

책 빌리는 일은 주로 읍내 도서관을 많이 이용한다. 워낙 작은 도서관이라서 책이 많지는 않다. 읽고 싶은 책이 없을 때가 종종 있어서 조금 아쉽기는 하지만 그래도 잘 찾아보면 좋은 책이 꽤 있다. 여러 번 읽고 싶은 좋은 책들은 여윳돈이 생길 때마다 기쁘게, 서슴없이, 과감하게 사기도 한다. 한달 생활비 전부보다 책값이 더 드는 달도 있다. 이러한 나의 '책 사치'에 대해서 딸들은 이따금 원성을 보낼 때도 있지만 나는 굳건히 버티고 있는 중이다. 텔레비전도 없고, 인터넷도 없고, 신문도 안보고, 휴대폰도 없고, 영화도 거의 안 보고, 잡지도 한두 권 말고는 구독하지 않는 삶이라서 책이 주는 즐거움은 퍽 남다르다. 늘 먹는 밥처럼 슬플 때도 기쁠 때도 책은 언제나 우리 곁을 지켜왔다는 생각이 든다. 책은 우리에게 위로와 배움과 크나큰 기쁨을 주었고, 지금도 그러하다.

영어책 읽기 역시 천천히 해나가고 있다. 학교에서 '굿모닝 하우아유' 수준 정도는 배운 큰아이는 한동안 영어책이든 뭐든 공부 비슷한 것이면 무조건 싫어했다. 학교 다닐 때도 시험을 잘 치는 아이가 아니었으니 이해할 만했다. 일종의 휴식기라 생각하고 학교를 그만둔 뒤 두어해 정도는 공부 비슷한 이야기를 별로 꺼내지 않았다. 그동안 아이는 자기가 좋아하는 책들만 골라 읽었는데 시기마다 그 수준과 종류가 퍽 다양했다. (내 생각에) 별 허접한 것들에서부터 조금 괜찮은 책들까지 읽어댔다.

　이러한 휴식기가 천천히 흐른 다음에야 비로소 큰아이와 영어책 읽기를 했다. 아주 쉬운 어린이용 동화를 읽는 일부터 시작했다. 그 다음에는 간단한 문법책 한 권을 통독했다. 그런 뒤, 아이는 지인한테서 선물 받은 영문판《해리포터》에 스스로 도전했다. 하지만 악전고투하며 한 50여 페이지 읽은 다음에는 유감스럽게도 중단하고 말았다. 한글로 읽을 때처럼 술술 읽어내지 못하니까 별 재미도 없는데 다가 특이한 단어들이 많아서 영어 실력이 짧은 아이한테는 큰 고역이었던 것이다.

　해리포터 영어에 질린 아이는 잠시 영어책 읽기를 쉬었다. 그 후 미국에서 버락 오바마가 대통령에 당선되었다. 산골 사는 우리에게조차 흥미로운 사건이었다. 그해 겨울 농사일이 없어서 한가로운 시기에 아이는 버락 오바마의 영어 연설문집 한 권을 붙들고 늘어졌다. 내가 권했고 아이도 좋다고 했다. 혼자 사전을 찾아가며 뜻을 이해한 다음에 수없이 여러 번 큰 소리로 읽었다. 연설문 내용은 아이 실력으로는 결코 쉽지 않았다. 하지만 정치적 꿈과 이상에 관련된 내용이 많았고 문장이 크게 꼬이지 않은 데다가 뜻이 분명해서 큰아이는 나름 좋아했다. 애써서 이 책을 마친 뒤로 아이는 영어책 읽기에 약간의 자신감을 갖게 된 듯하다. 지금은 청소년용 영어 소설을 혼자서 천천히 읽어내고 있다.

작은아이는 한참 동안 이른바 공부란 걸 하지 않았다. 나한테는 아이를 공부시켜야 한다는 의무감이 전혀 없었고, 아이 스스로도 다른 관심사들(환상놀이, 소꿉놀이, 관찰, 동물 키우기, 주변 재료로 아주 작은 것들을 만들어내기, 그림 그리기 등)이 워낙 많아서 날이면 날마다 신나고 바빴기 때문이다. 한글도 여덟 살이 가까워서야 겨우 익혀서 동화책을 읽기 시작했고, ABC를 읽고 쓰게 된 것도 열한 살이 훌쩍 넘어서였다. 그 뒤로 느리게 영어 동화책들을 아주 쉬운 것부터 한 권씩 읽어나가고 있다. 문법이라든가 회화 같은 것은 하지 않았다. 구구단도 열세 살 무렵인 몇 달 전에서야 큰맘 먹고 외웠으니 말 다했다. 곱셈 나눗셈 등을 일상에서 별로 해본 적이 없다는 뜻이다. 그래도 가족이 함께 낭독했던 과학사 책들이나 생태주의 관련 책들에서 귓등으로 얻어들은 건 좀 되는 것 같다. 재미있는 소설과 만화나 잡지는 물론이고 이것저것 자기한테 흥미로운 것들을 도서관 갈 때마다 혼자서 찾아 읽는다. 때로 엄마가 읽는 책들을 뒤적이며 "이 책은 대체 뭔 내용이야?"라며 검사하는 버릇까지 갖고 있다. 우리 집 내부 검열자다.

여기에 조금 특별한 배움이 있다면, '음악'이 아닐까 싶다. 열다섯 살 무렵부터 큰아이는 클래식기타를 치기 시작했다. 처음엔 심심풀이로 집에서 책을 보며 혼자 쳤는데, 몇 달 지나다 보니 아이 마음속에서 제대로 치고 싶다는 의욕이 불타오르게 되었다. 그래서 본격적으로 선생님을 찾아가서 배우기 시작했다.

우리가 사는 곳에서 가장 가까운 도시인 진주에 마침 클래식기타를 전공하신 젊은 여선생님이 계셔서 아이는 일주일에 한 번 기타를 매고 산길을 50분가량 걸어 내려가 읍내 버스를 탄 뒤 다시 시외버스를 타고 진주로 나가서 의욕이 충만한 선생님에게서 기타 레슨을 열심히 받고 돌아온다. (벌써 2년이 다 되어간다.) 처음부터 우리는 레슨비를 충분히 드릴 형편이 못된다고 선생님께 양해를 구했는데, 착한 선생님께서 흔쾌히 받아들여주셔서 이 배움이 가능했다. 가끔 농사지은 것들로 고마움을 표시하거나 간식을 꼬박꼬박 만들어가는 걸로 미안함을 대신하고 있다.

시간이 흐르면서 아이의 기타 실력은 나날이 늘어갔고 무엇보다 음악에 대한 사랑으로 눈이 반짝거렸다. 아주 어릴 때부터 청개구리 반항심으로 무장하고 엄마의 여러 시도와 의견에 무조건 감정적 반기를 들었던 아이가 처음으로 엄마를 다정하게(?) 쳐다보기 시작했다. 감격!

곁에서 보는 사람도 즐거웠고 아이 자신도 진심으로 행복해했다. 아마도 아이는 청소년기의 반항심과 불안하고 쓸쓸한 마음을 기타에 대한 사랑과 맹렬한 연습으로 달래려 한 게 아닐까. 작년에는 기타 선생님의 배려로 진주에서 열리는 클래식기타 연주회에 서너 번씩 참가하는 즐거움도 누렸다. 독주, 듀엣, 트리오 등으로.

자신감과 꿈으로 충만해진 큰아이는 어느 날 외국에 있는 음악대학 같은 데 가서 전문 기타리스트가 되면 어떻겠느냐고 말해서 나를 긴장시켰다. 나는 "네가 음악과 기타를 진심으로 사랑하고, 실력이 뛰어난 아마추어가 되면 좋겠다. 굳이 전문 음악가 되기 경쟁에 나설 필요가 있을까? 아마추어로 너 자신과 주변 사람들을 기쁘게 하면서 살면 되지 않겠느냐." 하고 간곡하게 부탁했는데 어떨지 모르겠다.

딸 덕분에 나도 기타를 아주 조금 치게 되었다. 거칠거칠 굳은 살이 박힌 손가락으로 더듬더듬 코드 짚어가며 정태춘 노래도 부르고 '꽃다지', '직녀에게' 같은 노래를 부르곤 한다. 내가 기타 들고 흥에 겨워하면 딸들은 "으악! 내 귀 살려!" 하며 자기들 방으로 내뺀다.

작은아이 하연은 작년부터 피아노를 배우고 있다. 일주일에 두 번 산길을 타박타박 걸어 내려가 버스 타고 읍내 피아노 학원에 다녀온다. 하연이 오는 시간에 맞춰서 여연이나 내가 산길을 마중 나가곤 하는데, 조잘조잘 즐겁고 평화로운 시간이다. 아이는 학원이란 걸 난생 처음 다니는지라 꽤 즐거워한다. 늘 혼자서 놀거나 엄마와 함께 일하러 다니는 일상에 찍힌 산뜻한 쉼표 같은 것일까. 내가 보기에는 작은 학원을 운영하는 예쁜 처녀 선생님과 수다 떨다 오는 즐거움이 더 큰 듯하다.

이 밖에도 가까이 사는 분들과 그때그때 형편과 여유가 되면 작은 모임들을 꾸려서 이런저런 배움과 즐거움을 누리곤 했다. 그림 그리기 모임, 바느질 모임, 노래모임, 글쓰기 모임, 기타 배우는 모임, 프랑스어 배우는 모임 등. 거의 아이들과 함께 참여하곤 했는데, 아는 이웃들을 만나서 모처럼 수다 떨며 노는 기쁨이 더 크다.

작년에는 10대 초반부터 20대, 40대, 50대까지 다양한 연령대의 '여자 여섯'이 매주 한 번씩 저녁밥 해먹고 한 책상에 둥그렇게 앉아서 프랑스어 배우는 모임을 꾸렸다. 구성원 중에 전직 프랑스어 선생님이 계셨기 때문이다. 내가 늦다리(!) 학생이 되어서 프랑스어를 기초부터 큰 소리로 따라 배우는 게 어찌나 재미나던지 시간 가는 줄 몰랐다. 그러면서 우리는 매주 시를 써서 발표하기도 하고, 좋아하는 시를 외워서 낭송하기도 하고, 독서 토론회를 하기도 했다. 배우려는 여자들의 인생수다는 치유의 힘이 있는 것 같다. 이 즐거운 배움에 아무 대가없이 자신의 재능을 나누어준 선생님께 감사한다.

나를 행복하게 해준
놀이들

놀이를 하면 나는 행복하다.

처음부터 초등학교에 들어가지 않은 나는 집에서도 공부는 많이 안한 편이다. 학원에 간다든가 하는 일들도 엄마가 전혀 안 시켰기 때문에 어릴 때부터 나한테는 '자유시간'이 아주 많았다. 책들이 내 자유시간의 큰 부분을 차지하지만, 거의 그만큼 놀이 역시 내 인생에서 아주크고 필수적이다.

작은 시골마을에 살고 있고 학교도 안 가니까 내 주위에는 나와 함께 놀만 한 또래 친구들이 별로 없다. 가끔 우리 집에 놀러 오는 엄마친구의 아들딸들과 만나면 재미있게 놀지만 금방 헤어져야 했다. 그러니까 내가 걸어갈 수 있는 거리에는 함께 놀만 한 친구들이 별로 없었다는 뜻이다. 산 윗마을로 이사 온 지금은 더 그렇다.

그래서 '나 자신'이 나의 놀이 친구이자 단짝 친구가 되어야 했다.

아~ 그렇다고 내가 이중인격자라거나 머리가 약간 돌았다는 뜻은아니다. 나는 그저 '홀로 노는 법'을 깨우쳤을 뿐이다. 나는 정말로 혼자 노는 데 선수이다.

언니가 아직 어리고 나도 아주 어렸을 때에는 언니와 함께 자주 놀았다. 인형놀이, 소꿉놀이, 그림 그리기, 만들기 등. 그때는 하루하루가 놀이였다. 하지만 언니가 자라서 사춘기에 접어들자 언니는 나랑 '논다'는 일에서부터 점점 멀어지기 시작했고, 나도 다 큰 언니와 노는 게 별로 편하지 않았다. 엄마는 늘 바쁘니까 나랑 놀아줄 리가 없고⋯⋯ 언니는 자기 일만 신경 쓰면서 나랑 상대하기 싫어하고⋯⋯.

별수 없이 혼자 놀아야 했다. 처음에는 조금 낯설기도 했지만 시간이 지나니까 이제는 아주 익숙해졌다.

내가 했던 놀이들은 정말로 수없이 많다. 하지만 여기에다 그걸 다 쓰기는 힘드니까 몇 가지만 적어보겠다.

인형놀이

어린 시절 동안 폭풍처럼 나를 휩쓸었던 놀이이다. 겨울에는 너무 추우니까 바깥에서 놀이를 못하게 된다. 그럴 땐 따뜻한 방안에 앉아서 인형놀이를 할 수 있어서 무지 좋았다. 내 인형놀이는 바비인형 놀이가 아니다. 내가 애지중지하는 나의 인형은 나보다 나이가 더 많다! 그러니까 나이를 많이 먹은 골동품 같은 인형인데 저 멀리 러시아에서 온 자그마한 헝겊인형으로 이름은 '나타샤'이다. 아마도 인형 나이는 열일곱 살쯤 되었을 거다. 농담이 아니다! 엄마가 아직 아기였던 언니와 러시아에서 살 때 구한 인형이니까 말이다. 그때 나는 아직 태어나지 않았고, 언니 나이가 지금 열여덟 살이니까…… 어휴, 수학은 복잡해! 확실한 것은 나타샤가 나보다 나이가 훨씬 많다는 사실이다.

그런데 나타샤는 플라스틱 인형도 아니고 도자기 인형도 아니고 나무 인형도 아니고, 보들보들한 헝겊으로 만든 인형이라서 문제가 많았다. 내가 태어나기 전에 언니가 옷을 벗기고 입히면서 신나게 주물럭거리며 놀이를 했고, 그 다음 내 차지가 되자 내가 더욱 열심히 만지작거렸기 때문에 인형의 몰골은 장난이 아니었다. 손때가 덕지덕지 묻고, 너덜너덜해진 게 누가 보면 인형이 아니라 걸레조각이라고 해도 믿을 것이다.

결국 실이 풀려서 인형의 한쪽 눈이 사라지자(입과 코는 예전에 사라진 상태였다) 나는 엄마에게 도움을 청했다. 엄마는 하얀 면 조각들을 잘라서 인형에게 씌우고 바늘로 꿰매 주었다. 그런데 얼굴과 몸통과 두 다리에만 씌우고 두 팔은 안 씌워주는 바람에(팔은 아직 덜 너덜너덜하다), 얼굴과 몸은 하얗고 예쁜데 팔만 시크무레한 얼룩무늬 인형이 되어 버렸다.

하여간 깨끗한 새 얼굴에 눈과 입을 그려 넣고, 틈날 때마다 헌 옷 천으로 인형 옷을 만들어 입히면서(우리 집에는 헌 옷들이 아주 많다) 지금도 열심히 가지고 놀고 있다. 나는 틈날 때마다 엄마한테 인형 옷 좀 만들어달라고 조른다. 기분이 좋을 때 엄마는 예쁜 헌 옷 천을 쓱쓱 자른 다음 바느질을 해서 한 벌씩 만들어준다. 화려한 파티복, 긴 드레스, 망토 등. 레이스를 달아줄 때도 있다. 멋지다! 내가 바느질해서 만든 인형 옷은 삐뚤빼뚤하고 꼭 끼는 데다가 엄마가 만든 옷에 비하면 볼품이 없다. 그래도 이것저것 많이 만들어 입혔다. 미니스커트, 수영복, 원피스, 잠옷 등.

황매화가 핀 집

그 밖에도 우리 집에는 엄마가 직접 만든 인형들이 꽤 있다. 목장갑으로 만든 남자 인형도 있고, 눈 코 입이 없는 포근한 아기 인형들, 손가락 크기의 꼬마 인형들도 있고, 털실로 뜬 곰돌이 인형도 있다. 이것들은 나의 인형놀이 때 온갖 역할을 하면서 등장한다. 나타샤도 놀이를 할 때마다 역할에 따라서 수없이 이름이 바뀌곤 한다.

지금보다 어렸을 때 나는 상자들을 이용해서 인형의 집을 꾸미고 놀았다. 침대, 옷장, 책상, 의자, 찬장 등을 두꺼운 종이로 만들거나 주위에 있는 나무블록 등을 이용해서 예쁘게 꾸미고 놀았다. 그림 장식도 해가면서 말이다.

소꿉놀이

마당과 산에 한창 풀들이 자라는 봄과 여름이 되면 소꿉놀이가 빛을 발한다. 아주 어렸을 때에는 언니와 내가 함께 소꿉놀이를 했다. 그럴 때는 밀가루를 거르는 둥근 거름망으로 흙을 곱게 거르곤 했다. 그고운 흙을 물로 반죽한 다음에 갖가지 진흙 빵을 만들었는데, 꽃잎을 얹기도 하고, 색색의 모래알을 박기도 하고, 풀줄기로 감싸서 모양을 내기도 하고…… 진짜 멋진 빵들을 많이 만들었다.

언니는 아마 열 살 무렵쯤이었고 나는 대여섯 살쯤 되었을 때다. 언니는 목욕할 때 쓰는 커다란 고무 다라이를 뒤집어서 둥근 탁자를 만든 다음에 그 위에다가 온갖 진흙 빵들을 만들어 빵집을 열곤 했다. 그러면 나는 손님이 되어서 그 빵을 사먹었다. 기억이 자세히 나지는 않지만 정말 색깔이 이상야릇한 온갖 빵들이 다 있는 화려한 빵집이었다.

나는 주로 풀과 꽃을 이용해서 소꿉놀이를 한다. 사람들이 흔히 생각하는 '엄마 아빠 놀이'나 분홍색 '인형의 집'을 사와서 노는 일을 나는 안 했다. 우리 집에는 플라스틱으로 만든 인형의 집이나 장난감 등이 전혀 없다. 하지만 어디선가 물려받은 나무블록들은 많아서 그걸 소꿉놀이나 인형놀이에 많이 사용하곤 한다. 침대도 되고 접시도 되고 식탁도 되고 집도 되고 뭐든지 다 될 수 있다.

나는 풀들과 꽃들로 예쁘게 요리를 만들어 차려내는 소꿉놀이를 제일 좋아한다. 엄지손톱만 한 풀꽃요리를 만들어서 작은 조개껍질 접시에 담고 꽃들로 화려하게 장식을 한다. 그리고 돈 많은 최고 상류층만이 올 수 있는 고급 레스토랑을 운영하는 것이다. 또 절구에 마구 찧은 묘한 풀 반죽을 작고 동글동글하게 빚어 한약을 만들고는 한약방을 운영하기도 한다. 이 한약은 꼭 진짜 같은데 향을 내려고 집에 있는 로즈마리나 라벤더 잎을 넣기도 한다. 호기심으로 그 묘한 약을 하나 먹어보았는데 야릇하고 역겨웠다. 엄마더러 먹어보라고 강요했지만 자기는 건강하다며 절대 안 먹겠다고 거절했다.

그 밖에도 혼자 소꿉놀이를 할 수 있는 방법은 무궁무진하다. 언제 어디서나 풀과 꽃만 있으면 된다. 가을에는 작고 귀여운 열매가 많으니 그걸 이용하면 봄여름과는 또 다른 놀이가 된다.

이 두 가지 놀이가 내가 하는 제일 기본적이고 대표적인 놀이이다. 사실 내가 하는 거의 모든 놀이는 이 두 가지 놀이에서 뻗어나온 놀이라고 할 수 있다. 인형놀이도 옷 갈아입히는 것만이 아니라 상상에 따라서, 또 읽은 책 내용에 따라서 정말 여러 가지로 변할 수 있다. 소꿉놀이도 꼭 풀들과 소꿉그릇들을 만지작거리는 것만 있는 게 아니다.

나무를 깎아서 활과 화살을 만들어서 놀 때도 있고, 가을에는 눈부신 열매들(청미래 덩굴 열매, 댕댕이 덩굴 열매, 작살나무 열매, 찔레 열매 등)을 따다가 화환을 만들어 놀기도 한다.

봄여름가을에 우리 집 근처 산을 돌아다니며 노는 일도 많다. 이렇듯 내가 하는 놀이들은 거의 다 자연이 장소와 재료를 공급해주는 것들이다. 또는 집에 있는 잡동사니들을 이용한 놀이들이다. 돈이 전혀 안 드는 놀이들이라서 엄마가 퍽이나 좋아한다.

그런데 딱 하나 예외가 있다. 바로 레고 놀이이다. 돈을 주고 산 재료를 가지고 내가 하는 유일한 놀이랄까. 이 레고는 태어나서 처음으로 거의 유일하게 내가 엄마한테 사달라고 조르고 부탁해서 갖게 된 장난감이다. 모든 걸 재활용해야 한다고 생각하는 엄마는 어디서 중고 레고를 구하고 싶어했지만 성공하지 못했다. 결국 내가 가진 돈과 엄마 돈을 합해서 몇 해 전 크리스마스 선물로 구입했다.

우리 집에 있는 레고 세계는 복잡하다. 중세 마을과 해적선 레고 세트가 있는데, 나는 이걸 이용해서 갖가지 상상 놀이를 하곤 한다. 부자들의 비리, 뇌물, 상류층의 정략결혼과 사악한 음모들. 온갖 재밌는 놀이를 할 수 있다. 땅을 차지하기 위해서 다른 나라의 공주를 강제로 납치해 와서 정략결혼을 하려 하는 늙고 사악한 독재자도 있고, 그 독재자의 공공연한 정부와 독재자를 배신하는 신하들도 있다. 이건 모두 내가 읽었던 소설책들을 이러 저러 엮어서 엄청나게 복잡한 내용으로 구성한 것이다. 얼마나 재미가 있는지 정말 시간 가는 줄 모르고 논다. 지금까지 내가 레고 놀이를 하면서 이러저러하다고 정해놓은 내용들을 떠올려보면 너무나 비현실적인 내용들이 많아서 웃음이 픽 나온다.

현재 우리 집에는 고양이 세 마리와 강아지 한 마리가 있다. 그들도 나의 중요한 놀이친구들이다. 연두란 이름의 강아지는 너무 어려서 정

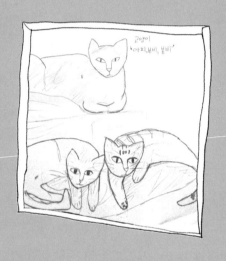

말 정신이 없다. 하루 종일 마당을 뛰어다녀서 그런지 잠을 잘 때는 꼭 돌덩어리처럼 깊이 잔다. 요새는 날씨가 따뜻해져서 나도 주로 마당에서 놀게 되는데, 어쩌다가 발밑에서 따라오는 연두를 못보고 걸려 넘어질 때가 있다. 무릎이 까지고 손바닥에 피가 흘러도 나는 나를 돌보기보다는 깨갱거리며 도망간 연두한테 달려가서 사과하기 바쁘다. 가끔 '내가 너희 주인인지 너희들이 내 주인인지 모르겠다! 으이그~' 하는 생각이 들 때도 있지만, 내가 고양이들과 강아지 밥을 빠트리고 안 줄 때는 결코 없다. 하여간 내 발만 한 크기의 '하룻강아지 범 무서운 줄 모르는' 연두는 참 예쁘다!

#05
자연스럽게 아프고
낫기를!

하늘에만 별이 있을까요
새파랗게 풀 돋아오릅니다
처음에 어린 풀
총총 검은 땅에 박힙니다
마른 땅에 쏟아집니다
떨립니다 열립니다 일어섭니다
　　　　　……

하늘에만 별이 영원할까요
풀은 발아래 영원한 별
죽어도 다시 사는 초록의 별입니다
초록의 반지, 약속의 노래입니다
풀 하나 나 하나
풀 둘 나 둘

　　　　　— 이진명 〈풀은 별이에요〉 중에서

수리수리 마수리
하연이의 콩 마술 실험

둘째 하연이가 네 살쯤 되었을 때이다. 어느 날부터인가 아이한테서 이상야릇한 냄새가 나기 시작했다. 목욕을 시키고 깨끗한 옷을 갈아입혀도 소용없었다. 잠자는 아이 코에서 씩씩거리는 소리가 들려서 가까이 살펴보니 야릇한 냄새는 바로 아이 코에서 나는 것이었다. 염증이 생겼나 싶어서 며칠간 죽염 물로 자주 씻어주고 기다렸다. 하지만 냄새는 가시지 않았고 씩씩대는 숨소리는 더욱 심해졌다. 자연요법 맹신자였던 나는 급기야 숯가루까지 물에 타서 코에 넣어주었다. 숯가루가 염증을 치료해준다고 믿은 것이다. 코 주위가 흑인처럼 새카매졌을 뿐 별 소용이 없었다. 아이는 열도 없었고 감기 기운이라든가 아픈 증세도 전혀 없었다. 게다가 낮에는 아무렇지도 않게 잘 놀았다. 다만 냄새가 조금씩 심해지고 있을 뿐이었다.

며칠을 기다리다가 어쩔 수 없어서 아이를 읍내 병원에 데리고 갔다. 아이가 병원이란 곳에 간 것은 그때가 태어나서 처음이다. 그동안 감기 같은 게 걸리곤 했지만 크게 아픈 적이 없었고 또 웬만큼 아프더라도 어찌어찌 집에서 자연치료 비슷한 방법으로 잘 극복했기 때문이었다. 열이 나면 뜨거운 물로 각탕(40도 전후의 따끈한 물에 양 다리를 무릎까지 넣고서 열을 내게 하는 방법)을 해서 땀을 내게 하고, 집에서 관장을 시키고, 매실 엑기스를 물에 타서 먹인 다음 푹 자게 하면 곧 나아졌다. 배탈이 나면 하루 정도 매실 엑기스 탄 물을 마시게 하면서 단식을 시키기도 했다. 아이가 워낙 건강해서인지 잘 나았다.

읍내 의사는 아이를 살펴보더니 비강 안 깊숙한 곳에 뭔가 이물질이 들어있는 것 같다고 했다. 아이를 눕히고 붙들라고 지시한 뒤 의사는 긴 핀셋으로 아이 코를 후볐다. 당연히 아이는 울고 버둥거리고 난리를 쳐 댔다. 코피가 났다. 아이를 붙들고 있는 내 이마에서도 진땀이 흘렀다.

의사는 두어 번 더 시도해보다가 아이가 버둥거리자 "좀더 큰 병원으로 가보세요." 하고는 포기해버렸다. 흥건한 코피를 닦아주고 아이를 업고서 버스를 타고 집에 돌아왔다. 하도 울어대서 지친 아이한테 저녁밥도 못 먹이고 재웠다. 그리고 나는 부리나케 자전거를 타고 일하러 갔다. 당시 나는 학원 강사 일에다 과외까지 하고 있어서 오후 시간과 저녁 시간이 늘 빠듯했다.

다음 날 일찍 아이를 깨워 억지로 밥을 먹인 다음 시외버스를 타고 가장 가까운 도시의 소아과 병원을 찾아갔다. 여기서도 똑같은 과정이

반복되었다. 아이가 울고, 간호사와 내가 아이를 붙들고, 의사가 핀셋으로 후비고, 아이는 더욱 심하게 버둥거리고, 코피가 터지고. 안경을 낀 의사는 코 저 안쪽에 이물질이 들어있는 게 분명한데, 종기는 아닌 것 같지만 그게 뭔지는 모르겠고, 아이가 심하게 버둥거리기 때문에 빼낼 수가 없다고 했다. 더 큰 병원에 가서 마취를 하고 빼내라고 했다. 자기 병원은 마취시설이 없다면서.

홀쩍이는 아이를 등에 업고서 다시 집으로 돌아왔다. 어쩐다? 마취를 할 수 있는 큰 병원을 가려면 도청소재지로 가야 한다는 뜻이었다. 읍까지 나간 다음에 다시 두어 시간 정도 시외버스를 타고 가야 하는 거리이다. 나는 그날 오후에도 큰아이에게 작은아이를 맡겨두고 나갔다. 밤늦게 돌아와 보니 두 아이 모두 자고 있었는데, 둘째는 자면서도 이따금 서럽게 흐느끼곤 했다. 태어나서 처음 겪은 병원 경험이 너무 가혹해서 몹시 서러운 모양이었다. 고생만 실컷 하고 아무 성과가 없었으니 내가 봐도 딱하기 그지없었다.

다음 날, 오후 일을 못하겠다고 학원에 양해를 구했다. 이른 아침을 먹고 둘째를 업고 도청소재지가 있는 도시로 갔다. 초등학교 1학년이었던 첫째에게는 학교에 다녀오면 혼자 밥 차려 먹고 기다리라고 일러두었다. 시간이 얼마나 걸릴지 몰라서 걱정이었다. 도시의 큰 병원에 가서 접수를 한 뒤 한참을 기다려서 의사의 진찰을 받았다. 코 사진을 찍었고 마취 주사를 맞았다. 주사는 핀셋 경험에 비하면 별것 아닌지 아이는 울지 않았다. 아이를 업고 잠시 병원 복도를 서성이다 보니 아이는 금세 잠이 들었다. 마취가 된 것이다. 수술실 침대 비슷한 곳에 아이를 눕히고 복도로 나와서 기다렸다. 20여 분이 지났을까. 의사와 간호사가 환하게 웃으면서 나왔다.

"쉽게 꺼냈어요. 근데 이게 대체 뭐예요? 작은 고무지우개 같기도 하고 물렁한 플라스틱 같기도 하고."

간호사가 갈색의 누르스름하고 쭈그러진 물체를 보여주었다. 냄새가 지독했다. 나도 모르겠다고 어쨌든 감사하다고 대답했다. 마취에서 아직 깨어나지 않은 아이를 대기실 의자에서 안고 기다렸다. 얼마나 지났을까. 아이가 반짝 눈을 떴다. 며칠 간 하도 시달렸던 터라 기운은 없었지만 아이는 빙긋 웃으며 괜찮다고 시원하다고 했다. 숨쉬기를 힘들게 만들었던 이물질을 꺼내서 개운한 모양이었다. 항생제 처방을 받은 뒤 아이를 업고 밖으로 나왔다. 벌써 어스름한 저녁이 되어가고 있었다. 큰아이에게 다 잘 됐다고 지금 간다고 전화하고, 아이에게 뭘 좀 먹이고, 택시 타고, 시외버스 타고, 다시 택시 타고 집에 오니 거의 밤 11시였다. 큰아이는 이불도 깔지 않은 맨바닥에 책을 베개 삼아 웅크린 채 자고 있었다.

다음 날, 오랜만에 푹 자서 기분이 좋은 둘째에게 아침을 먹인 후 살살 달래가며 물어보았다.

"어휴, 정말 아팠지? 이제 다 끝났어. 너 진짜 용감하더라. 병원에서 그렇게 씩씩하게 굴다니! 금방 꺼냈잖아."

"씨익……." (아이의 만족스러운 미소)

"이제 다시는 병원에 안 가도 돼. 그런데 말이야. 혹시 하연이가 재미있게 놀다가 말이야. 코에다가 뭘 넣은 적 있지 않았어? 재미로 그럴 수도 있거든."

그동안 한 번인가 물어봤지만 아이는 잘 모른다고 대답했다. 그 나이의 아이는 뭔가 추궁 당한다는 낌새를 느끼면 무조건 모른다고 하는 법이다. 이제는 증거가 분명한지라 어찌된 연유인지 알고 싶었다. 그게 어쩌다가 아이 코에 들어갔을까? 누가 집어넣은 걸까? 혹시 아이가 직접 넣은 것은 아닐까? 궁금했다. 다시는 병원에 안 가도 된다는 내 말에 워낙 기분이 좋았던지 아이는 선선히 털어놓았다.

"있잖아. 민우가 나더러 해보라 그랬어. 자기가 텔레비전에서 봤대."

"뭘 보았대?"

"어떤 사람이 코에다 노란 콩알을 잔뜩 넣었대. 그 담에 수리수리 마수리 하니까 그 콩이 귀에서 막 쏟아져 나왔대."

"그래? 마술이었나 보네. 그거 만화영화였겠지?"

"몰라. 재미있었대. 하여간 걔가 나더러 해보라 그랬어. 귀로 나올 거라고."

"그래서 네가 직접 코에다가 콩을 집어넣은 거야? 노란 콩을?"

"응. 근데 내 귀로는 안 나왔어."

"으윽, 맙소사! 그럼 그 쭈글쭈글하니 통통 부어오른 게 콩알이었구나. 그러니까 콩이 썩는 냄새였구나!"

"엄마, 왜 나는 귀로 안 나온 거야?"

"뭐? 으응……. 아마 수리수리 주문을 잘 못 외워서 그런 걸 거야. 근데, 이제 절대 그런 것 함부로 코에다 넣지 말기다! 너무 아팠잖아!"

"알았어. 내 수리수리는 잘 안 들었어."

"있잖아, 넌 아직 진짜 마술사가 아니거든? 남의 말 그냥 따라 하면 정말로 위험한 거야. 자, 약속! 다시는 그런 짓 하지 않기다!"

우리는 손가락을 걸고 그런 마술 실험일랑 다시는 하지 않기로 약속했다. 아직까지 이 약속은 잘 지켜지고 있다. 물론 이 사건 이후에도 깜짝 놀랄 만큼 상상력 풍부한 여러 실험들이 아이의 놀이 속에 계속해서 등장했지만 위험한 것은 없었다.

어쨌든 그 후에 여연이가 자면서 꾼 꿈에 하연이가 몇 번 등장했다고 한다. 하연이 코에서 콩나물이 쑥쑥 자라나고, 양쪽 귀에서는 푸른 이파리와 알록달록한 꽃들을 매단 콩 줄기가 무럭무럭 솟아나는 내용이었다나 뭐래나.

우리 병원 가지 말고
집에서 나아보자

큰아이 여연이는 도시의 병원에서 비교적 큰 몸집으로 태어났다. 자연분만이었고 모유를 먹었으며 겉보기에는 잘 먹고 잘 자라는 우량아였다. 아주 어릴 때 추운 외국 도시에서 1년 반 정도 살다 오면서 감기가 잦았고 다치기도 많이 다쳤다. 우리가 살던 기숙사 침대에서 높이뛰기 놀이를 하다가 난방기인 레지에타 모서리에 세게 부딪쳐 인중이 크게 찢어진 사건, 동물원에서 벌떼 공격을 받고 퉁퉁 부어오른 일 등. 한국에 돌아온 뒤에는 미끄럼틀을 타다가 다리가 부러져서 두어 달 깁스까지 했다. 서너 살 겨울 무렵에는 폐렴에 걸려서 일주일간 큰 병원에 입원해야 했고, 몇 달 뒤 여름에는 뇌수막염으로 일주일간 또 병원 신세를 져야 했다.

추운 새벽에 열이 펄펄 끓는 아이를 들쳐 없고 응급실로 가기 위해 택시를 기다리던 일, 응급실 침대에서 발가벗겨진 채 얼음 찜질과 알코올 찜질을 받던 아이가 이빨을 딱딱 부딪치며 떨어대던 소리가 지금도 잊히지 않는다. 한없이 칭얼대던 아이 곁에서 깜박 새우잠을 자던

일, 환자들이 가득하고 환기가 잘 안 되던 좁은 병실을 서성이며 무성의하고 권위적인 의사의 순찰을 감지덕지 기다리던 일. 주사, 약, 주사, 약……

앞에서도 이야기했듯이 여연이는 아토피 증세까지 심했다. 씩씩해 보이는 겉모습과는 달리 아이는 그리 건강한 체질이 아니었던 모양이다.

그런 상태에서 무모한 나는 시골로 터전을 옮겼다. 즉 아이가 전처럼 많이 아프더라도 택시 타고 금방 갈 수 있는 병원이 근처에 없다는 뜻이다. 급히 병원을 가려면 자동차를 가진 다른 사람의 도움을 받아야만 하는 상황이었다. 참으로 고민이 많았다. 정말이지 고민이 많았다.

그래서 아이를 재워놓고 공부를 했다. 여러 가지 책을 찾아 읽었다. 자연치료 관련된 책들을 힘껏 구해 읽었다. 그리고 어떻게 하면 병원에 가지 않을 것인가를 궁리하고 또 궁리했다. 시골로 온 뒤 밖으로 자유롭게 쏘다녀서 그런 걸까. 아이는 다행히 크게 아프지 않았다. 기침 감기에 걸리거나 배탈이 나기도 했지만 뜨거운 물에 각탕을 하고, 도라지와 파뿌리와 말린 귤껍질을 푹 끓여 먹이고, 관장을 시켜주면 그럭저럭 치유가 되었다. 배탈일 경우에는 하루 정도 효소 탄 물을 마시게 하면서 단식을 시키면 곧 낫곤 했다.

그러다가 대여섯 살 된 어느 날 아이가 크게 아팠다. 심하게 열이 올랐고 기침이 끊이지 않았다. 폐렴 증세가 아닌가 싶어서 마음속으로 걱정이 태산이었다. 체온계로 재보니 열이 40도 가까이 올랐다. 각탕으로 땀을 내게 하고 관장을 시켰는데도 열이 내리질 않았다. 첫날은 이런저런 방법들을 써보며 어찌어찌 넘겼다.

다음 날, 열은 조금도 떨어지지 않았고 점점 더 심해지는 것 같았다. 아이는 엄마를 잘 알아보지도 못했고 헛소리까지 심하게 하기 시작했다. 물만 어찌어찌 마시게 하고 다시 관장을 시킨 다음, 따뜻한 물로 몸을 닦아주고, 각탕을 시키고……. 열이 펄펄 끓는 아이를 안아주면서, 어쩔 수 없다고, 병원에 가야 한다고, 경기를 일으킬지도 모른다고 생각했다. 아주 두려웠다.

그러던 참에 그날 내내 헛소리하며 뒤척이던 아이가 잠깐이나마 잠을 잤다. 그동안 나는 병원에 갈 짐을 쌌다. 어린 둘째를 어디다 맡기며 누구에게 읍내 병원까지 한 시간 넘게 걸리는 거리를 데려다 달라고 부탁할지 고민하며 수첩을 뒤적였다. 그러다가 다시 깨어난 아이에게 물 먹이고, 땀 닦아주고, 꼭 안아주고…….

아이가 잠깐 잠들고 그렇게 그 밤이 아주 느리게 지나갔다. 병원에 데려갈지 말지를 심각하게 고민했다. 그러다가 종내는 좀더 기다려보기로 했다. 밤을 꼬박 새웠다. 내 마음속에서 일어나는 갈등 때문에 힘들었다. 끙끙대고 헛소리하는 아이를 쓰다듬으며 내 방식대로 기도와 주술(!)을 외우기도 했다.

그러다가 문득 내 어린 시절이 생각났다. 나도 그리 건강한 아이가 아니었다. 허약한 몸에다 감기도 자주 앓았고 횟배앓이도 많이 했다. 그런데 병원에 드나든 기억이 전혀 없는 걸 보니 집에서 어찌어찌 나았단 이야기다. 그때는 지금처럼 병원이 많지도 않았으려니와(읍내에 두 서너 개 정도?) 시골 사는 아이들 대부분이 병원에 드나들지 않아도 크게 탈나지 않고 살았다는 사실이 떠오르며 왠지 안도가 되었다.

셋째 날도 열은 떨어지진 않았으나 전날처럼 헛소리를 크게 하지는 않았다. 다시 관장을 시키고, 뜨거운 물로 각탕을 시키고, 몸을 닦아주고, 땀을 내도록 생강과 파뿌리를 진하게 끓인 물에다 꿀을 약간 타서 먹였다. 기진맥진한 아이는 힘없이 자다 깨다를 반복했다. 그래도 이제 경기를 일으킬 것 같지는 않았다. 아, 다행이다. 한 고비 넘긴 것인가?

그리고 다음 날, 아이가 눈을 떠서 나를 알아보았다.

"엄마, 머리도 아프고 목도 아파!"

그래, 말을 할 수 있게 된 것만으로 너무 고마워서 눈물이 났다. 땀으로 축축한 옷을 갈아입히고, 야채 효소 탄 물을 마시게 하고, 이마에

찬 물수건을 연신 갈아주며 아이 옆을 지켰다.

"배고프지 않아? 죽 끓여줄까?"

"아니, 아무것도 안 먹고 싶어. 근데 하연이는 어디 갔어?"

"앞집 할머니네 가 있어. 동생이 궁금해?"

"응. 아까부터 안 보여서."

"여연이가 이제 괜찮아 질려나 보네. 동생 생각도 다 하고."

아이는 이렇게 꼬박 나흘을 앓았다. 그리고 다섯 째 날은 처음으로 죽도 먹고, 걸음마쟁이 하연의 손을 잡고 비틀거리며 일어섰다. 마루까지 나와서 잠깐 햇볕을 쬐기도 했다. 아픈 나흘 동안 효소 물과 생강 끓인 물 말고는 먹은 게 없으니 일종의 효소 단식을 한 셈이다. 음식을 먹지 않음으로써 몸이 스스로 병을 이겨낼 기회를 준 건지도 모르겠다. 동물을 키워본 사람은 알겠지만, 대부분의 동물은 아프면 아무것도 먹지 않고 구석진 곳으로 숨어들어간다.

하여간 아이 몸이 아주 홀쭉해졌다. 얼굴에는 단식한 사람만이 지닐 수 있는 맑고 청아한 기운이 가득했다. 커다래진 눈, 투명할 정도로 맑은 피부, 꺼칠한 입술. 아이가 이제 괜찮다고 씩 웃을 때는 왠지 신비로운 분위기(!)까지 흘러넘치는 듯했다. 아, 아이가 이겨낸 것이다! 병원에 가지 않고 스스로 저항력을 발휘해서 병을 이겨낸 것이다.

우리에게 가장 의미가 컸던 점은 병원에 안 갔다는 사실이었다. 물론 예전처럼 서둘러 병원에 가서 입원하고, 주사 맞고, 약을 먹었어도 아이는 나았을 것이다. 하지만 내 마음 속에서 무수히 오간 두려운 순간들을 간신히 극복하고, 아이 스스로가 병을 이겨낼 수 있는 기회를 주었다는 것이 엄마인 나한테는 정말로 의미가 있었다.

이 일을 계기로 우리는 아플 때 몸이 스스로 치유해가는 과정을 신뢰할 수 있게 되었다. 어떤 자신감이 생겼다고나 할까. 몸의 자연회복력을 믿고서 기다려줄 수 있는 의연함이 생겼다고 할 수 있겠다. 이런 의연함은 '아프면 무조건 병원에 가서 주사를 맞고 약을 먹어야 한다'는 병원 의존증에서 우리 가족이 벗어날 수 있게 해주었다.

어린 시절을 보내는 동안 큰아이는 매년 기침 감기나 기관지염 비슷한 증상을 앓았다. 오락가락 열이 나고, 수없이 날카로운 것들에 베이고, 자전거 타다 넘어져서 무릎이 크게 찢어지는 일 같은 자잘한 사고들도 많이 겪었지만, 우리는 집에서 어찌어찌 잘 이겨냈다.

청소년기가 시작되면서부터는 저항력과 면역력이 많이 키워졌는지 어린 시절만큼 잘 아프지 않게 되었다. 혹시 아프다고 해도 나는 그리 걱정하지 않았다. 아이 스스로 하루 이틀 굶으면서 푹 쉬고 나면 거뜬해지곤 했기 때문이다. (때로 필요하다 싶으면 펄펄 끓인 약초차를 마시게 하거나,

쑥뜸을 뜨거나, 수지침을 놓거나, 약손요법을 하는 등의 민간요법들을 병행한다.) 그래서 둘째와 마찬가지로 첫째도 시골에 온 뒤로 치과 치료 말고는 지금까지 병원에 드나들지 않은 채 어느새 튼튼한 청년이 되어가고 있다.

몸에 대해 배워가는 시간

대부분이 이런 소망을 갖고 있을 것이다. 병원에 드나들지 않고 활기 차고 건강하게 사는 삶. 아파도 금방 낫고 죽는 순간까지 타인에게 의 탁하지 않고 자기 몸을 조절할 수 있는 삶. 죽을 때도 오래 끌지 않고 잠자듯 조용히 떠나는 삶. 나도 이런 삶과 죽음을 꿈꾼다.

우리 가족도 다리가 부러지거나 뜻하지 않은 사고로 어찌해볼 수 없는 상황이 벌어지면 병원에 가서 치료를 받아야 할 것이다. 하지만 감기나 몸살이나 배탈처럼 집에서 충분히 이겨낼 수 있는 증상이라 면 되도록 자연치유의 힘을 기다리려고 한다. 병원 처방과 약국에 지나치게 의존하는 일은 항생제 남용과 의약품의 지나친 사용 때문 에 인간이 본래부터 갖고 태어난 자연치유력을 약하게 만들 수 있기 때문이다.

항생제와 화학적으로 합성된 약물들은 일시적인 증상 호전에는 효 험이 있을지라도 잠재적으로는 독성을 지니고 있을 수밖에 없다. 특히 자라는 어린아이들에게는 스스로 병을 이겨낼 수 있는 몸과 마음의 능력을 키워주는 일이 아주 중요하다. 앞으로 살아가면서 아이는 크고 작게 아프고 낫고 또 아프고 낫고 그럴 것이다. 아주 어릴 때부터 콧물만 조금 흘려도 병원에 달려가는 게 습관이 된다면, 어른이 되어서도 병원에 깊이 의존하며 살아갈 가능성이 높을 것이다.

생명체의 한 종인 우리는 어느 누구도 병에서 완전히 자유로울 수 없다. 죽음을 피할 수 없듯이 정도 차이는 있겠지만 병도 피할 수 없다. 우리는 태어나서 자라고, 아프고, 낫고, 나이 들고, 죽는다! 이 과정을 선선히 인정하고 자연스럽게 바라본다면, 아프고 낫는 일과 죽음이 생각만큼 두려운 일은 아닐 거라고 생각해본다. 우리가 불가피하게 지닌 조건과 한계를 조용히 받아들이는 것이니까.

우리 몸은 아플 때 스스로 자기를 치유해내려는 힘이 분명히 존재한다. 원래 생명체란 힘든 조건에서도 자기의 생명을 끈질기게 유지하려는 크나큰 본성을 지니고 있기 때문이다. 그래서 어느 지점까지는 살고자 하는 생명력이 크게 우세할 것이다. 이 힘을 굳건하게 믿어주고 우리에게 찾아온 병과 아픔이 자연스럽게 치유되는 과정을 선택하게 되면, 우리 삶의 양식이 크게 달라지는 것을 느낄 수 있을 것이다.

먼저 병원과 약국에 드나들 일이 많이 줄어들거나 거의 없어질 것이다. 또 몸이란 게 무엇이고 건강이 무엇이고 병이 무엇인지를 스스로 바라보는 시간을 갖게 될 것이다. 나는 시골에 돌아와 살면서 자기 몸에 대해서 조금씩 배워가고 알아가는 일이 꽤나 즐거운 배움이란 걸 알게 되었다. 그리고 제도가 마련해주는 현대 의료서비스를 굳이 이용하지 않아도 되는 자유와 자율성까지 얻을 수 있어서 좋았다.

하지만 이 사회에서는 우리 몸이 스스로 나아가는 과정을 그다지 신뢰하지 않는 듯하다. 아프면 곧장 병원에 달려가고 의사와 약이 모든 병을 치료해줄 거라고 믿는 사람이 많아 보인다. 근대 병원이 생긴 지 겨우 100여 년 밖에 안 되었는데 우리는 '몸이 스스로 낫는다'는 생각을 별로 하지 않는 것 같아서 살짝 안타깝다.

예전부터 인간의 병을 고치는 개인적인 치료행위는 다양하게 있어 왔다. 그러므로 치료행위라는 점에서 보면 병원과 의사가 꼭 필요한 면이 있는 건 사실이다. 그런데 이 순수한 치료행위가 거대 시스템 속에서 제도화되었을 경우 이야기가 조금 달라진다. 건강과 병에 대해 생각하면서 나는 이런 생각을 한 적이 있다. 현대 의료시스템은 사람들로 하여금 병에 대해서 조금은 근거 없이 두려워하게 만드는 것은 아닐까. 또 병원에 의존하라는 압력을 가하고 있는 것은 아닐까.

내 생각은 이렇게까지 발전했다. 살면서 그때그때 일어나는 우리 몸의 증상들에 대해서 거대해진 현대 의료시스템은 이런저런 병 이름이 쓰인 꼬리표를 찰싹 붙인다.

"당뇨입니다!"

"고혈압이군요!"

그 순간 환자가 된 우리는 두려움에 사로잡혀서 의료진의 처방에 꼼짝없이 따르는 병원 소비자가 된다. 누군가를 만날 때마다 자기 몸의 증상에 대해서 줄줄이 늘어놓고, 어떤 병에는 어떤 처방과 약들이 좋고, 어떤 병원과 의사가 잘 낫게 하고, 누가 어떤 병에 걸렸다는 이야기들을 계속하고 싶어하는 것이다.

자기가 혹시 무슨 병에 걸린 것은 아닌지 밤낮으로 걱정하고, 염려하고, 한 움큼씩의 약을 삼켜가며 병원들을 전전하는 '건강 염려증' 환자가 되는 것이다.

난 걱정 없어요
고단위 비타민을 먹지요
빈혈약을, 모든 기관이 튼튼해지는 약을
병균에 감염되는 것을 막기 위해선
매일 적당량의 항생제도 먹다마다요

— 이연주 〈유한부인의 걱정〉중에서

병과 고통과 병원에 관한 이런 이야기는 자칫 논란을 불러올 소지가 아주 많다. 그렇지만 내가 하고픈 말은 퍽 단순하다. 건강에 대한 각 개인의 '자율성'을 되찾자는 것이다. 몸에 대해 스스로 알아보자는 것, 꼭 필요한 경우를 빼고는 가능하면 현대 의료제도에 너무 깊이 의존하지 말자는 이야기이다. 그들의 대단한 권위가 곧 나의 병을 낫게 하는 실력과 일치하지 않을 수도 있기 때문이다. 우리의 건강을 지켜주는 일보다 이윤을 내는 일에 더 관심이 많아 보이는 산업화된 의료 시스템으로부터 조금이나마 벗어나보자는 것이다. 이 정도만으로도 우리는 크게 자유로워질 거라고 나는 생각한다.

나도 때로 아프고 병에 걸리곤 한다. 일하면서 소소한 사고도 당한다. 감기몸살에 시달리고, 열이 나고, 두통으로 고통 받을 때도 있다. 낫에 베이고, 염증으로 부풀고, 진흙탕에 넘어져서 다리를 삐기도 한다. 강력한 말벌한테 쏘여서 눈탱이가 밤탱이처럼 부푼 채 일주일 내내 거의 장님처럼 지내면서 북북 긁어대기도 하고, 옻이 올라서 온 얼굴과 팔다리가 울퉁불퉁 메주덩어리 우주인으로 변한 채 끙끙 앓으며 며칠을 보낸 적도 있다. 다행스럽게도 병원과 약에 의존하지 않고 잘 지나갔다. 더디긴 했지만 민간요법이나 자연치료 등을 통해서 별다른 부작용 없이 나은 것이다.

칼이나 낫에 베이면 주변에 자라는 쑥을 짓이겨 붙이고, 벌레에 물리면 봉숭아 잎이나 명아주 잎이나 호박잎처럼 벌레의 독을 해독할 수 있는 것들을 함께 비벼서 즙을 바른다. 머리가 아프거나 한기가 드는 등 몸이 이상 신호를 보내면 잠시 조용하게 내 몸을 바라본다. 그리고 평소 마련해둔 약성이 있는 풀들을 적당히 섞어 끓여 마시고 하루 이틀 푹 쉴 준비를 한다. 좀 많이 아프면 나는 방을 어둡게 하고 혼자서 오래오래 잠을 자곤 한다. 때로 단식을 하기도 하고 가끔은 뜸도 뜬다. 쉽고 돈이 거의 안 드는 여러 민간요법들을 공부하는 일도 재미있다. 풍욕, 온열요법, 부황 뜨기, 찜질요법, 사혈법, 목욕요법 등. 게다가 갖가지 식물들이 지닌 약성을 알아보고, 주변에서 찾아보고, 직접 길러보고, 채취해서 말려두고, 적당할 때 써먹는 약초 공부는 시골 삶의 큰 즐거움이다.

내 꿈은 나이 들어서도 계속 일하고 즐거워하다가 죽는 것이다. 일을 더 이상 못하게 되고 자리에 눕는 그 순간이 바로 '내가 죽을 순간'이라고 생각하고 있다. 특별한 상황이 닥치지 않는 한, 지금까지 그래왔듯이 앞으로도 내가 일부러 병원에 건강검진을 받으러 다닐 것 같지는 않다.

나는 종종 이런 생각을 한다. 건강이란 것은 병에 대해서 지나친 의식을 하지 않을 때에야 비로소 잘 지켜지는 것은 아닐까. 우리 몸은 자기도 모르게 한두 개 암세포가 자라났다가 사라질 수도 있고, 어떤 병원체가 들어왔다가 물리쳐지기도 하고, 종기가 생겼다가 사라지기도 하고, 그렇게 끊임없이 변화해가는 과정이 아닐까. 그래서 나는 스스로에게 이렇게 타이른다. 병에 대해 너무 지나치게 염려하지 말고 몸의 회복력을 믿자구나. 그리고 나이 들어서 그 회복력이 어떤 한계에 이르게 되면, 음, 그때는 잘 죽으면 될 거야. 그치? 드디어 나도 참 간단한 인생철학을 하나 발견했다.

이런 죽음을 꿈꾼다

이제 죽음에 관한 이야기를 해보고 싶다. 죽음에 대한 성찰은 일상 속에서 흔히 일어나지 않는다. 그리 달가운 주제도 아니다. 자기 몸이 몹시 아프다거나 가까운 이의 죽음을 겪으면서 우리는 비로소 자기 죽음을 떠올린다. 살면서 가까운 이들의 죽음을 몇 번 겪어서인지 나는 나의 죽음에 대해서 가끔 생각을 해본다. 평온한 마음으로 요모조모 생각하다 보면 지금 여기서 살아가는 일이 참으로 귀하다는 걸 매번 깨닫게 된다. 죽음을 떠올린다고 해서 내가 삶에 비관하고 있다는 뜻은 아니다. 오히려 나는 삶이란 슬픔과 괴로움만이 아니라 찬란한 아름다움도 함께 지닌 것이라고 생각하고 있다. 그래서 무슨 일이 생겨도 기꺼워하며 살려고 하는 낙천주의자에 가깝다.

나는 오래전에 아이들에게 유언을 해두었다. 어떻게 죽고 싶은지에 대해서도 미리 말해두었다. 아주 사적인 것은 빼고 독자들이 읽어도 좋을 것만 여기에다 공개하려 한다. 재미있는 유머로 읽어도 좋을 것이다.

유 언

내가 혹시 남기게 될지도 모르는 작은 땅뙈기는 절대 훼손하지 말거라. 농사를 짓거나 보존하는 일 말고 다른 용도로 파헤치지는 말아다오. 그것 말고는 남길 게 거의 없을 터이므로 너희들은 홀가분하게 잘 살아가길 바란다. 자식들아, 자유롭고 의미 있는 삶을 살아라!

나는 어떻게 죽고 싶은가

병원침대에 누워서 죽고 싶지는 않구나. 그러니 내가 몹시 쇠약해져서 죽을 때가 되더라도 병원에 옮기지는 말아다오. 내가 몽상하는 죽음은 이렇단다. 인적 드문 깊은 곳을 찾아가서 나무와 풀들 사이에 가만 눕는 거다. 거기서 하늘과 해와 별을 바라보며 죽는 것이란다. 이 일은 홀로 죽음과 마주할 용기가 있을 때야 가능하겠지. 죽기 전에 내가 그런 수준까지 도달할 수 있을지는 잘 모르겠구나. 내 몸이 발견되지 않는다면 (그런 행운을 기대하기란 하늘의 별따기겠지만) 동물의 먹이가 되거나 나무와 풀의 거름이 되면 좋을 것이다.

그런 행운이 찾아오지 않는다면, 나는 내가 살아온 집에서 죽고 싶구나. 음식을 끊을 것이므로 강제로 먹이지 말아다오. 나의 죽음이 조용히 이루어지길 바란다. 혼자 혹은 가까웠던 두어 사람 정도가 지켜보는 가운데 죽음을 맞이했으면 좋겠다.

혹시 내가 죽을 때가 된 게 분명한데, 의식불명 상태로 자신과 타인을 알아보지 못하게 되면, 너희들은 용기를 발휘하여 안락사를 시켜주길 바란다. 불법이니 뭐니 하는 것은 따지지 말아다오. 이미 자기의식이 없는 상태일 테니까 나의 죽음을 도와주는 일에 죄의식을 느낄 필요는 없을 것이다. (안락사의 방법까지 일러두었는데, 여기에 공개하기는 좀……)

장례식

관습적인 장례는 하지 말았으면 좋겠다. 사망신고 정도만 하고 내 몸은 우리가 심은 나무 밑에 깨끗한 천으로 둘둘 말아서 묻어주렴. 관조차도 필요 없을 것이다. 아무 흔적 없이 땅으로 돌아갈 수 있도록 어떤 표시도 만들지 말거라. 그런 다음에 생전에 나와 가까웠던 몇몇 이들이 모여서 한 인간이 이 땅에 나들이를 왔다가 다른 곳으로 건너간 것에 대해서 축하(!) 잔치를 해주면 좋겠다. 맛있는 것을 만들어서 먹고, 시를 읊고, 기타 치며 노래를 하고, 떠들썩하게 웃고, 농담하고, 기꺼워해 준다면 더 바랄 게 없겠다.

내가 최후에 닿을 곳은
외로운 설산이어야 하리.
얼음과 백색의 눈보라
험한 구름 끝을 떠돌아야 하리
가장 외로운 곳
말을 버린 곳
그곳에서 모두를 하늘에 되돌려주고
한 송이 꽃으로
가볍게 몸을 벌리고
우주를 호흡하리.
산이 받으려 하지 않아도
목숨을 요구하지 않아도
기꺼이 몸을 묻으리.

— 이성선 〈절정의 노래1〉 중에서

이 시를 지은 이성선(1941~2001) 씨는 학교 공부기간을 제외한 생애 대부분을 고향땅 근방에서 흙과 함께 살다 갔다고 한다. 내가 읽은 그의 시들에는 깊은 자연 감각과 노동의 흔적이 배어 있고, 초월을 갈망하는 구도자의 경건함이 느껴졌다. 그렇다고 그가 어떤 종교를 믿었던 것은 아닌 듯하다. 어쩌면 자연이 그의 경배의 대상이 아니었을까?

죽음에 관련해서 동시대 사람들이 받아들이는 관습과 전통을 깨트리기란 쉽지 않다. 그래도 남들이 정한 관습을 내키지 않는데 억지로 따를 생각이 없다면 미리 죽음에 대해서 곰곰 생각해보는 것도 괜찮을 것이다. 꼭 일러두고 싶은 유언과 자기가 죽고 싶은 방법을 자식들이나 주변 사람들에게 미리 말해두면 여러모로 좋으리라고 생각한다.

어떤 삶을 살든 우리 모두 언젠가는 죽는다. 그런데 우리 시대에 죽음을 둘러싼 관습적 풍경이 내 마음을 답답하게 한다. 병원 영안실 뒤에서 온갖 장례 사업체들이 은밀하고 분주하게 유족들을 몰아가는 풍경이 그다지 아름다워 보이지 않는다. 대단히 형식적인 장례식 절차도 마찬가지이다. 그래서 이 제도화된 과정들에서 벗어나서 자연스럽게 아프다가 자연스럽게 죽는 것도 썩 괜찮은 저항일 거라고 혼자 생각해본다.

#06
'없이 살기'라는
개똥철학을 실천하기

적으시오
나는 아랍인이오.
……

첫 번째 장 맨 위에다 적으시오
나는 누구도 미워하지 않고
약탈하지 않을 것이오
하지만 내가 굶주리게 되면
약탈자의 살은 내 밥이 될 것이오
조심하시오
조심하시오
내 굶주림을,
내 분노를!

— 마흐무드 다르위시(1941~2008, 팔레스타인 해방기구에서 활동한 시인) 〈신분증〉 중에서

나는 클릭한다
고로 나는 존재한다

새로운 기술과 새로운 기계는 멋지고 매력적이다. 반짝이고 신기해서 무럭무럭 호기심이 일어난다.

"굉장해. 이렇게 멋질 수가! 당장 써봐야겠어."

이런 마음이 든다. 어쩌면 우리는 새로운 것에 큰 호기심을 갖도록 프로그램화되어 있는지도 모르겠다.

우리 인간은 현대문명을 일구어내면서 자신이 만들어낸 것들에 깊이 의존하고 종속되어가고 있는 듯하다. 가만 생각해보면 우리가 알게 모르게 의존하고 있는 것들이 꽤 많기 때문이다. 언제나 무언가에 접속되어 있는 사람들이 갈수록 많아지는 시대이다. 그래서인지 텔레비전, 인터넷, 휴대폰 등에 접속되어 있지 않은 인간은 요새 희귀 동물 취급을 받는다.

그렇다면 문명 반대론자인 우리가 그런 희귀동물이 되어보는 것도 괜찮을 것 같았다. 멸종해가는 그 동물들에게 동류의식으로 가득한 애가(哀歌)를 바치는 셈치고 말이다. 그래서 실험을 하기로 했다. 이른바

'없이 살기라는 개똥철학'을 일상에서 실천해보려 했다.

 가장 먼저 텔레비전을 버렸다. 시골로 이사올 때 버렸으니 어느덧 15년 가까이 TV 없이 살기를 해온 셈이다. 결론을 미리 말하자면 아주 좋았다! 정말이다. 전혀 후회스럽지 않다. 좋은 건 나누고 싶은 법인지라 다른 사람들에게도 권하고 싶다. 한번 해보시라고, 뜻하지 않은 선물을 받는 느낌일 거라고 말하고 싶다. 특히 어린아이를 키우는 젊은 부모들에게는 좀더 강력하게 권하고 싶다. 아이를 정말 사랑한다면 아이에게 진짜 소중한 선물을 줄 수 있답니다. TV를 없애는 선물 말예요!

 이 작은 상자는 너무나 큰 힘을 발휘한다. 이 상자가 없는 집은 아주 드물고 보통은 한 집에 두세 대까지 갖추고 있는 데다가, 문제는 우리가 너무 쉽게 그것에 유혹 당한다는 점이다. 소파에 앉아 리모컨만 돌리면 갖가지 오락거리들이 홍수처럼 쏟아져 나온다. 우리는 그저 수동적인 소비자가 되어서 바라보기만 하면 된다. 번쩍대며 빠르게 바뀌는 장면들, 화사한 옷차림의 인형 같은 사람들이 울고, 웃고, 떠들어대다가 갑자기 나타나는 광고! 드물게 텔레비전을 보면 이 광고만큼 재미있는 게 또 있을까 싶다. 이제 이것도 사야 하고 저것도 사야 한다고 세뇌를 시켜준다. 그 상품들을 사지 않으면 시대에 뒤떨어진 인간이란 암시가 노골적으로 우리 뇌수를 흔든다. 내가 인정하지 않는 가치들이 뉴스나 드라마나 오락용 프로그램과 광고들을 통해서 끊임없이 퍼져 나오는 것이다.

가장 치명적으로 세뇌당하는 이들은 모방에 천재인 어린아이들과 자기주관을 아직 갖추지 못한 청소년들이다. 청소년기는 유행에 휩쓸려서라도 소속감을 느끼고 싶어하는 시기이기 때문이다. 텔레비전에서 보여주는 성장 제일주의, 폭력에 근거를 둔 국가주의, 여성을 가장 심하게 상품화하는 상업 자본주의가 나는 참으로 불편하다. 과학기술에 대한 열렬한 찬양과 전쟁, 섹스, 복수, 욕망에 대한 미묘한 옹호들도 정말이지 불편하다. 그러니 이것들을 안 보는 게 나로서는 정신건강에 훨씬 이롭다.

이 상자가 스트레스 해소와 손쉬운 휴식을 준다고 옹호하는 분들도 있다. 그럴 수도 있다고 생각한다. 또 새로운 것들을 알려주는 기능도 분명 갖고 있다. 뭔가를 깨닫게 하고 생각하게 만드는 좋은 프로그램들이 더러 있는 것도 사실이다. 그런데 나한테는 그런 장점보다 이런 속삭임이 더 많이 들리니 어쩌겠는가.

"사람은 이렇게 끊임없이 물건이든 감정이든 소비하고 낭비하며 살아야 하는 것 아니겠어? 굉장히 멋져 보이지? 이런 게 바로 현대적인 삶이란 거야. 혹시 아는지 모르겠는데, 당신들은 이 자본주의 체제 속에서 절대로 벗어날 수 없을 거야. 이 안에서 당신들의 삶과 죽음이 모두 이루어질 거거든. 그러니 딴 생각 말고 이 오락들이나 즐기지 그래? 뭔가 생각이란 걸 하게 되면 당신들만 피곤해지니까 말이야. 편하게 앉아서 리모컨만 돌리라고."

내 경우 이 속삭임을 듣지 않게 되자 마음에 평화가 찾아왔다. 실시간 게임처럼 중계되는 전쟁 소식과 부정부패와 비리로 분칠한 얼굴들을 안 보게 되자 밤에 잠이 잘 왔다. 텔레비전 뉴스의 90% 이상은 대단히 불쾌하고 안 좋은 소식들이다. 어떤 장면들은 너무나 폭력적이고 선정적이라서 기묘하게 잔상이 남는다. 그리고 무의식 깊은 곳에서 오래도록 나를 괴롭힌다. 우연히 그런 장면들을 보게 되면 나는 뭔가에 상처를 받은 기분이 든다. 아기들과 어린아이들이 일상적으로 이런 장면들을 보고 자란다는 생각을 하면 내 가슴이 서늘해진다.

하여튼 텔레비전을 없애면 시간이 많아진다. 삶이 여유로워진다는 뜻이다. 하루 스물 네 시간 중에 잠자고, 일하고, 밥하고, 밥 먹고, 학생이라면 학교에 가서 공부하고, 씻고 어쩌고 한 다음에 남는 시간, 그다지 많은 게 아니다. 이 남는 시간에 우리는 사랑과 우정을 나누어야 하고 자기만의 꿈도 추구해야 하며, 유쾌한 취미생활도 해야 한다. 지성을 일깨우는 일도 필요하고, 스스로 중요하게 여기는 연구를 할 수도 있다. 이 시간에 우리는 누군가를 돌보고 배려하는 인간적인 시간을 보낼 수도 있다. 무엇보다 잠시나마 고독할 수 있는 시간도 필요할 것이다. 텔레비전이라는 대단한 상자 없이 조용히 자신을 바라보는 시간 말이다.

그럼 세상 소식은 어떻게 아나? 내 경험으로 비추어 보면 중요한 소식들은 어찌어찌 다 알게 되었다. 지인이 전화를 해주기도 하고 이웃이 말해주기도 한다. 필요하면 다른 집이나 마을회관으로 뉴스를 보러 가곤 했다. 그 정도면 나로서는 충분하다. 게다가 세상 소식들은 거의 다 내가 어찌해볼 수 없는 소식들이 많다. 정말이지 지금 세상에서 일어나는 일을 전해준다는 뉴스들은 성실하게 살아가는 평범한 이들에게 좌절감을 안겨주는 소식들이 많다.

텔레비전의 전원을 뽑아버리거나 아예 없앤 사람들이 입을 모아 하는 말이 있다.

"전보다 가족 간에 대화를 훨씬 많이 하게 됐어요."

"책을 읽게 되네요. 그리고 아이들과 산책도 자주 해요."

"저녁 시간이 느긋하게 흘러가는 느낌이에요."

"귓전에서 늘 윙윙대던 소음이 없어져서 처음엔 이상했는데 지금은 아주 평온해요."

평화로운 삶이다.

볼 때마다 미소 짓게 되는 사진이 하나 있다. 카우보이 복장에다 덥수룩한 수염을 한 멋진 사내가 껄껄 웃고 있다. 오른손은 긴 장총에 기대고 있고 왼손은 허리를 짚고 비스듬히 서 있는데, 옆에는 총알로 구멍을 낸 텔레비전 상자가 통나무 위에 척하니 얹혀 있다. 이 매력적인 사내는 사막의 아나키스트라 불리는 에드워드 애비(1927~1989)이다.

내가 좋아하는 작가인데 한국에서는 인기가 없는지 그가 쓴 책은 《소로와 함께 강을 따라서Down the River》,《태양이 머무는 곳, 아치스 Desert Solitaire》두 권만이 번역되어 있다. 둘 다 빼어난 수작이며 생태계 파괴에 대한 아이러니한 성찰이 돋보이는 에세이들이다. 은근하고 신랄한 유머들이 넘쳐서 배꼽까지 잡는다. 에코타지(ecotage, '에코사보타지'의 줄임말로 환경을 파괴하는 무분별한 인간의 개발을 물리적인 힘으로라도 막아내려는 환경운동가들의 행동)를 옹호하는 이들에게 에드워드 애비는 거의 전설적인 인물이라고 한다. 한국에는 번역이 안 된 그의 소설《The Monkey Wrench Gang》(번역한다면 '훼방꾼 깡패들')의 영향 때문이다.

그 다음으로 '없이 살기'의 대상은 휴대폰과 인터넷.

살면서 휴대폰을 가져본 적이 없다. 내 삶에 꼭 필요하다고 생각하지 않은 탓이다. 빠르고 쉽게 연락해야 하고 늘 연결되어 있어야 하는 직업을 가져본 적이 없어서일 것이다. 게다가 시시때때로 연락해야 하는 관계조차 나한테 딱히 없는 까닭도 있다. 달리 말하면 나는 느리고 게으르게 살며 홀로 뒤처져 있는 것 같다. 시대에 한참이나 뒤떨어진 채 한 눈 팔며 딴 길로 새고 있는 꼴찌일지도 모르겠다. (비슷한 꼴찌들 어디 없나요?) 불편하지 않느냐고? 사실 불편하다. 나보다는 무슨 일인가로 내게 연락하려는 사람들이 불편해한다. 정말 미안하다. 하지만 그들에게 15년 전에는 휴대폰 없이도 잘 연락하며 살지 않았느냐고, 좀 봐 달라고 용서를 구한다. 요새는 필요한 많은 정보들이 휴대폰 문자 메시지로 온다고 한다. 또 인터넷 카페 가입을 하려면 휴대폰으로 인증번호를 받아야 한다고 들었다. 세상과 연결을 원하는 딸아이가 속상해한다. 내참, 이런 기계를 갖추고 있어야 '사람인 걸 증명해준다(인증)'는 법은 누가 만드는 것인지……

내 경우에는 집에 있는 전화만으로도 해야 할 연락은 어떻게든 되었다. 인간관계에 서툰 면이 많은 나는 꼭 필요한 일이 아니면 전화조차 잘 쓰지 않는다. 그 대신 내가 사랑하는 친구들에게 종종 편지를 쓰곤 한다. 안부도 묻고, 우리 소식도 전하고, 필요한 부탁도 하고, 내가 잘못한 일에 대해서는 용서를 구하기도 하고, 너를 참 좋아한다는 고백도 한다. 그런데 이렇게 구식인데다가 최첨단 기술시대에 무지하고 무능한 엄마를 둔 아이들은 걱정인 모양이다. 엄마는 최첨단이랑 초고속이랑 친하지 않아도 그럭저럭 살아갈 수 있다지만 우리들은 어쩌라고? 그래 말이다. 어떡하나?

휴대폰의 편리함을 모르지는 않는다. 아이폰, 스마트폰의 놀라운 기능들에 대한 감탄을 사람들을 만날 때마다 듣는다. 오, 그래요! 그런데 말이죠. 이 놀라운 기술들 때문에 해마다 수십억 마리의 새들이 높이 솟아오른 송전탑에 부딪치거나 전파 방해로 인한 방향 상실로 죽어가고 있다네요. 우리의 편리함을 위해서 그 죄 없는 새들이 죽어가는 게 저는 가슴이 아픕니다.

모든 것에는 양면이 있는 것 같다. 휴대폰이 어떤 면에서는 현대인에게 사적 영역을 제공하고 자유롭게 하지만, 반면 구속감을 느끼게 한다는 이야기도 듣는다. 하지만 버스 안이나 다른 공공장소에서 타인이 들을 필요가 전혀 없고, 어쩌면 들어서도 안 되는 사사로운 말들을 큰 소리로 쏟아내는 사람들을 보면 나는 불편하다. 당사자는 무심코 하는 일일 수 있겠지만 휴대폰에 대고 혼자 크게 떠들어대는 저 무례한 사람은 '주목 중독증 환자'처럼 보인다.

그런데 이 나라에는 그런 사람들이 너무 많아 보인다. 좁은 버스에서 어쩔 수 없이 타인의 사생활을 듣고 있어야 하는 나는 민망하고 불편할 때가 많다.

'인터넷 없이 살기'로 넘어가자. 휴대폰 이상으로 찬사와 사랑을 받고 있는 이 시대의 총아인 인터넷! 참으로 놀라운 발명품이란 걸 나도 충심으로 인정한다. 우리 가족 역시 읍내 도서관이나 우체국 같은 곳에서 인터넷을 가끔 이용한다. 최근에는 마을회관에도 인터넷이 되는 컴퓨터가 하나 설치되었다. (대단한 나라!) 나는 인터넷을 이용해서 출판사에 메일로 번역문을 보내고, 책을 사기도 하고, 헌책방도 뒤지고, 읍내 시장에서 구할 수 없는 구근들이나 씨앗들을 주문하기도 한다. 나름대로 잘 사용하고 있는 셈이다. 큰아이도 읍내 갈 때마다 클래식기타 동호회니 뭐니 자기가 관심 있는 분야를 찾아다니느라고 인터넷을 한다. 작은아이만이 아직 메일주소도 없고 타자도 잘 못 치는 컴맹이다.

이렇게 나름대로 잘 쓰고 있음에도 우리는 인터넷을 집에 설치해서 일상적으로 쓸 생각은 없다. (이것도 나의 독재이긴 한데) 비용 때문이라기보다는 나 자신과 아이들이 별다른 의식 없이 쉽고 빠른 정보에만 관심을 기울일 것 같아서이다. 물밀 듯 밀려오는 정보에 익사하지 않고 살아남을 수 있는 뚜렷한 주관이 아직 우리에게 없는 것 같다는 판단 때문이기도 하다.

심리적으로 매이게 되는 것도 경계한다. 인터넷을 하루라도 못하면 안절부절 어쩔 줄 모르는 사람이 꽤 된다고 들었다. 그러므로 우리 수준에서는 꼭 필요할 때 밖에 나가서 이용하는 정도가 적당하다. 물론 아이들이 학교에 다녔으면 꽤나 불편했을 수 있겠다. 요새 학교 숙제는 인터넷이 없으면 하기 힘들다는 이야기를 들었기 때문이다.

그런데 인터넷에서 우리가 찾는 정보들은 정말로 그렇게 대단한 것일까? 넓고 넓은 바다에 무수히 흩어져 있는 플라스틱 조각들 같은 정보의 편린들과 지식들을 우리는 제대로 잘 찾아내서 척척 연결해낼 줄 아는 사람들일까? 불행하게도 나 자신은 그런 능력이 없는 것 같다. 인터넷 하는 시간이 조금만 길어져도 눈이 침침해지고 머리가 아파지며 이게 그거 같고 저것도 그거 같아서 흥미로운 정보를 찾아낼 의욕이 점점 사그라져가니 말이다. 벌써 늙은 탓인지도 모르겠다. 하여간 여러 가지 면에서 디지털 시대를 못 따라가고 능력조차 못 미치는 나만 그런 것인지 아니면 다른 사람들도 그런지 궁금하다.

가십거리와 루머와 선정성과 자기 과시가 아닌 정보를 찾기가 나로서는 힘들다. 인터넷을 찬양하는 사람들은 이 미로를 어찌 그리도 잘 피해가는 것인지 솔직히 부럽기도 하다. 아주 영리한 사람들임에 틀림없다. 내 생각과 달리 이 미로를 피하기보다는 그 속에 풍덩 빠지는 것을 더 좋아하는 사람들이 있는지도 모르겠다. 어쨌든 내가 간신히 뭔가를 찾아낸다 한들 그 정보를 내 삶과 어떻게 연결시킬지는 모를 게 뻔하다. 그래서 나는 내 자신의 꼬락서니를 알고 얌전히 포기하기로 한다.

한없이 무구한 눈망울로 우리를 올려다보는 갓난아기가 있다. 그런 아기를 보면 나는 헤실헤실 마음이 녹아내려서 그 사랑스러움에 푹 빠져버린다. 그런데 이 아기가 너무나 많은 기계들을 갖고 있는 21세기 엄마 아빠를 만나서 기술문명에 서서히 노출된다. TV, 인터넷, 휴대폰, 영화, 게임 등에서 흘러나오는 폭력들은 아기들이 자라면서 발현시켜야 할 소중한 잠재력들(인간성, 신뢰, 사랑, 연민 등)을 차츰차츰 파괴하기 시작한다.

세월이 흐른다. 이제 열네댓 살이 된 이 녀석은 엄마 아빠를 닮아서 이 미친 세상에 어느 정도 길들여진 상태가 된다. 한 손엔 휴대폰, 한 손엔 게임기를 쥔 채 TV와 폭력 영화를 보며 잔인과 비정의 논리를 하나하나 배워가고 있는 것이다. 놀랍게도 이 풍경이 우리 시대에는 '정상'으로 여겨진다.

그런데 한때 나를 홀렸던 너의 무구한 눈망울은 대체 어디로 간 것이냐? 누가 너의 사랑스러움을 빼앗아갔느냐? 이것이 우리가 그토록 애써서 이룩했고 자랑스레 후손에게 물려줄 그 찬란한 문화란 말이더냐?

종다리

그 밖의 없이 살기 실험들

마흔 살이 넘어서도 자기 집 없이 살았던 건, 무슨 자기 철학이 있기 때문이 아니었다. 집 없는 다른 이들처럼 가난해서 그랬으니까. 그럼 자가용 없이 산 것은? 돈이 없어서이기도 했지만 나름의 철학도 있었다. '자가용 없이 살기'라는 개똥철학. 이 좁은 땅덩어리에 나까지 자동차를 끌고 나가서는 안 될 것 같았다. 내가 사랑하는 농촌 땅들이 도로에 의해 싹둑싹둑 이리저리 가위질 당하는 꼴이 가슴 아파서이다. 전쟁이 본능적으로 싫어서이다. 땅과 자동차의 관계는 알겠는데 자동차와 전쟁이 무슨 상관이냐고? 상관이 있다. 중동에서 벌어진 전쟁들, 걸프 전쟁, 이라크 전쟁 등의 배후에는 자동차가 있다. 모두 석유 쟁탈전이기 때문이다. 앞으로 이 쟁탈전은 더욱 심해질 것이다.

우리는 자기 소유의 자동차를 정말로 애지중지한다. 비인격화한 세계에서 적어도 자동차만은 나에게 속한 것처럼 느껴져서 뿌듯하고 사랑스럽기까지 하다. 게다가 신속한 이동이 주는 자유와 편리함은 어느 것과도 바꿀 수 없을 만큼 소중하다. 자동차가 세상에 등장한 지 100

년이 채 안 되었지만, 한없이 길게 뻗은 도로에 온갖 자동차들이 몰려나와서 어디론가 끝없이 달려가는 풍경이 이제는 하나도 낯설지가 않다. 50년 전만 해도 한국에서는 아주 낯선 풍경이었는데.

하지만 이 편리함에 대한 대가를 치러야 한다. 우리는 땅과의 직접적인 연결을 잃어버렸다. 자립적이며 자율적인 시골 마을들이 붕괴되고 도시에 의존하게 되었다. 도로와 주차장이 집어삼키고 있는 너른 땅들, 공기를 가득 채우고 있는 오염 물질들, 오존층 파괴, 숲의 파괴, 산성비, 소음, 서식지 파괴로 인한 동식물들의 멸종, 석유 전쟁 등. 이 목록에는 끝이 없는 것 같다.

아무리 그렇다 해도 우리는 자동차를 결코 포기하려 하지 않을 것이다. 석유가 떨어지면 당연히 대체 에너지가 나오지 않겠어? 틀림없이 뭔가 방법을 찾아낼 거야! 자동차 없이 사는 삶이 이제는 상상이 안 된다. 사회 구조자체가 자동차 위주로 돌아가고 있다. 이런 사회에서 왜 나만 자가용 없는 삶의 불편함을 감내해야 하는데? 남들이 다 자가용을 안 몰고 나온다면, 나도 한번 고려해보긴 하겠어…….

우리 세 모녀는 두 발로 걷거나 자전거를 타거나 때로 버스를 이용하면서 일상이 꾸려지길 정말 바란다. 하지만 공공 운송체계가 시골은 도시만큼 잘 되어있지 않다. 그런 까닭에 자동차가 없으면 시골에서 꾸리는 삶의 공간이 많이 좁아지고 불편해진다. 어디 갈 때마다 늘 다른 사람 차를 얻어 타는 일도 참으로 미안한 일이다. 그래도 씩씩하게 얻어 타고 가긴 하지만.

논과 밭과 산과 강을 잘라서 끊임없이 건설되고 있는 도로를 바라본다. 시골은 날이면 날마다 도로 건설 불도저 소리로 시끄럽다. 물론 이런 건설들은 자동차를 소유한 사람들을 위한 대단한 나라의 크나큰 배려이시다. 한국에는 워낙 자동차 소유자가 많은 데다가 많은 이들이 도로 건설을 반기고 있으니 이걸 막을 명분이 없다. 자동차가 이리 많으니 누구라도 어쩔 수 없는 것이다.

마음 내키면 자가용을 몰고 쌩하니 바람 쏘이러 나가는 현대인의 자유가 나한테는 없다. 한 아이는 업고 한 아이는 손잡고 남은 한 손엔 짐을 들고 한두 시간 간격의 읍내버스를 기다리며 장날에 시장 오가는 게 나한테는 아주 익숙했다. 지금은 아이들이 다 커서 각자 배낭 메고 산길을 잘 걸어 다니지만······.

가까운 도시에서 괜찮은 무료 음악공연이 있는 날이면, 우리는 찜질방에서 새우잠을 잘 것인지 아님 공연에 가지 말 것인지 같은 하찮은 고민을 한다. 공연이 끝나면 집으로 오는 시외버스가 끊길 테니까.

생활을 소박한 것으로 만들면 만들수록 우주의 법칙이
더욱더 분명하게 이해될 것이다. 이제 홀로 있음이
더 이상 외로움이 아니며 가난도 더 이상 가난이 아니다.

— 헨리 데이비드 소로

또 하나의 실험은 '냉장고 없이 살기'이다. 우리 세 모녀가 이사할 때마다 끌고 다닌 작고 낡은 냉장고가 어느 날 고장이 났다. 수리하는 분을 불렀지만 그는 한심하다는 듯 고개를 흔들었다. 이 구식 모델은 너무 오래되어서(제조년월을 보니 16년이 넘은 거였다) 부품 구하기가 힘들고, 고치더라도 돈이 많이 든다며 차라리 새것을 장만하라고 충고 했다.

새것을 살 형편도 안 되었고 중고를 구하러 다닐 시간도 없는 데다 가 마음도 안 내켜서 그냥 없이 살기를 해보기로 했다. 괜찮았다. 그때 가 봄이었는데 큰 밭에 온갖 야채들이 자라고 있어서 가능했을 것이 다. 밭에서 재료를 뜯어 와서 그날그날 요리를 해먹었다. 늦봄, 여름, 가을은 재료가 넘쳐나기 때문에 냉장고 없이도 늘 풍성한 밥상이 되 었다. 하지만 전처럼 반찬을 많이 만들어두지는 못했다. 하루 정도야 괜찮지만 오래 둘 수는 없으니까.

솔직히 부엌 살림하는 입장에서는 약간 귀찮기도 했다. 그중에 김 치가 가장 아쉬웠다. 김치를 자주 담아 먹는 게 어디 쉬운가 말이다. 냉장고가 없으니 담아놓은 김치가 금방 시큼해져 버렸다. 여름에는 김 치 없이 밥 먹는 날이 많았다. 그러고 보니 옛날 고향 마을에서는 동네 우물에다 김치통들을 주렁주렁 매달아 놓았던 것이 기억난다. 하지만 이제 그런 우물 같은 것은 시골에서도 찾아보기 어렵다. 그래도 겨울에는 전혀 문제가 없었다. 부엌 창문으로 손을 뻗으면 닿을 수 있는 바깥 그늘에다 큼직한 선반을 만들어서 온갖 먹을 것들을 그곳에 보관했다. 김치, 남은 국과 반찬, 장아찌 등.

이 실험으로 배운 바는? 냉장고가 없어도 충분히 살아갈 수 있구나! 쬐금 불편하긴 해도 크게 걱정할 일이 아니란 것을 알게 되었다. 내 어린 시절을 생각해본다. 우리 마을에는 내가 열 살 무렵에야 전기가 처음 들어왔다. 그 전까지 우리 어머니들은 어찌 살았던가? '없이 살았다.' 모두들 그랬다. 40여 년 전이니 별로 오래전 일이 아닌데 굉장히 먼 과거 일처럼 여겨진다. 산업화를 너무 빨리 해내는 바람에 우리 한국인들은 어떤 기억상실증에 시달리고 있는지도 모르겠다. 하여간 이 냉장고 없이 살기는 우리에게 텃밭이라는 재료 조달처가 있어서 가능했음을 인정한다. (지금은 작고 오래된 냉장고를 얻게 되어서 다시 쓰고 있다.)

현대 기술 문명사회는 참으로 편리한 기계들과 물건들이 넘쳐나는 사회이다. 자본주의 문명이 지나간 자리에는 쓰레기가 가득한 사막이 남을 것 같다. 이미 폐기되었고 앞으로 분명 버려질 이 물건들을 다 어디에 갖다버릴 것인지를 생각하면 참으로 심란하다. 그러므로 이런 시대, 이런 삶 속에서 '없이 살기'를 해보는 실험은 의미가 있을 것이라고 나는 생각했다.

이것저것 갖추어놓고 살고 싶은데 없이 사는 삶이 아니라, 의지를 갖고 없이 산다면 나름대로 어떤 경험을 얻으리라고 본다. 얼핏 떠오르는 장점으로는 에너지를 적게 쓰니까 생활비도 절약되고 시간 여유도 많아진다. 세상일에 뒤숭숭해지지 않을 수 있고 유행에 따라가지 않아도 된다. 또 나름의 상상력을 펼쳐가며 어떤 실력을 키워나갈 수도 있을 것이다.

무엇보다 '없이 살기'를 통해서 우리가 잃어버렸던 몸과 마음의 감각을 깨어나게 하는 것! 이것이 제일 중요한 게 아닐까 생각한다. 기계들과 물건들에 둘러싸여 분주하고 정신없이 지내지 않게 되면, 자기 안에 침묵과 고요가 찾아온다. 이 침묵과 고요가 누군가한테는 끔찍한 공포일 가능성도 있긴 하지만, 이걸 극복하게 되면 우리 마음속의 가장 험한 봉우리 하나를 넘은 셈이다.

이 고요 속에서 자기 자신과 세상을 만나본다. 우리를 둘러싼 자연과도 친밀하게 만나본다. 자유롭고 생명력 있는 삶의 가능성을 만나보는 것이다. 인간의 폭력이 미치지 못하는 저 너머에 존재하는 어떤 세계와 교감할 가능성이 있지 않을까 기대하면서.

요컨대 모든 아름다운 것은 야성적이고 자유롭다.
야생의 동물들이 그들의 보금자리 숲에서 내뿜는 울음소리.
......
나의 친구와 이웃들을 위해 길들여진 인간이 아닌
생기 있는 야성의 인간들을 보내 달라.

— 헨리 데이비드 소로 《산책》 중에서

현대인들이 주장하는 '편리'와 '필요'란 게 어쩌면 알게 모르게 나한테 주입된 관념일지도 모른다는 생각을 했더랬다. 나는 이 최신식 기계들이 어떤 원리로 작동되는지 제대로 알지 못한다. 고장이 났을 때 직접 고쳐낼 능력조차 전혀 없다. 그러니 너무 깊이 중독되기 전에 한 발짝만큼은 거리를 두고 싶다. 꽉 짜인 네트워크에서 가끔은 벗어나서 자유롭게 숨 쉬고 싶다. 내가 어찌해볼 수 없는 세계에서 이따금씩 떨어져 있고 싶다. 플러그를 뽑고 절연되어 있어도 우리 삶이 괜찮다는 것을 확인하고 싶다.

그럼에도 불구하고 우리한테는 갖고 있는 물건들이 여전히 넘치도록 많다. 없이 살기를 조금이나마 해보아도 그렇다. 전기도 쓰고 있고, 세탁기도 있고, 책도 많은 편이며, 딸들이 듣는 음악 시디도 꽤 있다.

잡동사니들은 또 어찌나 많은지! 구질구질하기가 이루 말할 수 없다. 뭐든 쉽게 버리지 못하는 성미에다가 언젠가 재활용할 수 있으려니 하면서 남들이 버린 것들도 기꺼이 얻어오고 주워오니 그럴 수밖에. 게다가 옷들! 속옷들 말고는 산 적이 거의 없는데도 나한테 옷이 이렇게나 많은 이유는 물려받았기 때문이다. 멋내기 좋아하는 아가씨들이자 직장 여성들인 조카들이 열심히 옷을 사 입고 시들해지면 안 입는 옷들을 한 박스씩 보내준다. 친한 지인들도 주변 사람들이 안 입는 옷들을 모아서 보내주곤 한다. 거의 다 새것처럼 말끔하고 좋은 옷들이다. 진심으로 고마워하면서 세 모녀가 즐겁게 나눠 입는다. 가끔은 서로 입겠다고 옷 쟁탈전도 벌여가면서.

멋과는 거리가 먼 나는 평생 옷을 안 사도 될 성 싶다. 하지만 한창 옷과 패션에 관심이 많은 청춘 여연이는 멋쟁이가 되고 싶은 욕망이 큰 모양이다. 물려받은 옷이 충분한데도 재활용가게나 시장에 갈 일이 있으면 예쁜 옷을 사고 싶어서 안달이다. 자기가 모은 용돈으로 사겠단다. 이제 독재자로 눈총 받는 게 두려워진 나는 옛날처럼 금지명령을 내리지 못하고 가만 지켜보고 있는 중이다. 저 욕망은 언제쯤이면 가라앉을까 궁금해 하면서.

아이들이 자라는 시기에는 어린이옷들과 신발들도 많이 물려받았다. 내가 새 옷을 사준 기억이 없을 정도이다. 물론 우리 아이들한테 잘 입히고 잘 신기고 나서도 상태가 괜찮으면 나도 주위 사람들에게 또 물려주었다. 두세 번 이상 리사이클링이 가능한 게 어린이옷이다. 이렇게 물려받은 옷 중에는 때로 지나치게 도시적이고 세련(!)된 패션이거나 드라이클리닝을 해야 하는 값비싼 옷들이 섞여 있는 경우가 있다. 그런 옷들은 나처럼 편안 옷을 좋아하고 털털한 사람들한테는 과분한지라 다시 박스에 잘 넣어둔다. 그리고 가까운 도시에 나갈 때 '아름다운 가게' 같은 곳에 가져간다. 없이 사는 것 같은데도 기부까지 할 수 있다니, 놀랍도록 풍요로운 세상이다.

'없이 살기'에 대해서
난 이렇게 생각해

우리 집에는 남들이 당연하게 생각하는 몇 가지 물건들이 없어. TV와 인터넷, 신문, 에어컨이나 전자레인지 같은 것들이야. 휴대폰도 없고 자동차도 없지. 공교육의 혜택이나 도시 속의 편리함 같은 것들 또한 우리가 갖지 못한 것, 아니 '갖지 않은 것들' 중에서 가장 큰 자리를 차지한다고 할 수 있을 거야.

　어떤 사람들은 우리를 보면서 가난하다고 불쌍하게 여길지도 모르 겠어. 그런데 우리 가족은 그런 물건들 없이 시골에서 가난하게 살고 있고, 앞으로도 그렇게 살 생각인 것 같아.

　하지만 나는 우리가 가진 것들이 훨씬 더 많다고 생각해. 주변에 대 형마트는 없지만 계절마다 풍성한 먹을거리를 제공하는 밭과 논이 있고, 정수기가 없어도 집 옆 우물에는 맛있는 물이 1년 내내 흘러나와. 에어컨은 없지만 한여름에도 공기가 비교적 시원하고, 겨울에는 머리 맡으로는 찬바람이 쌩쌩 불어도 뜨끈뜨끈한 방바닥에 몸을 딱 붙이고 있으면 세상 부러울 게 없어. 신선한 달걀을 낳고 심지어 농사에 꼭 필요한 거름까지 만들어주는 닭들도 있고, 고기는 먹지 않지만 넘쳐나는 야채들을 맛있는 요리로 바꿀 수 있는 아이디어는 많이 있어.

최첨단 음향장비 없이도 내가 직접 연주할 수 있는 악기가 있고, 휴대폰에 저장된 전화번호 목록은 없지만 수첩에는 우리가 사랑하는 사람들의 주소가 있어. 그들에게 가끔 편지를 쓰면서 서로의 마음을 나누고 있기에 외롭지 않아. 싸울 때도 있지만 서로 사랑하고 지원해주는 가족도 있잖아. 공교육 속에 들어가지 않아도 공부할 수 있다는 확신이 있고, 큰돈이 없어도 간절히 원하면 길은 항상 있을 거라는 믿음도 있지. 무엇보다 우리한테는 여유를 가지고 살아가는 데 필요한 넉넉한 시간이 있다는 거야. 이 소중한 시간들을 갖고 있다는 걸 나는 늘 행운으로 생각해.

나는 내가 무척 많은 걸 누리고 있다고 생각하는 편이야. 어쩌면 지나치게 많이 가진 건지도 몰라. 이 세상에는 당연히 누려야 할 삶의 권리를 제대로 누리지 못하는 사람들이 수없이 많잖아. 그에 비하면 나는 우연히 이 시대에 이 나라에 태어났다는 이유만으로 편안하게 살고 있어. 내가 과연 그런 자격이 있는 걸까? 나만큼이나 가치 있는 어떤 존재는 지구 반대편에서 전쟁이나 기아 때문에 제대로 피어보지도 못하고 죽어가고 있는데 말이야. 그런 생각을 하면 늘 정신이 번쩍 들어.

다른 사람들과 마찬가지로 나도 내가 살아가는 세상에서 완전히 자유롭지는 못할 거야. 이런 생각이 때로 내 마음을 무겁게 짓누르기도 해. 내가 믿는 가치들이 사실은 그림자에 불과할지도 모르는데 그걸 모를 수도 있겠지. 하지만 이런 게 삶의 또 다른 매력일지도 몰라. 모든 것들이 너무나 쉽게 사라질 수 있겠지. 어쨌든 내가 죽으면 나의 세상은 사라질 테니까. 하지만 나는 지금 이렇게 살아 있잖아? 그 점만 해도 큰 선물을 받은 기분인데 심지어 젊고 건강하기까지 해. 어떻게 행복하지 않을 수 있겠어?

내게도 포기하기 싫은 물건들이 있어. 하지만 그것들 없이도 난 살아갈 수 있을 거야. 나름대로 잘 살아갈 거라고 생각해. 나한테 정말 필요한 건 나를 살아가게 해주는 어떤 것들이겠지. 내가 발을 딛고 살아가는 이 지구, 우리의 생명을 유지하는 데 필요한 동식물들, 가장 기본적인 물건들, 내가 지금 믿거나 앞으로 믿게 될 어떤 가치, 관계를 맺을 수 있는 사람들. 이 정도만 있어도 잘 살아갈 수 있을 거야.

　머릿속으로는 이렇게 꿈을 꾸지만 나는 아마 앞으로도 물건들을 소유하고 놓아주기를 반복하면서 살아갈 것 같아. 상황에 휩쓸려서 뭘 가지려 하고, 고집을 부리기도 하고, 욕심내고 동경하기도 하면서. 하지만 절대로 잊고 싶지 않은 것이 있어. 사람을 그가 소유한 물건으로 가치를 매겨서는 안 된다는 거야. 내가 가진 물건들이나 가지지 못한 것들이 나란 존재를 결정하지 않는다는 점, 이것만은 언제나 기억하고 싶어.

#07
자발적 가난뱅이 생태주의자들을 위한 찬가

거기 언덕 꼭대기에 서서
소리치지 말라
물론 네 말은 옳다
너무 옳아서
말하는 것이 도리어 성가시다.
언덕으로 올라가
거기 대장간을 지어라.
거기 풀무를 만들고,
거기 쇠를 달구고,
망치질하며 노래하리!
그걸 듣고,
네가 어디 있는지 알 것이다.

— 올리브 H. 하우게 〈언덕 꼭대기에 서서 소리치지 말라〉

에코 아나키스트와
에코 페미니스트에 대하여

요즈음 나는 그 무엇보다도 그 누구보다도 자발적 가난뱅이 생태주의
자들에게 찬가를 바치고 싶다. 이들은 에코 아나키스트와 에코 페미니
스트이다. 나는 비록 그처럼 용기 있게 살지 못하지만, 그래서 더욱 그
들에게 찬사를 바치고 싶다. 쉽게 좌절하는 나를 북돋아주고 희망을
안겨주는 이들이기 때문이다.

에코 아나키스트와 에코 페미니스트는 인간들만의 해방을 원하는
것이 아니다. 생태계 전체가 해방을 원한다는 것을 알고서 자기 삶 속
에서 실천하는 사람들이다. 자연이 없다면 인간의 미래도 없다는 사실
을 잘 알고 있는 이들이다.

이들은 땅과 자연을 보호하기를 원한다. 땅이 단순히 음식을 생산
하는 공장이 아니며 사랑과 존경을 가지고 보호하고 보존하고 이용해
야 한다고 생각한다.

이들은 얽매인 삶을 살지 않기에 가난할 수밖에 없다. 자발적인 가
난뱅이들이며 창조적 실업의 권리를 누리는 자들이다. 산업사회에 고

용되고 소비에 참여하지 않으면 무가치한 사람이 된다고 생각하지 않기 때문이다. 비정규직으로 일하는 것을 슬퍼하지 않으며 오히려 즐기곤 한다.

이들은 "한 알의 모래 속에서 세계를 보며, 한 송이 들꽃에서 천국을 보는"(윌리엄 블레이크) 사람들이다.

이들은 비공식적이고 주관적인 저항 방식을 옹호하는 일상의 혁명가들이다.

에코 아나키스트란 국가와 자본에 저항하는 이들이다. 국가와 자본이 생태계 파괴의 주범이라고 생각하기 때문이다. 이들은 자연과의 조화와 공생이 세상 무엇보다도 중요하다고 보고 있다. "저항은 많이, 복종은 적게!"가 이들의 구호이다.

이들은 독립적이면서 자유로운 개인주의자들이다. 하지만 필요한 경우에는 자치(自治)를 하면서 사람들과 자발적으로 공동체를 꾸린다.

이들은 획일적 유행이나 권력자나 스타에게 관심을 가질 필요와 욕구를 느끼지 않는다. 스스로 자족적이기 때문이다. 돈과 명성과 권력을 소유하는 것을 원치 않으며 오히려 자신의 개성과 재능을 나누고 공유하는 것에서 기쁨을 느낀다.

이들은 자기도취가 아니라 연민과 관심과 사랑으로 자기 삶에 의미를 부여한다. 확신에서 비롯된 평온한 태도를 가지고 있다.

이들은 비판적 사고를 갖고 있으며 잘못된 사회질서에 그대로 순응하지 않는다. 방관자적 위치나 수동적인 소비자의 위치에서 벗어나 있다.

이들은 모든 살아있는 것과 자기 자신이 하나라는 사실을 잘 알고 있다. 인간이 범접할 수 없는 야생지가 그 자체로 존재해야 한다고 믿는다. 인간이 다른 생물 종들에 둘러싸여서 그들의 지저귐과 울음소리를 들으면서 살 필요가 있다고 생각하기 때문이다.

이들은 자연을 정복, 지배, 착취, 약탈하려는 목적을 지닌 모든 제도와 권력집단에 대해서 나름의 방식으로 저항한다. 냉소적이지 않고 실천적이며 능동적으로 행동한다. 위계질서와 권력집중을 싫어하며 가짜 권위 행사에 주눅 들지 않는다.

에코 페미니스트란 자연에게 가해진 이 문명의 폭력과 여성에 대한 폭력 사이에 크나큰 연관이 있다는 사실을 깨달은 이들이다. 가부장제 속에서 억압당해온 여성의 해방이 자연의 해방과 연결된다는 사실을 알아차린 사람들이다.

이들은 움켜쥐기보다 부드럽게 어루만질 줄 아는 사람들이다. 살아

있는 것들을 끌어안고 연민과 우애로 옹호하고 보살피고 싶어하는 사람들이다. 자연의 풍부함과 다양성이 그 자체로 존중되어야 한다고 믿는 이들이다.

이들은 생명을 길러내는 풍요로운 땅을 신뢰하고 보호하고 보존하길 원한다. 자신과 미래세대의 생존을 지속가능하게 이어나가기 위해 땅과 애정 어린 상호관계를 맺고 싶어한다.

이들은 지금까지 남자들이 주도해온 전쟁, 소유에 뿌리를 둔 자본주의 문화, 군대 문화를 인류의 가장 큰 적으로 본다. 핵무기 같은 자기 파괴 행위들에 대해서 크게 분노하고, 원자력 기술의 위험에도 적극 반발한다.

이들은 자급적 관점을 옹호하고 식량과 기본 필수품이 시장과 자본에 의해서 조종되는 것에 반대한다. 인간들이 서로 도움을 주고받고, 연대하고, 신뢰하고, 나누고 보살피는 원칙이 세워져야 한다고 믿는다. 자기가 사는 지역 공동체를 신뢰하면서 그 안에서 민주적이고 안정된 인간관계를 맺길 원한다.

이들은 남자들과 함께 이 지구의 생명을 보존할 책임을 실제로 분담해야 한다고 생각한다. 남자들이 자연과 적을 정복하려는 성향을 버려야 하고, 생명을 보살피고 양육하는 자질을 가져야 한다고 생각한다. 남자들이 벌이고 있는 파괴적인 전쟁들을 당장 중단해야 한다고 믿는다.

이들은 남녀노소 모든 인종과 문화가 존중받고 다른 인간과 동식물들이 부드럽게 존중받아야 삶의 아름다움과 기쁨이 실현될 수 있다고 믿는다.

> 내가 꿈꾸는 세상은
> 꺾이고 갇힌 희망이 터져 나오는 땅
>
> 흙의 평등
> 바람의 자유
> 물의 평화
>
> 바라보지 않아도 꽃이 피어나고
> 기억하지 않아도 잎이 출렁이는 땅
>
> ― 정지원 〈내가 꿈꾸는 세상〉

에코 아나키스트와 에코 페미니스트는 환경운동, 여성운동, 전쟁반대운동, 핵 반대운동 등에서 서로 깊이 연대한다. 세계화 반대운동이나 반자본주의 운동에서도 이 둘은 함께 어깨를 걸고 저항할 것이다.

이들은 핵무기와 원자력이 확산되는 것을 강하게 반대할 것이다. 인류가 지속가능한 삶으로 나아가야 한다고 생각하기 때문이다. 또 전쟁을 부추기는 남성문화와 자연파괴 사이에 깊은 연관이 있다는 사실을 알아채고서 다양한 실천들을 통해 이를 반대해 나갈 것이다.

그러므로 이들은 진정 우리 시대의 희망이다. 우리가 꿈꾸는 세상을 몸소 실천해내는 사람들이기 때문이다. 이들에게 사랑과 존경과 감사를 전하고 싶다!

ps. 이 글을 쓸 즈음에 일본 후쿠시마에서 원자력 사고가 났다. 리비아와 중동에서도 전쟁과 폭격 소식이 끊이질 않았다. 친구가 소식을 알려주어서 마을회관에 TV를 보러 갔는데 방송사들이 선별해서 보여주는 장면들에 소름이 돋았다. 충격을 먹었다고나 할까. 화면에서 보여주는 사고 소식들은 내가 보기에 지나치게 감상적이거나 선동적이었으며, 비행기 공습과 폭격 장면들은 꼭 게임의 한 장면처럼 느껴졌다. 엄청난 파괴력을 가진 최첨단 무기 개발과 전쟁 그리고 원자력 기술이 이 재난과 서로 깊은 연관이 있다는 걸 또다시 깨달았다. 며칠 동안 괴롭고 괴로웠다. 전쟁 반대, 원자력 반대 운동에 어떻게 힘을 보태야 할 거나.

길가에 혼자 뒹구는
저 작은 돌처럼 살고 싶다

홀로 빛나는 저 태양처럼 의지하고 않고, 꾸미지 않고 소박하게 하늘의 뜻에 따라 사는 이들을 자발적 가난뱅이 생태주의자라고 생각한다. 나 역시 이런 삶을 간절히 동경한다. 그런데 이런 삶을 살려면 어떤 용기와 자족의 자세가 필요할까? 이들은 처음부터 그러했을까? 아니면 상처와 고통을 겪은 후에 그런 자세를 갖게 되었을까? 궁금하다. 예전에 나는 세상의 모습에 절망한 인간이 살아가면서 그 절망을 어떻게 극복해나가는지에 대해서 많이 궁금했더랬다. 그래서 혼자 이런저런 상상을 해보곤 했다. 우리가 고통을 이겨내면 다시 태어나서 자유를 얻는다고 믿고 싶었던 듯하다.

옛 개념을 빌려서 말해본다면 고통을 딛고 다시 일어나 자유를 얻는 길이 바로 도(道)의 길이 아닌가 싶다. 낡은 과거를 떨쳐내고 새로 걷는 길인 도(道). 그러므로 그 길을 걷는 자는 '구도자(求道者)'가 되리라.

구도자는 완성형이 아니라 항상 진행형이어야 할 것이다. 구도자란 뭔가를 배우기 위해서 끊임없이 노력하는 사람일 것이기 때문이다. 그가 가야 할 길은 끝없는 가시덤불 헤치기나 험준한 산맥 넘기일 수 있고, 달밤에 메밀 꽃밭 지나가기처럼 환상적일 수도 있으리라. 인식의 수준에 따라 다채롭고 다양한 세계가 펼쳐질 것이다. 직접 길을 걸어가는 자만이 순간순간 그 세계를 알 수 있기 때문에 멀리서 상상으로 바라보는 나는 그저 짐작만 해볼 뿐이다.

그러므로 길을 가는 자가 중간에 딱 멈춰 서서 자기가 '깨달았다'고 크게 떠드는 일은 이상해 보인다. 세상을 구하러 온 구원자나 예언자가 아닌 이상 나한테는 어색하게 보인다. 구도자에게는 작고 소소한 깨달음의 순간들이 무수히 오고갈 것이다. 그것들은 자기 안에서 순간순간 빛나는 아름다운 별똥별이지 않을까. 그걸 밖으로 드러내고 자랑하는 순간 그 빛은 꺼질지도 모른다.

그러니 구도자여, 하염없이 자기 길을 가라!

길가에 혼자 뒹구는 저 작은 돌
얼마나 행복할까요.
세상 출세일랑 아랑곳없고
급한 일 일어날까 걱정도 없어요.
어느 우주가 지나가다가
자연의 갈색 옷을 입혀줬고요.

나 홀로 빛나는 태양처럼

아무한테도 의지하지 않고

꾸미지 않고 소박하게 살면서

하늘의 뜻을 오로지 따르네요.

— 에밀리 디킨슨, 〈길가에 혼자 뒹구는 저 작은 돌〉

자발적 가난뱅이 생태주의자들에게 찬사를 바치는 중에 구도자란 개념까지 나오게 되었다. 나한테는 이 둘이 때로 아름답게 겹쳐진다. 자신만을 위한 삶이 아니라 힘껏 세상과 타인을 위해 애쓰는 삶을 산다는 점에서 그렇다. 소박하고, 자족적이고, 선량하고, 세상의 비주류이면서 하늘의 뜻에 따른다는 점에서 그렇다.

나는 이 시대의 진정한 구도자는 자발적 가난뱅이 생태주의자가 되어야 한다고 생각하는 모양이다. 진실한 삶을 추구한다는 점에서, 그리고 이 시대를 사는 인간의 존재조건을 고민하고 참된 이해를 구한다는 점에서 그래야 할 것 같다. 바람처럼 자유로운 삶과 그 자유 속에서도 책임감 있고 자립적인 삶을 추구한다는 점에서 그래야 할 것 같다.

지금 나한테 소중한 사람들은 평범한 사람이자 제도에서 한 발 물러나서 생태적으로 살아가는 아나키스트들이다. 나의 관심은 결국 '나는 누구이고, 나는 지금 여기서 어떻게 살 것인가'이기 때문이다. 내가 누구인가를 알아가기 위해서는 어떤 노력과 참을성과 때로 고통이 필요할지도 모르겠다. 분명한 것은 나의 길을 찾아줄 수 있는 사람은 나 자신 뿐이라는 것.

인간의 한계 너머 초월을 꿈꾸며 신과의 진정한 합일을 추구하려는 진솔한 마음을 부정하지는 않는다. 나도 합일을 꿈꾼다. 허약한 존재 조건을 가진 한 인간이기 때문이다. 기도와 주술의 힘을 믿고 싶고 영혼이 존재함을 믿고 싶다. 하지만 역사 속에 나타난 종교들이 결국은 그 시대의 사회 구조와 정치 경제의 논리에 포섭되어 타락하는 것을 역사를 통해서나 지금 여기의 현실 속에서 목격하며 살아가고 있다.

그래서 나는 제도화된 종교들에 대해서는 회의적이다. 불교, 원불교, 기독교, 가톨릭교, 이슬람교, 힌두교 등 전 세계의 그 힘센 종교 제도들 중에 내가 완전히 귀의하고픈 종교가 없으니, 믿음 깊은 그들 눈에는 내가 딱해 보일지도 모르겠다. 하지만 땅과 자연에 대한 경외심만큼은 넘치도록 갖고 있으니 내 경배 욕구는 이걸로 충분할지도 모르겠다. 만물에 신이 깃들여 있다는 범신론 정도로 내 종교심을 달래본다.

내 관심은 한국 사회에서 태어나 살아가는 나란 존재이다. 그러면서도 나는 한국인이란 민족성을 때로 불편해한다. 붉은 셔츠를 입고 축구장과 거리를 휩쓰는 민족성이 나는 불편했다. 그 넘치는 에너지로 자연 파괴를 막는 운동을 한다면 얼마나 좋을까를 여러 번 생각했더랬다. 물질 만능의 21세기를 사는 나, 그런데 이 시대 흐름을 거부하고픈 나, 여자들을 억압하는 전통과 관습을 싫어하는 나, 그러면서 어쩔 수 없이 슬쩍 눈치 보며 타협하는 나, 이성과 감성과 감각을 지닌 인간인 나, 동물적 본능을 지닌 나, 자유를 추구하는 나, 운명을 받아들이는 나, 선하고 신적인 것을 꿈꾸는 나, 미워하고 질투하는 나, 나약하고 때로 공격적인 나, 실수 연발의 나, 초월을 꿈꾸는 나, 죽어야 하는 나……

이 중에서 내가 가장 추구하고 싶은 나는? '스스로 배우고, 발견하고, 자유로워지는 자'이다. 나는 이 문명사회의 복잡함 속에서 어떻게 살아야 할지 몰라 길을 잃을 때가 많았다. 그렇기에 자발적 가난뱅이 생태주의자처럼 단순한 삶과 자립의 능력을 갖게 되길 꿈꾼다. 안타깝게도 아직은 꿈꾸기만 한다. 내 삶에 여전히 한계가 많고 내가 몸담고 살아가는 이 사회의 구조적인 한계도 무시할 수 없다. 어쩔 수 없이 나도 이 시대의 자식이다. 그래도 꿈꾸고 추구한다.

제도 교육이 부추기는 경쟁 속에 오랫동안 길들여진 나는, 내 안에 도사리고 있는 경쟁심과 시기심이 순수한 탐구심으로 변화하기를 간절히 바란다.

잘 알지 못하는 것을 아는 척하는 허영과 교만이 많은 나는, 필요한 것들을 언제나 기꺼이 배우려는 겸허한 열의를 갖게 되길 바란다. 내가 모른다는 사실을 겸허하게 인정하길 바란다.

탐욕과 과도함 대신 비우고 덜 갖기를 바란다. 비난 대신 관대함을, 편견 대신 열린 마음을, 잘난 척 대신에 겸손을 구하고 싶다.

그래서 길가에 홀로 뒹구는 저 작은 돌처럼 꾸미지 않고 소박하게 살면서 하늘의 뜻을 오롯이 따르고 싶다. 그러면 어느 우주가 지나가다가 나에게도 자연의 갈색 옷을 입혀주시겠지? 그러지 않을까?

#08
책에서 배우고
발견하는 기쁨들

대화에 해당되는 것이 독서에서도 똑같이 적용된다.
독서는 작가와 독자 사이의 대화이다.
누구와 대화하는지가 중요하듯이 누구의 글을 읽는지가 중요하다.
예술성이 없는 싸구려 소설을 읽는 것은 하나의 백일몽이다.
그것은 생산적인 반응을 허용하지 않는다.
책 내용이 텔레비전 쇼처럼
혹은 텔레비전을 보면서 와삭와삭 씹어 먹는 포테이토칩처럼 삼켜진다.
독서가 이처럼 소비하고 소유하는 행위가 되어버리면,
자기 지식을 넓히지도 못하고 작중인물을 이해하지도 못하게 된다.
따라서 독자는 인간성을 꿰뚫어보는 통찰력을 키우지도 못하고
자기 자신에 대한 앎도 얻지 못한 셈이다.

— 에리히 프롬 〈소유냐 존재냐〉 중에서

책과 함께
깊어가는 밤

나에게 책은 꿈이고 동경이고 이상이며 환상이다. 책은 내 슬픔에 대한 위로이고 위안이며 치료사이다. 책은 내 결점과 콤플렉스와 못난 점을 발견하고 인정하라고 다그치는 호랑이 선생님이다. 책은 웃고 사랑하고 이해하고 관대해지라는 천사의 속삭임이다. 책은 울고 미워하고 원망하고 탓하되 요만큼만 하라고 일러주는 똑똑한 마녀의 지침서이다.

우리는 우리 방식대로 편하게 책들을 읽어오고 있다. 책을 사랑하지만 엄청난 다독가도 아니고 대단한 애서가도 아니며 평범한 독서인 정도이다. 나로서는 폭넓은 교양일랑 욕심내지 않는다. 나란 인간이 원래 그리 생겼는지 독서도 편협하고 한쪽으로 치우쳐져 있다. 내가 관심 있고 흥미로운 책들만 열심히 찾아 읽는다.

십수 년의 시골 삶에서 땅과 자연이 주었던 위로를 일등공신이라고 한다면, 이 삶을 지탱하게 해준 이등공신은 책들이라고 말할 수 있다. 사람한테 받은 상처들을 책을 읽으면서 치료했다. 날카롭게 베인 마음이 한없이 어지럽고 쓰라릴 때, 어찌해야 할지 몰라서 헤맬 때, 그럴 때마다 책을 집어 들고 읽는다. 책을 머리맡에 두고 잠든다. 시간이 흐른다. 어느새 다시 살아갈 힘이 생겨난 나를 발견한다.

시골에 오기 전 이루어진 내 청춘의 독서는 중구난방에다 변덕이 죽 끓듯 하고 허영기가 가득한 독서였다. 그야말로 알맹이는 없으면서 꼴불견이기까지 한 '난개발 부실공사'에 가까웠다. 이러저러한 작가들이 이러저러한 책들을 지었다는 껍데기 지식 정도를 가지고 그 책을 읽었노라 잘난 척을 했더랬다. 이런 책도 읽고 저런 책도 읽었다며 자랑하고 싶어서. 그런 허영에 속아주는 사람이 주변에 별로 없어서 그나마 다행이었다.

시골에 와서는 책 읽는 태도가 조금씩 달라졌다. 우선 아이들을 키우고 있는지라 아이들의 수준과 관심에 나의 키를 맞추게 되었는데, 생각 외로 즐거운 세상을 발견하였다. 아이들 그림책과 동화책의 세계였다. 깜짝 놀랐다. 내 어릴 때는 한 번도 누려보지 못한 세상이었기 때문이다.

어릴 때 나는 어찌어찌 한글을 떼었는데 막상 집에는 읽을 만한 책이 없었다. 교과서 말고 동화책이나 그림책 같은 게 거의 없었다는 뜻이다. 학교에서 나눠준 교과서는 며칠 지나지 않아 처음부터 끝까지 몽땅 읽어버렸다. 그것으론 부족했는지 글자에 게걸들린 나는 틈날 때마다 언니 교과서와 오빠의 공업책과 기술책까지 꺼내 들고 읽었다. 물론 내용은 전혀 이해하지 못했다. 뭐든 글자로 된 걸 읽고 싶어 안달이 났던 것 같다. 꾸깃꾸깃 뭔가를 싸왔던 찢어진 신문지 쪼가리를 하나하나 맞춰가며 글자들을 읽었다. 활자 중독증 비슷했을까. 하여간 공고를 졸업하고 바로 취직해서 힘겹게 돈을 벌기 시작한 갓 스무 살 오빠에게 초등학생이던 나는 징징대며 동화책을 사달라고 졸라댔다. 철딱서니였다! 오빠가 그 돈을 어떻게 벌었는지, 그 돈에 우리 가족의 생계가 걸렸다는 것을 전혀 몰랐으니 말이다.

하여간 막내를 퍽이나 사랑했던 착한 오빠 덕에 몇 권의 동화책을 처음으로 갖게 되었다. 그날의 희열! 평생 잊지 못할 것이다. 너무 기뻐서 저녁밥을 못 먹었다. 밥이 목구멍에 안 넘어갔다. 오랫동안 내 보물이었던 그 동화책들의 표지와 책 밑에 찍힌 로고를 지금도 기억한다. 〈딱따구리 그레이트 북스〉 시리즈, 1970년대 초반이었다.

나와 달리 우리 아이들은 시골에 살면서도 그림책과 동화책을 맘껏 보고 자랐다. 잘 살게 된 나라의 문화적인 풍요를 누리는 것인데 이 혜택만큼은 나도 퍽 고마워한다. 엄마인 내가 애들보다 그림책을 더 좋아한 탓에 읍내 도서관에 갈 때마다 한 아름씩 빌려왔다. 나로서는 어린 시절에 못 누린 그림책과 동화책에 대한 보상심리가 컸겠고, 아이들은 TV 같은 게 없어서 자연스레 책과 가까워졌을 것이다.

생각해보니 아이들이 처음부터 책을 읽은 것은 아니었다. 둘째가 한글을 익혀 스스로 책을 읽기 전까지 꽤 오랫동안 내가 그림책과 동화책을 소리 내어 읽어주었다. 말하자면 내가 자진해서 '책 읽어주는 여자'가 되었으며 꽤 오랫동안 이 행위를 즐긴 듯하다. 저녁 먹고 나서 이불 깔고 아이들과 나란히 엎드리거나 눕는다. 스탠드만 켜놓아 방안엔 은은한 빛이 흐르고 밖은 아주 고요하다. '책 읽어주는 여자'는 때로 슬프게, 때로 명랑하게, 잔잔하게, 격렬하게, 무섭게, 소곤소곤 목소리를 바꿔가며 자신과 아이들을 동화책과 그림책의 세계에 푹 빠지게 만들었다. 배우처럼 목소리를 이용해서 하나의 세상을 드라마틱하게 표현해내는 즐거움을 나는 아이들 키우면서 처음으로 발견했다. 그리고 이 예술적(?)인 표현행위를 딱 두 명뿐인 관객 앞에서 아껴가며 즐겼다. 다행히 관객들도 좋아해주었다.

바바라 쿠니의 매력적인 그림책들, 사라 스튜어트가 짓고 데이비드 스몰이 그린 《리디아의 정원》, 《도서관》, 해리엇 지퍼트가 쓰고 아니타 로벨이 그린 《안나의 빨간 외투》, 우리 오를레브의 《뜨개질 할머니》,

존 윈치의《책 읽기 좋아하는 할머니》, 레인 스미스《제이크 하늘을 날다》제니퍼 달랭플의《숲의 사나이 소바즈》, 그림형제 동화집 10권, 닐게이먼의《금붕어 두 마리와 아빠를 바꾼 날》, 노먼 린지의《마법 푸딩》, 엘리자베스 엔라이트의《마법 골무가 가져온 여름 이야기》, 크리스치안 슈트리히가 엮고 타트야나 하우프트만이 그린《세계의 동화》등.

특히 타트야나 하우프트만의 그림들은 참으로 근사해서 지금도 자주 들춰보게 된다. 당시 그림책 만드는 지인들이 있어서 이따금 그림책들을 선물받기도 했으며, 도시에 갈 때면 헌책방들을 순례하며 맘에 드는 그림책들을 한 보따리씩 사왔다. 어쩌다 여윳돈이 생기면 필요한 것들을 사기 전에 그림책들과 동화책을 과감하게 살 정도였다. 이것도 갈증이 많았던 내 어린 시절에 대한 보상이리라.

아이들이 자유롭게 책 읽기를 하게 되면서는 '책 읽어주는 여자' 일을 전처럼 자주하지 못하게 되었다. 어쩌다 두 관객의 요청이 있어야 가능했기 때문이다. 섭섭하기도 했지만 대신 책 읽는 범위가 크게 넓어졌다. 큰아이가 빌려다 보는 책들이 희한한 게 많았던 것이다. 나로서는 처음 접해보는 분야의 책들이었다.

큰아이는 가족이 함께 읽던 그림책과 동화책을 졸업하고 사춘기가되자 혼자서 다양한 책 읽기에 나섰다. 일본 만화들, 이상야릇한 만화책들, 청소년 로맨스 소설, 싸구려 판타지, SF 소설, 감각적인 일본 소설 등을 섭렵해나갔다. 별수 없이 나도 그 곁에서 그것들을 조금씩 읽게 되었다. 수십 권씩 되는 일본 만화들은 읽다가 그만둔 적이 많았다. 열광하는 아이들과 달리 나는 지겹기도 하고 계속되는 폭력적인 내용이 불쾌해서였다. 별 수 없는 구식 세대라고 딸들한테 비난도 여러 번 받았다. 그래도 당시 만난 어슐러 르귄의 판타지 성장 소설들은 참으로 흥미롭고 독특하게 기억이 남는다. 나는 그 책들에 푹 빠져서 나중에는 이 작가의 다른 작품들도 몽땅 찾아 읽게 되었다. 르귄은 판타지 소설에 대한 나의 인식을 완전히 바꾸어준 작가이다.

하여간 아이들 덕택에 처음으로 SF 소설들과 환상, 공포, 추리 소설들도 읽었으며 청소년 소설들도 많이 읽게 되었다. 최근에 번역되어 나오는 청소년 소설들 중에는 좋은 게 아주 많은 듯하다. 잘 팔린다는 웬만한 어른 소설보다 나은 것도 있고(내 기준이다) 청소년 아이를 둔 어른들에게 생각할 거리를 많이 주곤 한다. 이런 책들은 주로 도서관에서 빌려다가 밤늦도록 읽어대곤 한다. '중년 아줌마, 청소년 소설에 빠지다!'

나는 시골에서 나이가 들어감에 따라서 책을 읽는 분야가 조금씩 변화해갔다. 페미니즘 책들, 마음 다스리기나 명상·영성 관련 책들, 자연치료 책들이나 약초 관련 책들, 농사일과 정원 일에 관련된 책들을 세월 따라 두서없이 읽어왔다. 요새는 문명 비판서나 반자본주의 관련 책들에 마음이 끌린다. 물론 이 세월 동안 조금도 변치 않고 꾸준하게 관심이 있는 분야는 자연주의, 생태주의, 야생에 관련된 책들이다. 이 분야의 책들은 나의 이상이자 꿈이면서 힘들 때마다 삶의 버팀대가 되어주고 있는 책들이다.

세 모녀가 함께 즐거워했던 몇 가지 책들

로라 잉걸스의 〈초원의 집〉 시리즈

따로 소개할 필요가 없는 명작. 우리는 이 책 아홉 권 대부분이 너덜너덜해질 정도로 읽었음. 하연이는 최소 40번(?) 이상 읽은 듯함. 기계가 없던 시대, 즉 산업화 이전 시대 사람들이 살아가는 여러 가지 삶의 모습이 아이의 시각으로 잘 그려져 있음. 미국 개척 시대에 로라네 가족이 정착지를 찾아가며 겪는 기쁨과 슬픔과 애환은 우리에게 자립적이고 자급적인 삶이 어떤 건지에 대해서 큰 영감과 즐거움을 주었음. 특히 성실하고 다정하고 책임감 있는 아빠, 그러니까 진정한 가장이랄 수 있는 로라 아빠의 모습은 부성애를 경험해보지 못하고 자라던 우리 아이들에게 꿈이자 우상이었음. 나중에 로라 아빠 같은 남자와 결혼하겠다나 뭐래나.

진 아우얼의 〈대지의 아이들〉 시리즈

지금까지 한국에 번역되어 나온 것은 4부까지인데(원작은 아마 6부까지 있는 듯), 우리는 1부 〈사냥하는 여자, 에일라〉와 2부 〈에일라, 말을 타다〉를 아주 즐겁게 여러 번 읽었음. 석기 시대 사람들 이야기. 현생 인류 종족인 에일라란 꼬마 여자애가 엄마를 잃고서 네안데르탈인 동굴곰 부족에게서 키워지는 이야기부터 시작됨. 3만 년 전 빙하시대에 초기 인류가 살아가는 삶의 모습을 작가의 놀랍도록 풍성한 상상력으로 그려낸 대하 시리즈. 이 책에는 부싯돌로 불을 피우고, 창과 칼 같은 도구를 만들고, 사냥하고, 채집하고, 동물을 길들이고, 부족끼리 이동하고, 축제를 벌이며 살아가는 석기 시대 사람들의 자급자족하는 삶의 묘사가 아주 풍부함. 특히 주인공 에일라는 너무나 매력적인 캐릭터. 하지만 3부와 4부는 연애 이야기가 많고 약간 지지부진한 느낌.

어니스트 시튼의 번역된 모든 책들 《동물기》, 《작은 인디언의 숲》 등

시튼의 책들은 모두 읽어보라고 권하고 싶음. 동물들의 생태는 말할 것도 없고 풍요로운 자연묘사가 압권임. 특히 《작은 인디언의 숲》은 시튼이 직접 그린 그림들과 인디언의 삶을 동경하는 어린 두 소년이 숲에서 벌이는 유쾌하고 즐거운 모험들이 생생히 그려져 있음. 다시 읽어도 즐겁고 깨달음을 많이 주는 책.

파브르의 〈곤충기〉 시리즈

굳이 소개하지 않아도 될 정도로 유명한 명작이자 고전. 아이들이 일단 한 권을 손에 들고 읽는다면 다음 권도 계속 읽고 싶어질 것임. 어른들이 읽어도 똑같은 현상이 나타남.

톨킨의 〈반지의 제왕〉 시리즈와 〈호비트의 모험〉

영화만 보고 〈반지의 제왕〉 시리즈를 안 읽은 분들에게 꼭 책을 읽어보라고 권하고 싶음. 톨킨의 문학적 상상력이 영화에서는 제대로 표현되지 못했다고 생각됨. 판타지에 문학적 깊이가 더해지면 얼마나 멋진 작품이 탄생하는지를 보여줌. 몇 번을 읽어도 새롭게 읽히는 책 중의 하나.

진 C. 조지의 《나의 산에서》

대가족이 바글거리며 사는 비좁은 도시 아파트에서 가출하여 혼자 넓고 깊은 숲에서 살아가는 용감하고 지혜로운 한 소년의 이야기. 숲에서 홀로 살면서 물고기며 갖가지 먹을 것들을 잡고, 열매와 덩이뿌리를 채집하고, 불을 피우고, 잠자리를 만들고, 사냥매를 길들이고, 옷도 만들고, 눈보라 치는 겨울을 저장식품으로 버텨내는 이야기가 흥미진진하게 그려져 있음. 우리 아이들은 이 책에 나오는 숲 속에서의 생존 방법들이 말할 수 없이 흥미로웠다고 함. 그런 야생이 살아있다면 누구나 한번쯤 꿈꿔보았을 삶을 그리고 있음. 어린이 책이지만 나도 즐겁게 읽음.

케네스 그레이엄의 《버드나무에 부는 바람》

네 마리 동물 친구들의 유쾌한 우정이야기. 동물들이 벌이는 사랑스러운 소동을 읽다 보면 절로 미소를 짓게 됨. 이 책의 진짜 아름다움은 문장에 있음. "강은 매끄럽고, 구불구불하고, 통통한 동물 같았다. 이 동물은 꼴꼴거리며 무언가를 쫓아가서 콸콸거리면서 붙잡았다가 쏴쏴거리면서 놓아주었다." 한글 번역이 참 잘된 책들 중의 하나.

미하엘 엔데의 《모모》

잘 알려진 유명한 책. '시간을 훔치는 도둑과 그 도둑이 훔쳐간 시간을 찾아주는 모모라는 소녀에 관한 이상한 이야기'란 부제가 붙어있음. 미하엘 엔데의 《끝없는 이야기》처럼 이 책도 현대 문명을 살아가는 사람들의 문제들을 환상적으로 비판하고 있는 책. 어른과 아이 모두 각자 나름의 감동과 깨달음을 얻을 수 있는 책.

케티 아펠트의 《마루밑》

읽다 보면 시 같기도 하고 오래된 마법 이야기 같기도 한 청소년 문학. 작년에 처음 읽게 되었는데 우리 가족 모두가 너무나 좋아하게 되어서 몇 번씩 읽었음. 문장은 서정시 같은데, 가슴 두근거리게 하고 신비로운 상상을 하게 만드는 묘하고 매력적인 작품. 하연은 앞으로 언젠가 이 책을 영어 원문으로 읽어보겠다는 꿈을 지니게 되었음.

숀 탠의 《도착》

처음엔 도서관에서 빌려다 보았다가 결국은 거금(?)을 들여 사게 된 책. 글이 없이 그림만으로 이루어진 너무나 인상적인 그림책. 전쟁 때문에 다른 나라로 이민한 사람들의 애환과 가난과 쓰라림을 환상적이면서 지극히 생생하게 표현한 작품. 하나하나의 그림들이 어찌나 깊이 사람을 잡아끄는지 수십 번 보아도 볼 때마다 책장을 오래도록 붙잡고 있어야 함. 이토록 탁월하고 정성 들여서 그림을 그릴 수 있는 숀 탠이란 작가에 대해 무한한 존경심을 품게 되었음.

어른들에게 편파적으로 권하는 몇 권의 책

앨런 와이즈먼의 《인간 없는 세상》

인간이 사라진다면 지구의 미래 풍경은 어떻게 변화해갈까? 이 질문에 대한 다양한 탐구가 들어있음. 아주 흥미롭게 읽히고 대단히 풍부한 자료가 망라되어 있어서 고개를 끄덕이게 됨. 일종의 과학 논픽션이라고도 할 수 있는데, 이런 책을 쓸 수 있는 작가의 지식과 상상력과 취재력과 의지력에 대해 감탄과 부러움을 동시에 느꼈음. 생태주의적인 시각을 갖지 않았어도 지금 시대를 사는 인간이라면 한번쯤 읽어보라고 권하고 싶음. 무척 재미있게 읽을 수 있음.

프란츠 브로스위머의 《문명과 대량멸종의 역사》

위대한 문명들을 멸망으로 이끈 생태적 과오가 무엇인지를 묻는 책. 인류학, 생물학, 지리학, 사회학을 망라한 세밀한 자료들과 치밀한 분석으로 신자유주의 세계화가 자연에 끼치는 무서운 해악을 경고하고 있음. 과거와 달리 전 지구적인 대규모 환경 파괴 시대를 살고 있는 우리에게 생물의 다양성이 왜 필요한지, 생태적 민주주의가 왜 필요한 지를 생각하게 하는 책. 자료가 아주 풍부함.

장 지글러의 《탐욕의 시대》

불평등한 세계질서와 기아의 진실을 알려주는《왜 세계의 절반은 굶주리는가?》을 쓴 작가가 세계화된 자본주의와 신자유주의 시대가 얼마나 탐욕스럽고 수치스러운 시대인지를 구체적 자료로 파헤치고 있음. 한 장 한 장 읽다 보면 전 세계를 쥐락펴락하는 거대 다국적 기 업들을 향한 분노가 치밀어 오름. 세계를 파괴하고도 기뻐하는 인간들 과 그들을 부추기며 살고 있는 아무 생각 없는 사람들! 대체 어찌해야 하는지 혼자 고민하다가 혁명을 꿈꾸게 되는 책.

마이클 앨버트의 《파레콘: 자본주의 이후, 인류의 삶》

파레콘은 참여(participatory) 경제(economics)의 줄임말로 공평성, 연 대, 다양성, 자율관리, 생태적 균형 같은 기본적인 가치들에 기초해서 정의로운 경제를 세워보려는 비전을 말함. 시장이나 중앙집중식 계획, 또 경쟁이나 통제에 의해 지배되지 않는 사회를 꿈꾸는 사람이라면 이 책에서 제시하는 대안들을 읽고서 어떤 힘을 얻을 수 있을 것임. 경제학을 전혀 모르고 싫어하기까지 하는데도 바람직한 사회 모델을 제시하는 데 매혹당해서 열심히 읽었음. 특히 참여경제의 일상생활을 논한 부분은 경제이론이라기보다는 구체적이고 상세한 묘사가 많아서 재미있음. 일종의 희망을 주는 책이랄까.

데릭 젠슨의 《문명의 엔드게임》

문명에 대한 날카로운 분석과 몇 가지 단순명쾌한 전제들을 토대로 쓴 책. 전문적이거나 학술적이지 않은 태도로 어떻게 저항할 것인가를 심리적, 사회적, 정치적, 윤리적 관점에서 묻고, 생각하고, 고민하고, 다양한 저항 방법들을 은근슬쩍 보여주고 있음. 에코사보타주(생태계에 해를 입히고 있는 기계나 시설들을 파괴하려는 운동)의 시각을 많이 만날 수 있어서 나로서는 대단히 흥미로웠음. 저자 개인의 경험을 지금 세상에서 벌어지고 있는 생태 문제와 연결해내는 솔직하고 당당한 태도가 돋보임, 폭력, 강간 같은 통렬한 주제들이 많이 거론되고 있으며, 읽다 보면 정신없이 몰두하게 되는 책.

테어도르 카진스키의 《산업사회와 그 미래》

원래는 《유나바머》로 번역되어 알려진 책인데 다시 발간하면서 제

목을 바꾸었음. "우리가 사는 이 세상은 정말 잘못 되었다"고 믿는 저자는 기술 문명과 산업 사회를 강력하게 비판하며 대학 종신교수직을 버리고 18년 동안 항공사와 대학에 직접 만든 우편물 폭탄을 보냈음. 이 책은 그가 〈뉴욕 타임즈〉와 〈워싱턴 포스트〉지에 폭탄테러를 멈추겠다는 조건으로 게재를 요청한 일종의 '선언문'임. 좌파를 비판하는 부분에서 눈이 찌푸려질 분들도 있을지 모르나, 선언문 자체는 대단히 명쾌하고 논리적이며 탁월한 식견이 있음. 다만 선언문 뒤에 한국인 심리분석가가 카진스키에 대해서 사회심리분석을 해놓은 글이 덧붙여져 있는데 나로서는 꽤 거슬림. 체제의 수혜자가 철저한 체제 반대론자인 카진스키를 분석한다는 게 과연 온당한 일일까? 하여간 카진스키는 1995년 FBI에 잡혀서 사형을 선고받았다가 지금은 감옥에서 종신형을 살고 있다 함.

존 저잔이 엮은 《문명에 반대한다》

문명이 진보할수록 인류는 퇴보한다는 시각을 담고 있음. 헨리 데이비드 소로, 프리드리히 실러, 아도르노, 프로이드, 호르크하이머, 마빈 해리스 같은 유명인사의 글뿐만 아니라 '반항아들', '반권위주의자 모임', '무정부-미래주의자 그룹'의 글들까지 다양한 사람들의 다양한 문명 비판 글들을 엮은 책. 플라스틱을 사기 위해 지구를 버린 현대인, 문명이란 내부적으로는 억압과 길들이기이면서 외부적으로는 정복으로 시작했다는 비판, 야생의 삶으로 돌아가야 한다는 무정부 원시주의자의 글 등 실로 다양한 시각을 만날 수 있음. 이렇게 많은 이들이 나름대로 문명 비판의 목소리를 내고 있다는 것에 격려를 받고 고무되는 책.

웬델 베리의 《나에게 컴퓨터는 필요 없다》, 《생활의 조건》, 《희망의 뿌리》

에세이 모음집이지만 편안하고 재미나게 읽힌다고는 할 수 없음. 하지만 땅과 자연에 대한 인간의 진정한 책임이 어떠해야 하는지를 보여주는 훌륭하고 기품 있는 글들임. 웬델 베리 자신이 가족 농사를 옹호하는 농부이며 시인이고 소설가임. 그렇다고 낭만적인 자연주의자는 아니어서 농촌과 자연을 미화시키거나 찬양하지는 않음. 그는 자연과 땅의 보존을 대신할 만한 가치란 이 세상에 없다는 굳건한 믿음을 갖고 있고, 자기 지역을 성실하게 지키고 살아가는 지성적인 농부이자 문명비평가인 듯함.

박홍규 선생의 책들

다양한 분야에서 정력적인 글쓰기를 하고 있는 선생은 자유롭고, 자율적이며, 자치를 하면서 자연과 공생하는 아나키스트의 시각을 늘 지니고서 책을 쓰는 듯함. 대학 교수이지만 자가용이 없고 휴대폰도 없이 사는 그는 윌리엄 모리스, 루쉰, 페레, 에리히 프롬, 고흐, 카프카, 베토벤, 소로에 관한 평전들을 써왔고, 이반 일리히의 《학교 없는 사회》, 《병원이 병을 만든다》, 《행복은 자전거를 타고 온다》, 《그림자 노동》 같은 책들을 번역했으며, 에드워드 사이드의 《오리엔탈리즘》도 번역하였다. 선생이 쓴 여러 인물 평전들은 비교적 잘 읽히는 글들이니 청소년들과 젊은이들이 꼭 읽어보았으면 싶고, 어른들에게는 일리히 책을 한 권쯤 읽어보라고 권하고 싶음. 여연이는 선생이 쓴 《의적, 정의를 훔치다》란 책을 재미있게 읽었다 함.

천규석 선생의 책들

한국에서 녹색운동이나 자립적 소농에 관심 있는 이들에게 알려져 있는 선생의 책들은 생각만큼 널리 읽히고 있지는 않은 듯함. 꼬장꼬장 나이든 농사꾼이자 고집스런 근본주의자일 것 같아서 책들이 재미없을 거라고 미리 판단하지 않는다면, 꽤 의미 있고 나름 즐거운 책 읽기를 할 수 있음. 한국인으로 농업의 위기와 생명의 위기를 몸소 느끼고 오랫동안 실천해온 사람만이 제시할 수 있는 대안을 만날 수 있음. 《돌아갈 때가 되면 돌아가는 게 진보다》, 《소농 버리고 가는 진보는 십리도 못가 발병난다》, 《유목주의는 침략주의이다》, 《윤리적 소비》 같은 책들을 읽으면 한국의 시민사회 운동이나 대안운동들의 한계에 대해서 다시 생각해보게 됨. 자신이 생각한 바를 삶 속에서 실천해내는 보기 드문 분이 아닐까 생각함.

ps. 내가 권하는 이 책들은 베스트셀러들이 아니다. 또 우아한 교양인을 위한 추천서나 폭넓은 지식을 갖추려는 이들을 위한 수준 있는 교양서(그렇게 읽어도 되겠지만)라기보다는 한쪽으로 치우친 면이 있다. 사실 꽤나 편파적이다. 관점과 세계관이 너무 확고해서 어떤 책들은 조금 불편할 수도 있을 것이다. 게다가 재미난 소설처럼 쉽게 읽히지도 않는다. 하지만 한 번 읽고 나서 던져버려도 좋을 책들은 아니니까 책값이 아깝지는 않을 것이다. 나한테 이 책들은 읽으면 읽을수록 곱씹게 되는 어떤 가치들을 담고 있다. 또 가슴 아픈 이 시대의 진실들을 보여주고 있다.

책을 좋아하는 나, 하연

나는 책을 좋아한다. 책은 조용하고, 확실하며, 간편하다. 그에 비해 영화는 시끄럽고, 정신이 없다. 영화는 나를 전혀 배려해주지 않고 오히려 내가 영화한테 맞추게 된다. 확실한 건, 책은 나를 배려해준다는 것이다.

엄마가 책을 좋아해서일까. 내가 태어나 보니 집에는 이미 책이 수북이 쌓여있었다. 엄마가 읽는 괴테니 쇼펜하우어니 하는 책들도 있었지만, 곧 초등학교에 들어갈 나이의 어린 언니에게 사준 아스트리드 린드그렌의 3부작 〈삐삐 롱스타킹〉, 루시 몽고메리의 〈빨간머리 앤〉 시리즈 같은 것들도 많았다. 그런 책들은 이미 언니의 손때가 잔뜩 묻어 있었다.

언니가 그토록 읽었으니 재미있을 게 분명했고, 내가 한글을 떼게 되자 그 책들은 곧바로 나의 단골 이야기책이 되었다. 집에 있는 그림책들과 동화책들을 몽땅 다 읽고 나자 내 관심은 읍내의 작은 도서관으로 넘어갔다.

그래도 집에 있는 어린이 책과 청소년 책들 중에서 아무리 많이 보아도 보고 또 보고 싶은 책들이 있다. (사실 남녀노소 다 볼 수 있는 책들이다.) 이 책들이 나의 감수성(?)에 무한한 에너지를 주었다. (하하)

그중에서 제일 대표적인 책 몇 권만 말해보겠다.

먼저 로라 잉걸스 와일더의 〈초원의 집〉 시리즈. 무지 두꺼운 책이 아홉 권이나 되지만 읽으면서 한 번도 지겹다거나 그냥 넘어가고 싶다는 생각이 든 적이 없다. 내용은 미국 개척시대에 로라가 아주 어린 시절부터 자기가 결혼해서 자리를 잡을 때까지의 긴 이야기이다. (사실 작가의 자서전이기도 하다.) 나는 아마 이 아홉 권의 책을 한 마흔 번쯤은 읽은 것 같다. 엄마와 언니까지 몇 번씩 읽어서 그런지 책 꼴이 말이 아니다. 찢어지고 헤진 곳에 여러 번 테이프를 덧발랐지만 더욱더 너덜너덜해지고 지저분해졌다. 하지만 중요한 건 겉모습이 아니라 내용이 아닌가!

또 다른 책은 캐티 아펠트의 《마루밑》이다. 사실 이 책은 〈초원의 집〉 시리즈만큼 오래전부터 집에 있던 책은 아니다. 재작년인가 읍내 도서관에서 빌려 봤다가 너무 좋은 책이라서 엄마한테 사달라고 떼를 써서 얻어낸 책이다. 엄마도 좋은 책이라고 감동해서 영문판까지 샀다. 이 소설은 마치 한 권의 시집 같다. 문체도 너무 아름답고 물 흐르듯 전개되는 내용이 정말 근사하다! 내가 너무 칭찬만 하는 것 같지만,

정말 좋은 책인 게 틀림없고 그림도 참 멋있다.

내가 여러 번 읽은 또 다른 책은 어니스트 톰슨 시튼의 자전적 소설 《작은 인디언의 숲》이다. 이 책을 볼 때마다 왜 우리 집 뒷산은 그렇게 안 생겼는지 계속 곱씹는다. 우리 집 뒷산과 옆 산은 거대한 나무도 없고, 나무 종류도 적고, 우드척이나 스컹크도 안 살고 너무 빈약하다! 《작은 인디언의 숲》에서 나온 아름다운 자연환경을 우리 집 뒷산에서 조금이라도 기대하는 나는…… 바보겠지? (흑흑)

〈시튼 동물기〉 시리즈도 너무 재미있다. 이야기가 거의 다 비극이지만 말이다. '동물기'가 대부분 비극인 이유는 전부 인간 때문이다! 나는 이 책들을 읽을 때마다 눈물을 쏟는다.

또 숀탠의 《도착》이 있다. 이 책은 정말 표현할 말이 나에게는 너무 부족하다! 아름답고 심금을 땅! 땅! 울린다. 전쟁과 다른 일 때문에 사랑하는 아내와 딸을 두고 다른 나라로 이민을 가서 자리를 잡는 남자 이야기다. 그 남자가 혼자 낯선 땅에서 살아가는 이야기인데…… 나는 설명을 잘 못하겠다. 이 책에는 글자가 하나도 안 나온다. 그런데 그 섬세한 그림들만 봐도 글보다 더~ 많은 감정을 느낄 수 있다. 정말 보고 또 봐도 보고 싶어지는 책이다.

이것 말고도 노먼 린지의 《마법 푸딩》, 루이스 캐럴의 《이상한 나라의 앨리스》, 《거울 나라의 앨리스》, 케네스 그레이엄의 《버드나무에 부는 바람》, 톨킨의 《호비트》, 파멜라 린든 트래버스의 《메리 포핀스》 시리즈 등을 나는 책이 닳도록 보고 또 보았다.

우리 집에 있는 어린이 책들을 여러 가지 순위로 정리해보자.

1) 내가 읽으면서 제일 많이 울었던 책

　　《나의 라임오렌지나무》 바스콘셀로스

　　〈시튼 동물기〉 시리즈 몽땅 다

2) 내가 제일 많이 읽은 책

　　〈초원의 집〉 시리즈

3) 나한테 제일 감동스러웠던 책

　　《도착》 숀탠

　　《마루밑》 캐티 아펠트

　　《내 영혼이 따뜻했던 날들》 포리스트 카터

4) 내가 흥미진진하게 읽은 책

《호비트》 톨킨

다른 책들로 많이 있지만 오늘은 이것만 쓰겠다. 끝.

책들에게 바치는
감사

학교를 그만두고 나서부터 책 읽기는 내 인생에서 가장 중요한 일 중의 하나가 되었다. 인터넷도 들어오지 않고 신문이라고는 야채박스를 덮을 때밖에 구경하지 못하는 데다 TV는 1년에 한 번 볼까 말까 한 시골에서 독서가인 엄마와 산다면 누구라도 그럴 것이다. 당시 나는 열세 살이었는데 어린아이에서 청소년으로 넘어가는 아주 애매한 시기였다. 도서관에 가면 왠지 어린이 자료실에는 들어가기 싫지만 그렇다고 어른들이 보는 소설책을 읽자니 재미가 없던 때였다.

그래서인지 그 시절에 내가 열심히 읽었던 책들은 다섯 권 이상 되는 시리즈물이 꽤 많았다. 장편 시리즈들은 그 특성상 짧은 책들에 비해 한 번 읽기 시작하면 집중하기가 쉬웠기 때문이었을 것이다. 〈초원의 집〉 시리즈, 〈아르센 뤼팽〉 시리즈, 〈빨간머리 앤〉 시리즈, 〈반지의 제왕〉 시리즈, 〈나니아 연대기〉 시리즈, 〈은하수를 여행하는 히치하이커를 위한 안내서〉. 물론 〈해리포터〉 시리즈도 빼놓을 수 없다. 그리고 우리나라에서는 외국에서처럼 잘 알려진 것 같진 않지만 초기 인류를 다룬 대작인 진 아우얼의 〈대지의 아이들〉 시리즈(우리는 그냥 '에일라' 시리즈라고 불렀다)도 열심히 읽었다. 어니스트 톰슨 시튼의 야생에 대한 찬사들이 가득한 책들,《제인 에어》,《바람과 함께 사라지다》 같은 비교적 잘 읽히는 세계문학들도 읽었다.

이 책들 중에서 〈초원의 집〉과 〈대지의 아이들〉 시리즈는 단순한 재미를 넘어서 나와 동생이 새로운 놀이들을 만들어내는 데 많은 도움을 주었다. 그리고 우리의 사고방식에도 엄청난 영향을 끼쳤다고 할 수 있다. 〈초원의 집〉 시리즈에서 우리는 19세기 미국 개척시대 사람들의 생활과 음식에 대한 세밀한 묘사에 푹 빠졌고, 주인공 자매들이 자연에 둘러싸인 서부에서 자라나는 이야기에 완전히 매혹되었다. 무엇보다 나는 이 책에서 이상적인 '가족'과 멋진 '아버지'의 모습을 보았기 때문에, 아버지가 없고 어느 면에서 불안정한 우리 가족과 비교하면서 참으로 많이 부러워했던 것 같다. 작가의 청교도적이면서 순수한 도덕관념을 어렴풋이 느끼면서 감명도 받았다.

〈대지의 아이들〉 시리즈는 초기 인류인 크로마뇽인과 네안데르탈인의 이야기를 풍부한 상상력과 고고학적인 지식으로 재구성해낸 책이다. 엄청난 분량으로 아직도 완결편이 번역되지 않았다. (작가가 암에 걸렸다는 소문이 있었는데 지금은 어떤지 잘 모르겠다.) 이 시리즈는 보고 또 보아도 훌륭하다. 이렇게 이야기가 풍부하면서도 고고학적 사실에 나름대로 충실한 책이 이 세상에 얼마나 될까. 예전에는 그냥 재미있게 읽었을 뿐이지만 다시 읽어보니 소설로만 가치 있는 책이 아니라는 걸 깨닫게 되었다.

이렇게 겉으로는 아무거나 잘 읽는 것처럼 보였지만, 사실 내가 읽는 책의 장르는 무척이나 한정적이었다. 소설들 그것도 외국소설들만 하루 종일 읽고 있었으니까. 게다가 시간표를 짜서 스스로 공부하는 일 같은 건 결코 없었기 때문에, 처음 1~2년간 내버려두던 엄마조차도 나의 공부에 대해서 조금씩 걱정하기 시작했다. 처음에 엄마는 '놀다가 심심해지면 알아서 라디오 영어방송도 듣고 과학책도 들춰보겠지.' 하는 막연한 기대를 가지고 있었던 듯하다. 엄마의 가장 큰 꿈인 '스스로 알아서 공부하고 자라나는 딸들' 제1탄이었다. 하지만 과거 우리 모녀 사이가 늘 그랬듯이 내가 엄마의 기대에 부응하고 따르는 일은 절대로(!) 없었다. 그랬기 때문에 골치가 아플지라도 엄마는 딸의 머릿속에 뭔가 상식적인 지식을 쑤셔 넣기 위해서 손을 써야 했다.

그리하여 그 후 몇 년간 공부와 관련한 다양한 실험들이 전개되었다. 주변사람들과 함께 꾸린 작은 공부모임부터 시작해서 지루해하는 아이들을 책상 앞에 붙잡아두기 위한 낭독방식의 책읽기, 글쓰기 모임, 엄마가 인터넷 서점과 헌책방을 뒤져서 찾아낸 과학, 수학, 영어책 더미들. 하지만 엄마의 노력에 비해서는 큰 효과가 없었다고 나는 생각한다. 공부라면 콧방귀를 뀌는 건방진 아이였던 나를 지식의 세계로 이끌려고 엄마가 사용한 전술이 "서당 개 삼 년이면 풍월을 읊는다."였다면, 나는 "소귀에 경 읽기"라는 전술로 엄마에게 은밀하면서도 효과적으로 방어했기 때문이다.

알아주는 명작들이 책장에 가득 쌓여 있다고 해도 읽지 않으면 아무런 소용이 없는 법이다. 마찬가지로 엄마와 주변 사람들이 아무리 좋은 책을 골라서 보여주고 읽어주고 별짓을 다 했을지라도, 내가 그걸 받아들이려는 노력을 별로 하지 않았기 때문에 엄마의 노력은 딸이

광대한 지식의 우주에서 겨우 먼지 한 톨 들이마신 것 정도의 미미한 영향밖에 미치지 못했다. 어린 나한테는 그 먼지만으로도 감지덕지할 노릇이었지만.

어쨌든 그렇게 밭에서 일하고, 동생과 놀고, 엄마와 싸우고, 손에 잡히는 책들을 읽어나가고, 쥐꼬리만큼 공부하는 달콤한 나날들이 계속되었다. 하지만 두어 해 정도가 지나자 아이 시절을 연장시키려는 내 노력에도 불구하고 뭔가가 어긋나고 있다는 사실이 확실해졌다. 보통은 사춘기라고 부르는 그 갑작스런 변화의 시기에 나는 내 주위에 있던 모든 것들을 거부하기 시작했다. 다른 사람들과의 관계, 공부, 음악, 책도 마찬가지였다. 어느 날부턴가 갑자기 더 이상 책을 읽을 수가 없어졌다. 그냥 눈에 들어오지가 않았다. 하지만 친구도 없고 인터넷과도 철저히 차단된 시골에서 살고 있는 내가 어떤 식으로든 시간을 보내기 위해서는 뭔가를 읽어야만 했다. 그래서 나는 혼자 몰래 읍에 나가 대여점에서 싸구려 만화책들과 연애소설들을 빌려다 읽었다.

여기서 그 이야기를 자세히 쓸 필요는 없을 것 같다. 그때 내가 읽은 것들은 아무리 생각해도 진정한 의미의 책이 아니었기 때문이다. 아까운 건 기왕 만화를 볼 거였으면 좀 수준이 있는 걸 찾아 읽었으면 좋았을 텐데, 이상하게도 가장 허접한 것들만 골라서 보았다는 거다. 그때는 왜 그런 것들이 그렇게나 보고 싶었는지 모르겠다. 불량식품과 마찬가지로 내가 접해보지 못한 바깥세상에 대한 막연한 환상이었을까? 그렇다면 바깥세상 중에서도 그런 싸구려 밑바닥 문화를 동경할 정도로 당시 내 수준이 형편없었다는 이야기인데…… 부끄러운 일이다.

어쨌든 열네 살 겨울 즈음에 극에 달했던 내 이상야릇한 반항기는 봄이 오면서 조금씩 완화되었다. 농사일도 바빠졌고 만화책을 보고 싶어도 주머니에 돈이 떨어진데다가 우리 가족이 버스조차 다니지 않는 산 윗마을로 이사를 와버렸기 때문이다. 간혹 가족들이 다 같이 읍에 나가는 날에도 엄마의 눈치가 보여서 만화책 대여점에 가지 못하고 도서관에서만 시간을 보냈다. 하는 수없이 집과 도서관에서 새로운 읽을거리들을 탐색해야 했다.

가네시로 가즈키의 모험과 연애와 허풍이 적절하게 뒤섞인 소설들로 가볍게 시작해서, 어슐러 르귄의 진지한 성장 판타지들로 마음이 가난한 나를 호강시키고, 루이제 린저와 박완서의 비슷하면서도 다른 소설들을 비교하기도 했다. 또 인간이 위대하다는 것을 믿게 만든 존 스타인백의 장편들과 키플링의 아름다운 동화 같은 소설들을 보면서 밤을 새웠다. 칼 세이건과 쳇 레이모의 하늘과 우주에 관한 장엄한 글들은 또 얼마나 아름답게 느껴졌는지! 또다시 새롭게 책들의 세상을 만나기 시작한 것이다!

그때 내가 가장 열광했던 두 소설가가 바로 이언 피어스와 발터 뫼르스다. 미술사와 역사 관련 소설가인 이언 피어스와 독일의 만화가이자 판타지 작가인 발터 뫼르스는 언뜻 보기에는 별로 비슷한 구석이 없어 보인다. 하지만 내 맘대로 생각하는 두 작가의 공통점은 '진지함'과 '재미'에 한 발씩을 걸쳐놓고 있는 작가라는 점이다. 그러니까 아직 진지한 독서를 하기에는 경험도 배경지식도 부족하지만 마냥 웃기는 책만 읽고 싶지는 않은 내가 찾아낸 중간지점이었다. 이렇게 말하면 두 작가를 좀 끌어내리는 것 같이 느껴지는데, 사실은 전혀 그렇지 않다. 지금도 나는 이 작가들의 책들을 아주 좋아한다.

이언 피어스의 《스키피오의 꿈》은 몰락해가는 고대 로마, 흑사병이 도는 중세시대의 유럽, 2차 세계대전이라는 문명의 위기상황에서 지성적인 사람들과 그들의 선택, 그리고 그 선택이 역사를 미묘하게 바꾼다는 것을 아주 멋진 솜씨로 다루어 낸 복잡한 내용의 소설이다. 《핑거포스트》역시 상당히 교양 있는 추리소설이다.

발터 뫼르스가 만들어낸 환상 세계인 차모니아 대륙의 이야기들은 얼마나 매력적이었는지! 《꿈꾸는 책들의 도시》를 읽으면서 대낮인데도 몸을 떨었고, 《루모와 어둠 속의 기적》을 읽으면서는 루모와 랄라의 모험에 정신이 팔려 하룻밤을 꼬박 새기도 했다. 이 책들을 대단한 명작 시리즈에 넣을 수야 없겠지만 매력적인 소설들임에는 틀림이 없다. 하여간 이런 작가들과 엄마의 영향을 받으면서 나는 천천히 좋은 책을 고르는 방법들을 익혀나갔다.

그럼에도 문제는 여전히 남아있었다. 내가 책을 읽는 방식이 지식을 얻기 위한 공부에는 큰 도움이 되지 않았던 것이다. 어릴 때부터 늘 그래 왔듯이 '아무 생각 없이' 책을 읽게 되면 계속 비슷한 종류의 책들만 찾게 된다. 무슨 공부를 하든 선생님이 없으니까 혼자서 책을 찾아 읽을 수밖에 없는 게 학교에 가지 않는 내 상황이다. 그런데 소설, 수필, 잡지, 여행기같이 쉽고 술술 읽히는 것들만 보면서 평생을 보낼 수는 없지 않은가?

뭔가를 바꿔야 했다. 그래서 나는 '책을 읽을 때 모든 문장을 이해하고 넘어가기'라는 좀 지나친 감이 있는 처방을 나 자신에게 내렸다. 당연히 몇 달 동안은 책 읽기가 고통이었다. 하지만 이 처방으로 습관적이고 무의식적인 독서에서 벗어나서 좀 더 전체적인 눈으로 내가 보는 책과 작가를 판단할 수 있게 되었으니 나름대로 효과는 있었던 것 같다.

무엇보다도 좋아하는 분야의 책들을 찾아볼 때의 즐거움을 차츰차츰 알게 되었다. 클래식기타를 열심히 칠 때는 음악에 관련된 책들을 많이 읽었고, 천문학에 관심이 갈 때는 도서관의 과학 코너를 기웃거렸다. 그러다가 그 옆에 있는 동물학이나 언어학 책들도 뒤적거리곤 했다. 하지만 어떤 분야든 간에 겉껍질만 살짝 핥는 수준밖에 맛보지 못했다고 생각한다. 지금은 이 거대한 지식의 세계를 그저 감탄하기에 바쁘다. 이것저것 다 알아보고 싶다가도 벽에 부딪히면 화들짝 놀라 도망치는 나약한 존재가 나라는 걸 실감하면서 말이다.

나는 지금 열여덟 살, 어떻게 살고 싶은지 아직은 확실히 모르겠다. 또 세상의 많은 가치들 중 무엇을 선택해야 할지도 잘 모르는 상태이다. 하지만 내 머리 속에 그나마 뭔가가 들어있다면, 대부분이 책들 덕분이라는 건 확실하다. 굳이 인류의 위대한 유산 어쩌고 하는 수식어를 붙이지 않아도 책은 우리 가족에게 큰 도움을 주었다. 책의 도움을 빌릴 생각을 못했다면 엄마가 자식들을 학교에 보내지 않겠다는 대담한 시도를 애초에 할 수나 있었을지 궁금하다. 또 밤마다 내 머리맡을 지켜준 책들이 아니었으면 지금 시대에 인터넷과 TV를 전혀 아쉬워하지 않고 사는 일이 가능했을까? 어수룩한 시골아이인 내가 세상과 소통이나 할 수 있을까?

그래서 나는 책들에게 감사한다. 내 머릿속에서 살아 움직이는 모든 이야기들을 쓴 작가들에게 감사한다. 어린 시절을 아름답게 장식하게 해준 미하일 엔데와 아스트리드 린드그린에게 감사한다. 소설의 진정한 맛을 깨닫게 해준 서머싯 모옴에게 감사한다. 문명과 야만에 대해 다시 한 번 생각하게 해준 미셸 투르니에에게 감사한다. 귄터 그라스와 가브리엘 가르시아 마르케스에게 감사한다. 서로 완전히 다른 문화에 속한 이 두 작가는 열정이란 한 가지 말로 정의할 수 없다는 사실을 내게 알려주었다. 쓸쓸한 겨울날들을 꿈꾸면서 보낼 수 있게 해준 백석 시인에게 감사한다. 채식을 자랑으로 여길 수 있게 해준 존 로빈스에게 감사한다. 인간과 동물에 대해 진지하게 생각하게 해준 콘라트 로렌츠와 데즈먼드 모리스에게 감사한다. 이 세상 모든 것들과 내가 같은 우주에 속한 존재임을 알려준 칼 세이건에게 감사한다. 과학과 종교의 관계에 대해서 고민하게 해준 리처드 도킨스에게 감사한다. 체제의 쓸쓸함을 맛보여준 조지 오웰에게 감사한다. 시대를 초월한 인물상을 감동적으로 그려낸 샬럿 브론테에게 감사한다. 현실을 담아내는 소설이 무조건 사실을 나열해서 만드는 게 아니라 그 반대도 가능하다는 것을 환상적인 문체로 알려준 이탈로 칼비노에게 감사한다. 리처드 파인만에게 감사한다. 그의 위트 넘치는 모험담은 천재도 인간이라는 사실을 알려주었다. 비스와바 쉼보르스카에게 감사한다. 그녀의 시를 읽을 때마다 세상에는 내가 보지 못하고 지나치는 일이 참 많구

작년에 말려둔
옥수수

나 생각하곤 한다. 내가 전혀 알지 못하는 분야에 몇 발짝이나마 다가
갈 수 있게 해준 장융과 올리버 색스에게 감사한다.

　내가 지금까지 읽어왔고 앞으로도 읽을 책들을 쓰고, 그림을 그리
고, 출판을 해준 모든 사람들에게 정말로 감사한다.

　　이 세상에 책이 얼마나 많은지를 생각하면 언제나 정신이 아득해
진다. 내가 아직 발견하지 못한 작가들에 대해 생각할 때도 마찬가지
이다. 이렇게 빽빽한 숲 속에서 길을 잃지 않으려면 앞으로 나는 얼마
나 노력해야 할까. 좋은 책을 고르고 잘 읽으면서 다른 사람들과의 관
계도 유연하게 유지하는 건 어려운 과제처럼 보인다. 내가 지금 읽고
이해하는 속도로는 무수한 책 속의 아름다움과 지혜들을 다 맛보기도
전에 늙어 죽겠다는 비관적인 생각이 들 때도 있다. 그럴 때 좌절하지

않는 것도 힘들다. 게다가 지금 내가 살고 있는 21세기는 그 어느 때보다도 인터넷과 영상 매체의 힘이 크고 정보가 넘쳐흐르는 시대가 아닌가. 이런 세상에서 책을 읽는 건 어쩌면 미련한 일일지도 모르겠다.

하지만 내 생각에 책 읽기는 가장 효율적으로 지식을 얻을 수 있는 수단 같다. 또 지금의 내게는 다른 사람의 마음속에 들어가 볼 수 있는 거의 유일한 방법처럼 보인다. 이 글을 쓰면서 내가 내린 결론은 나로서는 책 없는 세상을 상상할 수 없다는 것이다.

어둠 속에 빽빽하게 들어찬 책의 숲은 언제나 나를 두렵게 만든다. 그럼에도 어쩔 수 없이 숲 주변을 빙빙 돌고 있다. 그 위의 하늘에 단 한 개의 별이라도 떠오르기를 기다리면서. 고요한 한밤중의 숲 속은 여전히 어둡다. 별이 떠오르기까지 얼마나 오래 걸릴지 알 수 없다. 그래도 언젠가는 숲 속으로 들어가는 나만의 작은 길을 찾아낼 수 있겠지. 내가 걸어가야 할 그 길.

#09
봄, 여름, 가을, 겨울
삶의 아름다움

그게 무슨 인생이겠는가. 근심만 가득하고
멈춰 서서 바라볼 시간이 없다면

양이나 소처럼 나뭇가지 아래에서
물끄러미 바라볼 시간이 없다면

숲을 지나면서 다람쥐가 풀밭에
도토리를 숨기는 걸 볼 시간이 없다면

한낮에도 밤하늘처럼 별이 가득한
시냇물을 바라볼 시간이 없다면

아름다운 이의 눈길을 받았는데도 발길을 돌려
그 아리따운 발걸음을 바라볼 시간이 없다면

눈가에서 입가로 곱게 번지는
그 미소를 기다릴 시간이 없다면

참, 딱한 인생 아니랴. 근심만 가득하고
멈춰 서서 바라볼 시간이 없다면

— 윌리엄 헨리 데이비드(1891~1940) 〈여유〉

봄

3월이다. 따스해진 바람이 살랑살랑 불어온다. "산 너머 남촌에는 누가 살길래"로 시작하는 노래가 자연스레 내 입에서 흘러나온다. 비가 살짝 내리기라도 하면 겨우내 얼었던 땅들이 조금씩 풀리는 소리가 들리는 듯하다. 저기 멀리 보이는 지리산 계곡에서도 지금쯤 단단한 얼음장들이 깨지고 있겠지.

마당가에 있는 작은 꽃밭에서 가장 먼저 크로커스 싹이 올라오기 시작한다. 쪼그려 앉아 갈색의 틈으로 고개를 내민 초록의 싹들을 가만 보고 있으면 그 곁에 갓난아기 손톱만 한 새순들도 땅에 낮게 엎드려 있는 게 보인다. 질경이? 민들레 새순? 돌나물 새순인가? 한참을 들여다보느라 다리가 저려온다. 곧 튤립과 수선화도 땅을 뚫고 올라오겠지. 놀라워라! 얼음 꽝꽝 얼던 겨울을 잘 버텨낸 것이다. 인내와 긴 기다림은 끝났다. 이제 온 몸으로 땅을 비집고 갈망 가득한 머리를 내밀면서 하루하루 태양을 향해 솟아오르겠지.

산 너머 남촌에는 누가 살길래

해마다 봄바람이 남으로 오네

꽃피는 사월이면 진달래 향기
밀 익는 오월이면 보리 내음새

어느 것 한가진들 실어 안 오리
남촌서 남풍 불 제 나는 좋데나

— 김동환 〈산 너머 남촌에는〉 중에서

　겨울 동안 웅숭그렸던 몸과 마음이 공연히 부풀고 분주해진다. 햇살이 유독 따스한 한낮에는 해바라기를 하며 여기저기 돌아다닌다. 하연이 손을 잡고 소풍 나가듯 집에서 조금 떨어진 밭에도 나가본다. 아직 응달에는 눈이 녹지 않았고 땅도 얼어있는 곳이 많다. 호미를 들고 여기저기 파보다가 밭 가장자리에서 자라는 돼지감자를 한 소쿠리 캐온다. 오늘 저녁 반찬은 돼지감자 샐러드. 뚱딴지라고도 하는 이 돼지감자는 맛은 밋밋하지만 당근처럼 아삭아삭 씹히는 신선함으로 이른 봄에 우리 입을 즐겁게 해준다. 야생의 힘이 아주 세서 어디서나 잘 자라고 땅의 조건이 좋으면 키가 3미터 가까이 자란다. 가을에 피는 노란 꽃은 작은 해바라기 꽃과 비슷하지만 열매는 맺지 못한다. 가을에 몇 송이 꺾어 와서 병에 꽂아놓으면 식탁이 환해진다. 알뿌리로 번식하는데 감자나 고구마와 달리 땅속에서 얼지 않고 겨울을 거뜬히 나기 때문에 구황작물로 안성맞춤이란 생각이 들어서 대견해진다.

저장실 선반에 얹어둔 씨앗 상자를 꺼내어 정리한다. 지난 가을 바쁜 수확 철에 대충만 갈무리해놓은 거라 이것저것 두서없이 쌓여있다. 봉지에 든 것들과 작은 병에 담긴 것들. 음, 올해는 완두콩 씨앗을 벌레가 많이 안 파먹은 것 같군. 강낭콩 씨앗이랑 상추씨앗은 충분하고 당근씨앗은 좀 모자랄 것 같네. 다음 장날이 언제드라? 꽃 구근도 몇 개 더 사고 싶고 나무 묘목도 몇 주 더 구하고 싶다.

봄은 이렇게 식물들을 길러볼 욕심이 맘껏 일어나는 계절이다. 올해는 깍지 콩과 우엉을 좀 더 심어봐야겠어. 자두나무 묘목도 한 주 더 구해서 작년에 앵두나무가 죽은 곳에 심어보는 건 어떨까? 이곳에 너무 번진 도라지와 박하를 다른 곳에다 좀 옮겨볼까? 즐거운 계획으로 시간가는 줄 모른다.

식량을 기르는 농사뿐만이 아니라 꽃을 가꾸고 식물들과 채소를 기르는 일은 나름대로 복잡하고 아름다운 기술을 필요로 한다. 겉으로는 사소해 보이는 이런 복잡한 일을 하다 보면 상당한 즐거움을 맛볼 수 있다. 벌써 집 옆 텃밭에는 작년 가을에 심어놓은 쪽파들과 시금치가 푸르게 올라오고 있다. 겨우내 땅에 낮게 엎드려서 죽은척하고 있더니만.
애들아, 이따가 달래 간장에다 쪽파 생나물 넣고 비빔밥 만들어 먹자!

> 일상생활에서 아주 작고 세밀한 부분까지 깊은 애정과 관심을 갖는 일,
> 마침내 그것을 예술의 경지에까지 끌어올리게 될 때,
> 그것이 바로 행복의 비결이다.

— 윌리엄 모리스

동물 기르기도 큰 즐거움이다. 시골에 온 초기부터 우리 집에는 고양이들과 강아지들이 늘 한 식구로 살고 있다. 아이들이 너무나 사랑하는 녀석들이다. 때로 키우던 동물들이 집을 나가기도 했고 우리 손으로 묻어주기도 했다. 이런 이별에도 불구하고 우리가 서로에게 사랑을 주고 사랑을 받는 일을 포기할 수는 없나 보다. 멍지와 루시엔(강아지들), 위니와 스밀라(고양이들)는 우리 손으로 묻어주었고, 달래, 라비나, 엘리, 쿠키는 집을 나가거나 남에게 분양했다. 지금은 봄비, 부비, 아피란 이름의 고양이들과 연두란 이름의 강아지가 같이 산다. 임신한 고양이 봄비는 곧 해산을 할 것 같다. 우리 집 마당과 토방과 아궁이가 있는 부엌과 텃밭과 온 마을이 그네들의 놀이터이자 보금자리이다.

내가 잘 알고 있는 땅에서 나의 손길과 관심을 받으며 자라날 채소와 꽃들! 생각만으로도 흥분이 인다. 어느새 나는 봄이 자기의 의무를 다하는 모습을 보면서 솟구치는 환희를 느끼고 싶어 안달이다. 오, 지난 겨울은 너무나 추웠다. 나른한 몸과 심약해진 마음이 봄의 원기를 얻고 싶어 아우성이다. 봄의 정령들이여, 어서 오라!

며칠이 지나 날이 좀 풀리면 딸들과 나는 괭이 들고 밭에 나간다. 먼저 퇴비장에서 퇴비를 퍼서 밭에 거름을 낸다. 겨우내 방구들을 덥혀준 아궁이에서 모아 놓은 나뭇재도 술술 뿌려준다. 올해 첫 괭이질! 몸 여기저기에 힘이 들어가며 살짝 땀이 난다. 굳은 근육들이 "아! 아! 아!" 하며 기지개를 켜고 관절들도 우두둑 힘차게 소리를 지른다.

감자 심을 이랑을 만들고 상추며 당근이며 완두콩 심을 밭도 만들어둔다. 며칠 후 씨감자를 잘라 감자를 심고 완두콩을 심은 다음에 산에서 부엽토를 긁어다 덮어줄 것이다. 그리고 나면 봄의 정령들이 땅에 몸을 수그리고서 "자라라, 자라라." 하고 요술을 부려줄 테지.

그러는 사이 크로커스 꽃이 제일 먼저 피어났다. 보랏빛 꽃송이의 화사함이 아직 칙칙한 울안을 환히 밝혀준다. 꽃 요정들이 드디어 꽃

등불을 들고 나타나셨다. 아랫마을에는 벌써 매화꽃과 산수유가 피었단다. 지대가 높은 이곳은 조금 지난 후에야 매화 향기를 맡겠지. 그 사이 춘설이 내리기도 하고 꽃샘추위가 몰려올지도 모른다. 봄눈이 내리든 말든 황사바람 지나가든 말든, 어느 아침이면 발끝 여기저기에서 제비꽃들 불쑥 피어있고 민들레꽃 화안하게 웃고 있다. 짜잔, 여길 봐요! 우리가 이렇게 돌아왔으니 이제 확실한 봄이죠!

이제 정신이 없어진다. 봄은 어느새 우리 주변을 환히 밝히고 있다. 봄바람 살짝 스치고 가면 아른아른한 봄꽃들이 여기저기서 눈을 홀린다. 수선화, 튤립, 진달래, 생강나무 꽃, 앵두꽃, 살구꽃, 복숭아꽃, 자두꽃, 황매화, 배꽃, 사과 꽃 등 헤아릴 수 없다. 꽃 요정들이 우르르 뛰어나와서 깔깔 웃으며 축제를 벌이는 것 같다. 산은 연두 빛 옷을 갈아입으셨다. 나무는 여린 새순들을 일제히 밀어 올리며 봄의 요정들을 초대한다. 하지만 우리는 볍씨를 담가 못자리를 해야 하고, 밭이랑을 만들어가며 온갖 채소씨앗들도 심어야 하고, 나무 묘목도 심어야 한다. 종종거리며 온 가족이 쉴 새 없이 밭으로, 논으로, 들로 나돈다.

엄마와 언니가 밭에서 괭이질하며 씨앗들 심느라 바쁘게 일하는 동안, 하연이는 한들한들 바구니 들고 쑥, 달래, 냉이, 취, 고사리, 산미나리, 돌나물, 머위 등을 뜯으러 들로 산으로 헤매 다닌다. 한입 씹으면

온 입안에 향기를 확 퍼트리는 봄나물들. 침이 돈다. 쑥국을 끓일까 쑥 버무리를 할까. 하연이는 취 뜯으러 산에 갔다가 고라니를 만났단다. 폴짝폴짝 뛰어가다 잠시 멈추고 다시 폴짝폴짝 뛰어간 모습을 묘사해 주느라 바쁘다. 작년에 우리 밭에서 콩잎을 뜯어먹다가 나랑 마주친 그 녀석인가? 재빠르고 우아한 그 몸놀림이 떠오르며 괜히 기분이 좋아진다.

하연은 화사한 봄꽃과 새순으로 본격적인 소꿉놀이를 다시 시작한다. 마당과 마루와 평상이 발 디딜 틈이 없다. 하연이가 널어놓은 소꿉용 살림살이들을 넘어다니며 나와 여연이가 투덜댄다. 그러든 말든 뜯어온 들풀과 들꽃들이 엄지손톱만 한 소꿉그릇들에 알록달록 담긴다.

"자, 모두들 아~ 하세요! 세상에서 제일 맛있고 멋있는 들꽃요리 나왔어요!"

"감잎 돋기 시작하면 검은콩 심고, 감꽃 피기 시작하면 노랑 메주콩 심거라."

　돌아가신 어머니가 일러주신 콩 심는 시기이다. 해마다 어머니의 말씀을 떠올리며 어김없이 이 시기에 콩들을 심는다. 검은 서리태 콩으로는 콩 조림을 해먹거나 밥할 때 한줌씩 넣어 먹으면 참 맛있지. 노랑 메주콩으로는 겨울에 메주도 쑤고 청국장도 담아먹겠지. 일하는 밭 옆에 큰 감나무가 두 그루 있다. 그 나무들에서 감꽃이 피어나고 떨어질 때마다 어머니가 그리워진다. 그리움의 힘으로 삶을 버텨내고, 이런 시도 생각나서 가만 읊어본다.

> 어릴 적엔 떨어지는 감꽃을 셌지
> 전쟁통엔 죽은 병사들의 머리를 세고
> 지금은 엄지에 침 발라 돈을 세지
> 그런데 먼 훗날엔 무엇을 셀까 몰라.
>
> ― 김준태 〈감꽃〉

어릴 적의 나는 떨어지는 감꽃을 곧잘 주워 먹었다. 이른 새벽에 감나무 밑에 소복이 떨어진 감꽃은 이슬을 맞아 싱싱하고 비릿하면서 달큰했다. 감꽃을 하나하나 실에 꿰어 목걸이며 팔찌를 만들어서 차고 다녔다. 하루 종일 내 목과 손목에서 대롱거리며 피어나던 감꽃 냄새를 지금도 기억한다. 그래, 어린 감잎 따서 감잎차도 만들고 뽕잎 새순 따서 뽕잎차도 만들어야지. 그런데 봄 처녀처럼 콧노래 부르며 아지랑이 자욱한 산길을 헤매고 싶은 나한테 그럴 여유가 생기려나? 양지꽃이며 조팝꽃들이 산에 저렇게 지천인데?

웅덩이와 논가 둠벙에는 어느새 개구리 알들이 까맣게 떠있다. 두 손에 가득 떠보면 뭉클뭉클한 젤리 안에 까만 점들이 가득하다. 생명의 씨앗들. 비가 내리는 날이면 온 산천에 개구리들의 혼인 잔치 노랫소리가 가득하다. "개굴개굴, 우리 사랑. 개굴개굴 변치 말자!" 밤에는 뒷산에서 소쩍새들이 운다. 이들은 서로 멀찍하게 떨어져서 자신이 겪은 서러운 이야기를 전하듯이 소슬하게 울어댄다. "소쩍, 소쩍, 쩍쩍쩍쩍" "소쩍, 소쩍, 솥적적적." 봄날은 이렇게 간다.

여름

주렁주렁 아카시 꽃이 피어나고 하얀 찔레꽃들이 작은 폭죽처럼 피어나면 여름이 가까워왔다는 신호이다. 온 산과 들에 흘러넘치는 아카시 꽃향기와 찔레 꽃향기들을 따라가면 아찔한 환각의 세계로 들어설 것만 같다. 저 꽃향기 너머에 어쩌면 또 다른 세계가 있는 것은 아닐까?

반 고흐가 그린 것과 똑같은 보라붓꽃들이 마당 한쪽에서 불시에 솟아난다. 파르르한 보라색 환희에 취한 나는 잠시 현실 감각을 놓친다. 부추 뜯으러 갔다가 완두콩 꼬투리가 볼록해진 것을 보고 손톱으로 까서 몇 알 입에 넣어본다. 음, 달짝지근하다. 푸릇하니 덜 여문 완두콩은 생으로 먹어도 아주 맛있다. 부추 베어오는 건 잊어먹고 완두콩만 한 바구니 따온다.

세상의 나무들은
무슨 일을 하지?
그걸 바라보기 좋아하는 사람,
허구한 날 봐도 나날이 좋아

가슴이 고만 푸르게 푸르게 두근거리는

……

하늘에도 땅에도 우리들 가슴에도

들리지 나무들아 날이면 날마다

첫사랑 두근두근 팽창하는 기운을!

— 정현종, 〈세상의 나무들〉 중에서

초여름! 감각의 향연이 펼쳐진다. 초록과 분홍과 보라와 노랑의 다채로운 색감들이 두 눈에 화사하게 담긴다. 콧구멍으로 밀려오는 향기들과 따스하게 피부를 덥혀주는 햇살, 개구리와 뻐꾸기 울음소리에 온몸의 감각이 푸르게 깨어난다. 초여름에 자연이 베푸는 이 감각의 향연에 초대장을 받은 이는 정말 행운이리라. 잔칫상이 넘치도록 풍성해서 황홀 그 자체이니까.

논에 써레질해서 모내기 준비하고 마늘, 양파 캐고, 보리 베기, 밀 베기…… 눈코 뜰 새 없다. 들녘엔 농부들의 경운기 소리 가득하고 우리들 발걸음도 바쁘다. 여연과 하연은 밭에서 익어가는 딸기를 탐하느라 눈만 뜨면 바쁘다. 빨갛고 통통하니 잘 익은 딸기를 똑 따서 그 자리에서 씻지도 않고 입에 쏙! 향긋하고 달콤한 맛에 온몸이 짜릿하다.

딸기 철은요, 3월이 아니고 5월 말과 6월이랍니다! 3월 딸기는 모두 하우스에서 석유나 전기 쓰며 키운 것이라고요. 하연이의 일장 연설.

앵두까지 익어가니 새참 걱정이 없다. 일하다가 출출하면 앵두나무로 달려간다. 하나하나 먹기에는 알이 너무 작으니 서너 알을 한입에 털어 넣고 오물거린 다음 힘차게 씨앗을 뱉어 낸다. 그 순간 앞산에서 "뻐꾹 뻐꾹 뻐꾹" 뻐꾸기가 울어댄다. 뻐꾸기가 울면 종종대던 마음이 한가롭고 평화로워진다. 그래, 삶은 늘 그러하면서 또 항상 새롭구나. 저쪽 산에서는 '홀딱 벗고 새'(원래 이름은 '검은 등 뻐꾸기'인데 어릴 때부터 우리는 그렇게 불렀다)가 "홀딱 벗고, 목욕 가자! 홀딱 벗고, 잠을 자자!"며 유혹하는 소리가 들린다. 내 귀에는 꼭 이런 가사로 들리는 이 새의 유혹이 얼마나 리드미컬한지! "딴딴딴 따, 딴딴딴 따"의 일정하고 반복적인 리듬.

딸기가 풍성한 해에는 여연이가 적극 나서서 딸기 잼을 만들고 딸기 효소까지 담는다. 나도 푸르게 여문 매실을 따서 매실 효소를 담아 놓는다. 배탈 났을 때, 김치나 샐러드 같은 음식을 만들 때, 여름에 마실 음료수, 겨울에 따스한 차 등 쓰임새가 아주 많다. 산 복숭아가 살짝 익을 때면 아이들과 장대 들고 산에 오른다. 아무도 따가지 않은 자잘한 산 복숭아를 한 소쿠리 따와서 샐러드에 넣거나 설탕에 절여놓

아도 유용하게 먹을 수 있다. 보리가 누렇게 익어갈 즈음이면 산딸기
도 익어간다. 오다가다 한 줌씩 따서 입에 넣다 보면 입과 손이 어느새
새콤달콤 물든다. 보리 베기를 할 때면 문득 이 시가 생각난다.

보리밭 속에 들어가
보리와 함께 서본 사람은
알리라 바람의 속도와
비의 깊이를
……
그것은 바로
바르게 서서 푸르게 생을 사는
자세에 있다는 것을.

— 이재무 〈보리〉 중에서

바르게 서서 푸르게 생을 사는 자세는 어떤 자세를 말하는 것일까?
이렇게 두 팔을 활짝 벌리고? 이렇게 머리를 꼿꼿이 들고? 이렇게 두
발을 단단히 땅에 딛고? 그래, 무엇보다도 마음의 자세를 말하는 거겠
지. 내 마음속에서 불어대는 바람의 속도와 비의 깊이를 안다는 거겠지.
그 즈음에 피어나는 인동 꽃. 나를 깊이 홀리는 꽃! 인동(忍冬)은 겨

울을 견뎌냈다는 뜻이다. 다년생 야생 덩굴 꽃으로 여기저기서 무리지
어 피어나고 뿌리로 번식한다. 한방 약초이름은 금은화(金銀花)인데 감
기나 해열에 아주 좋다. 꽃이 하얀 색에서 점차 노란 색으로 변해가는
성질이 있고 언뜻 보면 금색과 은색 두 가지 꽃이 함께 피는 것처럼 보
여서 그런 이름이 붙었다. 참새 부리처럼 생긴 작고 귀여운 꽃. 꽃도
꽃이지만 그 향기가 이루 말할 수 없이 그윽하고 달콤하기 때문에 매
년 인동 꽃 필 때를 은근하게 기다린다. 밭에서 일할 때 인동 꽃향기가
바람에 훅 날려오면 나도 모르게 가만히 눈을 감게 된다. 가슴 저릿한
추억들과 옛사랑의 희미한 그림자들이 사르륵 지나간다.

　인동 꽃향기와 함께 떠올리는 추억은 언제나 달콤하고 아릿하다.
킁킁, 흠흠, 결국 일어나서 꽃을 보러 간다. 사랑스런 너희들, 꼭꼭 숨
어 있어도 어디 있는지 내 다 알지!

나의 생애는
모든 지름길을 돌아서
네게로 난 단 하나의 에움길이었다

— 나희덕 〈푸른 밤〉 중에서

허리 구부려 모내기한 논에 다시 긴 물 장화를 신고 들어간다. 김매기를 해야 한다. 땀이 흐르고 두 손에 논물이 배고, 에고고 허리야! 절로 신음이 난다. 그래도 물속을 헤매기가 땡볕에 밭매기보다야 시원하지. 밭에서는 잡초와의 전쟁이 시작되었다. 여기저기 와와! 아우성치며 밀려오는 강력한 풀들의 군대! 허약한 우리 편 작물들을 지키기 위해 호미와 괭이와 낫으로 무장하고 맞서보지만 적들은 천하무적이다. 헉헉, 헥헥, 이 야생의 힘을 우리가 어찌 당해낼 수 있겠는가. 때로 존경심까지 들 지경이다.

여름의 중심에 가고 있다는 신호는 양파와 마늘을 뽑고 감자를 캔 후 비가 내리기 시작하는 것이다. 이른 봄에 심은 감자가 벌써 어른 주먹만 하게 알이 굵어졌다. 얼마나 대견하고 고마운가. 겨울까지 맛있는 반찬거리이자 새참거리가 되어줄 것이다. 막 캐온 햇감자를 보슬보슬하게 쪄서 뜨거울 때 호호 불어가며 먹으면 세상 산해진미가 하나도 안 부럽다.

마당가에 봉숭아 꽃들과 백일홍 꽃들이 만개한 가운데 여름 장마가 시작되었다. 온 산과 들이 미친 듯이 초록 세상으로 달려가는 게 느껴진다. 달려라, 나무들! 달음박질하는 애들 마냥 나무들의 키가 쑤욱 자라고, 소리 없는 아우성으로 비를 반기는 이파리들은 진초록으로 두꺼워진다. 녹음의 절정! 애끓던 매미 소리도 장마에 잠시 그쳤다. 우리는 비 때문에 밭에 나갈 수 없다. 아, 좋다! 열심히 일했으니 쉬어도 좋다는 허락을 받은 거다. 편안히 책 들고 마루에서 빗소리 듣는다. 쏴아! 우르릉, 쾅쾅! 천둥도 치고 번개도 번쩍대면 마음은 더욱 차분해져 쏟아지는 비를 하염없이 바라본다.

빗속에서 들깨 모종 옮겨 심고 나면 농사일은 한시름 놓은 거다. 봄부터 장마 전까지 하루하루 바쁘던 농번기가 지난 것이다. 며칠째 내린 장마에 지루해진 동네 어르신들, 마을회관에 모여 닭죽도 끓이고 고기도 굽고 막걸리 추렴도 하며 재미나게 노신다. 간만에 고기냄새 맡은 동네 고양이들과 강아지들 신이 나서 꼬리치며 회관마당을 드나든다. 올해는 태풍이 올까? 그냥 지나갈까? 아이고, 이놈의 비는 좀 안 그치나? 나도 슬슬 지겨워진다. 나른하고 축축하다. 파리채 들고 파리들만 쫓아다니기도 이제 심심하다. 뭐, 재미난 일 없을까?

있다! 잠깐 장마 비가 그친 참이다. 긴 장마에 웃자란 풀들로 무성한 마당 저쪽에서 무슨 소리가 들린다. 마루에서 책을 읽다 고개를 들었다. 끼익, 끼익, 꺽! 뭔가 억눌린 신음소리 같다. 뭐지? 앗! 저것은…… 뱀이다. 1미터는 됨직한 기다란 얼룩 뱀 한 마리가 마당가에 쫙 누워 있다. 주홍빛 테두리를 화려하게 두른 걸 보니 살모사나 독뱀은 아니다. 이상한 것은 뱀이 평소처럼 스르르르 기어가는 것이 아니라 꼼짝 않고 있다는 것. 죽었나? 가만 보니 뱀이 커다랗게 입을 벌리고 있다. 벌린 입은 자기 머리통보다 서너 배는 더 커 보인다. 그 입으로 뭔가 이상한 것, 뭔가 바들거리는 다리 같은 게 두 개 삐죽 나와 있다. 저것은…… 개구리 다리이다. 뱀이 개구리를 삼키고 있었던 것이다. 끼익, 꺽 하는 신음소리는 다름 아닌 뱀의 입속으로 빨려 들어가고 있는 개구리한테서 나는 소리.

흥분과 긴장이 인다. 어쩐다? 슬리퍼를 꿰차고 얼른 토방으로 내려섰다. 막대를 하나 찾아 쥐고 뱀을 쫓아낼 생각을 했다. 뱀의 입속에서 신음하는 개구리를 구해주고 싶은 마음도 들었다. 하지만…… 그래선 안 될 것 같다. 이것은 엄연한 자연의 먹이사슬이 행해지는 장면 아닌가. 내가 개입할 일이 아니다. 뱀의 먹이는 개구리고, 개구리의 먹이는 모기나 모기애벌레인 장구벌레이고, 모기의 먹이는 내 피이고…… 그런 거다. 그게 자연의 법칙이다.

아이들을 불러서 뱀이 식사하는 모습을 함께 지켜보았다. 꽤 오래 걸렸다. 개구리 다리가 뱀 입속으로 완전히 사라지기까지 한참 걸린 것 같고, 또 그 불룩한 덩어리가 목을 지나 소화기가 있는 아래쪽으로 내려가는 데도 한참이 걸렸다. 그 시간 동안 뱀은 입을 크게 벌리고 꼼짝 도 하지 않은 채 그대로 누워 있었다. 너무 큰 개구리를 삼켜서 몹시 힘겨운 건가? 모른다. 우리가 알 리 없다. 뱀의 사생활이니 너무 많이 알려 하지 말자. 우리의 호기심은 아랑곳없이 개구리를 다 먹고 배가 동산처럼 볼록해진 뱀은 천천히 풀숲으로 사라졌다.

장마가 끝나고 불볕더위가 시작되면 먹을 것이 풍성하기 이를 데 없다. 노란 옥수수, 새빨간 토마토, 푸른 오이, 보랏빛 가지, 참외, 수박이 우르르 익어간다. 밭에 갈 때 가져가는 소쿠리가 점점 커지다가 급기야는 두세 개 더 챙겨야 할 정도. 따오고 뜯어올 것들이 너무 많다. 먹을 게 지천이니 먼 곳에서 벗들이 찾아와도 걱정할 것 하나 없다. 은하수 흘러가는 여름밤, 상큼한 토마토와 찐 옥수수로 술도 한 잔하고 세상 돌아가는 이야기들이 끝없이 이어진다.

집 옆 화장실 가는 길에 서 있는 나이 든 사과나무에는 작고 새콤한 사과들이 조랑조랑 많이도 매달렸다. 긴 장마에 우수수 떨어진 것도 많지만 여전히 별처럼 무수히 달려있다. 밭가에 심어놓은 복숭아나무에도 새색시 볼 마냥 분홍빛으로 익어가는 복숭아들이 푸른 잎 속에 여기저기 숨어 있다. 자두도 한두 개씩 여물어간다. 이제 눈치껏 벌레와 경쟁을 해야 한다. 벌레와 나, 누가 먼저 이 맛난 과일을 차지할거나!

참깨를 베어 갈무리하고 빨갛게 익어가는 고추들을 한 포대씩 따서 말리다 보면 여름의 절정은 이미 지나갔음을 깨닫게 된다. 이제 가을 김장 농사를 준비해야 한다. 배추씨도 뿌리고 무씨와 쪽파씨와 순무도 심고 가을에 먹을 시금치씨와 상추씨도 뿌려둔다.

비온 뒤 해질녘에 우리 집 터줏대감들인 두꺼비들이 엉금엉금 거름 더미 근처를 어슬렁거리고 밤이면 뒷산에서 고라니들이 짝을 부르며 애절하게 울어댄다. 은하수와 모기가 가득한 밤들과 어깨동무하며 여름이 지나간다. 별똥별을 많이 본 여름밤들.

가을

식물은 자연 속의 마법사이고 연금술사이다. 물과 흙과 햇빛을 자기만의 마법의 솥에서 부글부글 끓인 뒤 아름답고 소중한 것들로 바꾸어 낸다. 이 마법의 과정에 인간의 노동이 섞여들어 갈 때도 있지만 꼭 필요하지 않을 때도 많은 것 같다. 산과 들에 저만치 홀로 핀 들꽃을 보라. 저렇게 작은데 저렇게 오래 공을 들여서 살그머니 피어났다가 가만히 사라지다니…….

어쩌면 우리 인간은 자연 속에서 자기가 차지하는 역할을 과대평가하고 있는지도 모르겠다. 하여간 그런 꽃을 들여다볼 때는 왠지 예의를 갖추고 정성을 기울여야 할 것 같다. 좋은 친구를 사귈 때처럼. 자연 안에는 온갖 변수들이 넘쳐나고 모든 것들이 서로에게 영향을 미친다. 여름의 긴 장마, 쨍쨍 내리쬐는 햇빛. 그러다가 한 줄기 서늘한 바람이 불어온다. 가을이 오고 있는 것이다.

이제 그만 푸르러야겠다.
이제 그만 서있어야겠다.
마른 풀들이 각각의 색깔로
눕고 사라지는 순간인데

나는 쓰러지는 법을 잊어버렸다.
나는 사라지는 법을 잊어버렸다.
......

— 조태일 〈가을 앞에서〉

밤엔 풀벌레 소리 낭랑하고 서늘하지만 한낮은 여전히 뜨겁다. 그 뜨거운 햇살에 식물의 자식들인 열매와 씨앗들이 영글어간다. 초저녁 무렵, 일찍 저녁을 먹고 바람 쐬러 나가면 작은 초록 등불들이 공중을 날아다닌다. 여기서 반짝, 저기서 반짝. 와, 반딧불이다! 여연과 하연은 폴짝폴짝 기뻐하며 뛰어간다. 반딧불들이 날아다니는 저녁 들판에 서면 온 우주가 나직이 노래하는 게 느껴진다. 그 노래에 맞춰 온갖 생명들이 손을 맞잡고 빙글빙글 춤을 추는 것 같다. 나도 맨발로 그 춤에 참여하고 싶다. 별빛과 반딧불이 은은한 조명을 비춰주는 무대라면 온밤 내내 춤을 춰도 좋으리.

장마에 곰팡이 핀 고추를 정리하고 호박 썰어서 말리고 붉게 익은 토마토를 한 아름 따서 병조림을 해놓는다. 가을은 다가올 겨울에 대비해 먹을 것들을 하나둘 준비하는 계절이다. 사과도 따서 썩은 것을 도려내고 사과잼을 만들거나 효소를 만든다. 옥수수는 이제 단단히 여물었다. 말려서 겨울 저장식품으로나 써야겠다. 튀밥도 튀기고 옥수수죽도 끓이고 옥수수 빵도 맛있겠지.

그러는 중에 장마에 무성해진 풀들을 베느라 모두들 바쁘다. 우리도 풀들과 씨름한다. 숫돌에 쓱쓱 낫을 갈아서 하나씩 들고 나간다. 논둑과 밭둑에 아이 키만큼, 때로는 어른 어깨 높이까지 자란 풀들을 베어야 한다. 풀을 베면 진한 풀냄새가 공중에 떠돈다. 상큼하고 강렬하고 향긋한데다가 숨구멍과 세포 하나하나를 떨리게 하는 냄새! 당나귀처럼 코를 벌름벌름 쫑긋쫑긋 거리게 된다. 베어낸 풀들을 거름더미에다 쏟아붓는다. 그 위에는 똥거름과 오줌거름을 가져다가 쌓는다. 다시 그 위에 풀을 덮는다. 이렇게 켜켜이 쌓인 거름더미는 잘 발효되어서 내후년 즈음에는 알찬 거름이 될 테지. 이 거름은 다시 밭에 뿌려져서 옥수수를 키우고 콩과 감자도 키워낼 것이다. 땅을 살리고 보존할 수 있는 아름다운 순환이다. 개똥 하나라도 잘 모아서 거름을 만들자! 우리 집 가훈? 풀과 왕겨와 톱밥으로 잘 섞어 발효시킨 똥과 오줌은 우리 가족 농사에서 빠질 수 없는 귀중한 자원이다.

도시 살다가 시골 와서 내가 가장 홀가분해하고 기뻐했던 일 두 가지가 있다. 바로 수돗물에 똥오줌을 흘려보내지 않아도 된다는 것과 음식물 찌꺼기를 재순환할 수 있다는 점이었다. 정말 좋았다! 자기 몸에서 나온 것들을 더럽다면서 물로 씻어내 버리는 구조. 그것이 어디로 가는지에 대해서 나 몰라라 하는 구조가 나는 늘 맘에 걸렸더랬다. 귀한 물을 꼭 이런 식으로 써버려야 하나 죄책감까지 들곤 했다. 지금 전 세계가 물이 얼마나 부족해지고 있는데……. 현대문명이 세운 위생시설이 너무 근시안적인 건 아닌지 고민을 했더랬다.

여름내 푸르게 서서 춤추던 벼가 조금씩 노란 기운을 띠어간다. 한낮의 땡볕도 서서히 약해지면서 땅 위의 모든 식물과 나무들이 하나둘 가을채비를 한다. 하늘이 어찌나 맑고 깨끗한지 우러러 보기가 눈부시다. 그런 해맑고 눈부신 어느 날 기분 좋게 밭에 갔는데 뭔가가 이상하다. 으악! 산돼지들이 방문하셨도다!

땅 밑에서 토실토실 한창 영글어가는 고구마 밭이 초토화되었다. 삽으로 뒤집어놓은 것보다 더 완벽하게 밭을 갈아엎었다. 아마도 할머니 할아버지 엄마 아빠 자식 손자 산돼지들로 구성된 산돼지 일가족이 몽땅 방문하신 듯하다. 고구마는 한 톨도 남아있지 않고 짓밟힌 순들만

널브러져 있다. 밭 가장자리에 빙 둘러 심었던 옥수수 대도 모두 분질러놓았다. 이들은 고구마나 옥수수 같은 전분질을 아주 좋아한다. 밤 같은 것도 좋아하고 막걸리도 아주 좋아하신대나 뭐래나. 음, 막걸리 거나하게 드시고 취해서 비틀거리며 산속을 헤매는 산돼지 아저씨라······.

겨울 먹을거리를 빼앗긴 분노(!)로 부르르 몸을 떠는 우리는 머리를 맞댄 채 교활하고 야비한 궁리들을 짜낸다. 그놈들을 어떻게 잡지? 덫으로는 잡기가 어렵잖아. 영특하고 힘이 너무 센 놈들이야. 구덩이를 깊이 파놓고 그 속에 막걸리를 넣어둘까? 근데 그 구덩이는 누가 파냐? 여연이가 팔래? 적어도 3미터 이상은 되어야 하는데. 사냥꾼을 불러? 오, 안 돼! 그것만은 절대로! 내가 가장 끔찍해하는 소리가 고요한 산에서 "탕, 탕, 탕" 울리는 밀렵꾼의 총소리이다.

언젠가 읍내 다녀오다가 지프차를 얻어 탄 적이 있다. "고맙습니다!" 좋아라 하며 하연이와 함께 뒷좌석에 올라타 보니 장총 두 자루가 길게 의자에 놓여 있었다. 차 안에 자욱한 담배연기와 발밑에 나뒹구는 총알 통들과 기묘한 연장통들. 쇠 냄새와 야릇한 피 냄새까지 섞여 있는 듯 했다. 속이 울렁거렸다.

"아, 저기······."

내려달라 말하고 싶었는데, 앞좌석의 아저씨들은 모처럼 착한 일했다고 흐뭇해하며 차를 출발시켰다. 우리 마을까지 오는 동안 몇 마디 오간 대화.

"사냥 허가 철인가 봐요?"

"2년이나 기다렸는걸요. 얼마나 몸이 근질거리던지."

"아, 네." (근질거리는 몸을 다른 일로 푸시면 안 되나?)

"어제는 저쪽 다른 산에 갔었는데, 고작 산토끼 두 마리와 꿩 세 마리밖에 못 잡았어요."

"아, 네." (에고, 불쌍한 산토끼와 꿩!)

"눈앞에서 큰 고라니가 껑충거리며 뛰어가는 걸 봤는데 빗나갔지 뭐예요. 에잇, 참."

"아, 네." (야호, 살아난 고라니에 대한 안도의 기쁨!)

"오늘은 좀 잡히려나?"

"아, 네." (제발 총구멍이 막혀버리시길 빌어요!)

공기의 맛과 향이 달라졌다. 밤하늘에 빛나는 별자리의 위치도 조금씩 이동을 하고 있다. 벼가 익어가는 것이다. 자연이 차려입은 옷 색깔이 하루하루 조금씩 변화해간다. 여름내 입어온 쩡쩡한 녹음과 그 짙은 초록에 지친 것일까, 지겨워진 것일까. 다랑이 논들에 심어진 벼들이 노오랗게 익어가는 풍경은 절실하게 인간적인 감동을 선사한다. 쌀은 우리의 귀한 한 해 양식이다. 고개 숙인 벼 이삭들이 한 톨 한 톨 영글어가는 것을 손바닥으로 어루만지다 보면 이런 시가 떠오른다.

벼는 서로 어우러져
기대고 산다.
햇살 따가워질수록
깊이 익어 스스로를 아끼고
이웃들에게 저를 맡긴다

— 이성부 〈벼〉 중에서

벼가 익어가는 냄새는 고향의 냄새이다. 이 냄새를 맡으면서 나는 인간이라는 생명이 계속 이어지리라는 희망을 품곤 한다. 이 한 톨의 쌀알에는 봄과 여름과 가을 동안 흙이라는 마법의 솥에서 변신해온 생명의 리듬이 순수하게 간직되어 있다. 논에 갈 때마다 한두 톨의 벼 알갱이를 입에 넣고 터트려본다. 물기가 많고 채 여물지 않은 풋풋하고 여린 쌀알의 맛! 절로 흐뭇한 미소가 떠오른다. 아직 덜 여문 풋옥수수 알갱이를 입에 넣고 씹을 때도 비슷한 맛이 났다. 곡식의 풋풋하고 달콤한 맛.

이제 다시 바빠진다. 가을 수확 철이 다가왔다. 땅콩도 캐고 들깨도 베고 팥이며 콩들도 베어 널어야 한다. 키다리 수수도 베어야지. 이 중에서 벼 베기가 가장 중요한 일이다. 며칠 동안 논에 낮게 엎드려 낫질을 하다 보면 허리도 쑤시고 손바닥의 굳은살은 더욱더 두꺼워진다. 그래도 함께 열심히 벼를 베는 여연이가 대견하다. 언젠가는 이 아이도 깨닫겠지. 농사일에 얼마나 소중한 의미가 있는지를.

벼를 베다가 힘이 들면 모두 논두렁에 퍼질러 앉아서 새참을 먹는다. 선선하고 달콤한 공기가 흐르고 햇살은 투명하고 메뚜기들이 톡톡 뛰어다닌다. 메뚜기 잡아서 볶아먹자! 아휴, 싫어! 난 메뚜기 잡는 건 재밌는데 먹는 건 영 그래! 하연이도 커다란 낫을 들고 왔다갔다한다. 벼를 열심히 베나? 글쎄, 하연이에게 벼 베기는 놀이의 연장인 것 같다. 그래도 좋다. 아이들아, 모두들 와서 이 벼이삭 냄새 좀 맡아 보렴! 이건 생명의 냄새란다.

타작을 한 가을 밭에 겨우내 자랄 보리와 밀을 뿌려두고 마늘과 양파 밭을 만들다 보면 어느새 서리가 내린다. 10월 말이나 11월 초, 어느 이른 아침에 눈을 떠보면 세상이 또 한 번 완벽하게 변해 있다. 여름내 그토록 무성했고 어제까지 밭을 덮고 있던 초록의 이파리들이 전부 푹 수그러들었다. 특히 잎이 넓은 호박잎들은 서리에 완전히 쪼그라들어 옛 모습은 눈곱만치도 찾을 길 없다. 이제 그만 푸르러야겠다고 결심한 자연이 다시 마술을 부린 것이다. 왠지 섭섭하고 쓸쓸해지는 마음. 그래도 눈을 들면 뒷산에는 알록달록한 단풍들이 화사하고, 김장용 배추며 무잎들은 여전히 싱싱하다.

산길엔 연보라빛 쑥부쟁이며 하얀 구절초와 샛노란 산국 같은 들국화들이 여기저기에서 피어난다. 여름내 꽁꽁 숨어 있던 숨바꼭질 별들처럼 우리가 지나가면 불쑥 얼굴을 내밀고 웃어댄다. 까꿍! 놀랐지? 나 여기 있었지롱! 마당가에 몇 송이 피어난 국화꽃들과 함께 가을은 깊어간다.

뜰에 어여쁜 국화가 피었습니다.
이맘때 피는 꽃은 별로 없는데
노란별처럼 반짝반짝 피었습니다.
주변에는 갈색의 낙엽
시들은 잡초 조금 있을 뿐
만약 국화가 꽃 만발한 봄과 여름에 피었다면
저리 예뻐 보이지 않을 텐데…….
갈색의 뜰에서
노란 국화가 반짝반짝 빛납니다.

—하연이가 2010년 가을에 쓴 시 〈국화〉

기러기떼가 V자를 그리며 먼 남쪽으로 날아간다. 이제 그만 사라지는 것들, 쓸쓸히 부는 바람, 소슬한 마음!

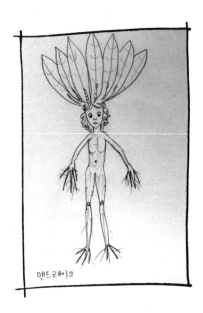

겨울

겨울이 오고 있다. 다가올 여유로운 시간과 한가함이 너무 기뻐서 공연히 혼자 웃는다. 잠시나마 너그러워져서 모든 것들에게 친절을 베풀고 싶다. 그동안 나를 유혹하는 것들이 너무 많았다. 봄 산, 여름 들판, 가을 하늘! 그런데 봄, 여름, 가을에는 내게 시간이 부족했다. 이제 겨울이 온다. 농사일이 다 끝났으니 한가롭게 즐기며 보내도 좋을 시간.

가난한 내가
아름다운 나타샤를 사랑해서
오늘밤은 푹푹 눈이 나린다

나타샤를 사랑은 하고
눈은 푹푹 날리고
나는 혼자 쓸쓸히 앉어 소주를 마신다
소주를 마시며 생각한다
나타샤와 나는
눈이 푹푹 쌓이는 밤 흰 당나귀 타고

산골로 가자 출출이 우는 깊은 산골로 가 마가리에 살자

눈은 푹푹 나리고
나는 나타샤를 생각하고
나타샤가 아니 올 리 없다
언제 벌써 내 속에 고조곤히 와 이야기한다
산골로 가는 것은 세상한테 지는 것이 아니다
세상 같은 건 더러워 버리는 것이다
......

— 백석 〈나와 나타샤와 흰당나귀〉 중에서

　가을걷이가 얼추 끝나가는 늦가을부터 우리는 산책을 자주 나간다. 집 근처 산길들을 주로 걷는다. 날씨까지 더할 나위 없이 완벽하다. 선선한 바람, 투명한 햇살, 춤추는 들국화들, 겨울 준비에 바쁜 청설모들이 자주 눈에 띈다. 여연은 이제 쑥 커버려서 혼자 산책가기를 좋아하지만 하연은 어릴 때처럼 엄마와 손잡고 종알대며 산길 걷는 것을 여전히 즐거워한다. 우리가 손잡고 산길을 거닐 이 시간들이 나한테 얼마나 많이 남아 있을까. 강아지는 저만치 앞서서 달려가고 있다. 가끔씩 우릴 뒤돌아보며 기다려준다.

찬바람이 불면 아궁이에 불을 지펴서 방을 따뜻하게 덥혀야 한다. 불 때는 철이 된 것이다. 불을 경험하는 일, 연기를 내며 장작불이 타들어가는 모습을 지켜보는 일은 하염없이 몰입하는 경험이다. 분노처럼 활활 타오르던 괄한 불이 점점 수그러들면서 보석만큼 찬란한 빨간 잉걸불로 변해간다. 보고 또 보고 아무리 봐도 질리지 않는다. 한아름의 장작이 한줌의 재로 변하는 동안에 느끼는 무아(無我)의 세계. 명상 시간이 따로 필요 없다. 겨울에 불을 때다 보면 아궁이와 굴뚝은 물론이고 우리 얼굴에도 새까만 연기 그을음이 끼는 것 같다. 세수했니? 응? 아니. 엄마는 세수 했어? 아니, 안 했어. 너무 춥잖아!

집에 보일러 시설이 없으니 따뜻한 물을 쓰려면 솥에다 불을 때야 한다. 한 겨울 얼음처럼 추운 날 찬물에 밥을 하려면 고무장갑을 끼어도 손이 시려 오고 몸도 오들오들 떨린다. 겨울철에 우리 집에 온 손님들은 많이 불편해한다. 그들에겐 미안해도 우리는 익숙해서인지 그냥 저냥 잘 살아간다.

늦가을에 땅을 파고 묻어놓은 것들은 괜찮겠지만 날이 추워졌으니 당장 먹을 배추며 순무며 당근은 얼지 않게 잘 덮어둔다. 겨울에 먹을 저장 식품들도 정리해둔다. 말린 시래기, 말린 호박과 버섯, 말린 묵나물들. 김장을 하고 메주를 쑨다. 메주콩 삶는 구수한 냄새가 동네 골목

바라보는 것과 기다리는 것, 그것이 아름다움에 어울리는 태도이

아름다움은 영혼에 숨어드는 허락을 구하기 위해서 육체를 유혹한

— 시몬느 베이유 〈중력과 은

을 휘돌면 우리도 가을에 털어서 골라놓은 메주콩을 물에 담근다.

다음 날, 가마솥에 불린 콩을 넣고 푹 물러지도록 삶는다. 여연이는 종일 장작불 보느라 얼굴이 발그레하다. 하연이는 깨끗한 비닐로 두 발을 꽁꽁 싸맨 채 자루에 넣은 뜨거운 콩을 발로 밟아 으깬다. 자루 위에서 폴짝폴짝 뛰기도 하고 잘근잘근 밟아주기도 하고. 이제 메주 모양 만들기. 꾹꾹 찰싹찰싹 치대가며 둥글고 네모나게 만든 메주 덩이들을 구들방에 지푸라기 깔고 말린다. 하루 꼬박 일했다. 며칠 뒤 메주에 살짝 곰팡이가 피면서 얼추 겉이 마르면 짚으로 엮어서 양지바른 곳에 잘 매달아둔다. 겨우내 햇빛과 찬바람을 맞으면서 조금씩 떠갈 것이다. 이제 보니 청국장도 만들어 먹어야겠네.

사람들이 작은 화분에라도 좋으니 가능한 한 먹을거리들을 직접 길러보는 경험을 해보았으면 좋겠다. 땅에 묻힌 씨앗에서 꽃으로, 꽃에서 열매로, 음식으로, 찌꺼기로, 결국 썩어서 땅에 되돌아가는 아름다운 에너지 순환을 꼭 경험해보았으면 싶다. 특히 아이들이! 그러면 아이는 자기가 기른 것에 대해서 책임을 느낄 것이다. 자기가 먹는 것이 어디에서 왔는지를 알기 때문에 고마워하며 먹을 것이다. 교육이 이런 앎을 키워주는 것이라면 얼마나 좋으랴! 교육은 궁극적으로 환경교육이 되어야 한다고 생각한다. 자기를 둘러싼 세상에 대한 앎.

그다음에는 자신이 먹을 것을 스스로 준비해보는 거다. 음식 만들기와 부엌살림의 기쁨을 되살려내는 일은 아이와 즐겁게 해볼 수 있는 일이다. 직접 기른 게 아니라면 그 음식 재료들이 어디에서 생산된 것인지를 알아보고 가까운 지역에서 온 재료들을 산다면 좋을 것이다. 자기가 사는 지역의 유기농 농부들과 직거래하는 방법을 찾을 수 있다면 더욱 좋으리라.

이제 우리는 따스한 방에서 한가롭게 책을 펼쳐든다. 어느 땐 그냥 가만있어도 좋다. 땅에 개입하던 두 손을 자유롭게 풀어놓고 우리가 살고 있는 이 땅이 어떤 것인지를 되돌아본다. 재능과 집착과 배짱으로 한 세상을 살다간 풍운의 인물들 이야기나 우여곡절 많은 인생들과 쓰라리고 고독한 인생 이야기를 읽는다. 소설 읽기 좋은 밤들이 이어지고 멀리서 휘파람새가 "휘이익~ 휘이익~" 우는 밤이 깊어간다.

흰 눈이 내린다. 밤새 소복이 쌓이기도 하고, 차가운 기온에 꽁꽁 얼어붙기도 하고, 매서운 돌풍에 흩날리기도 한다. 시골길을 걷기에 고즈넉하고 아름다운 날. 눈을 고스란히 맞는 경험은 그나마 우리가 자연을 몸으로 느끼고 맛볼 수 있는 드문 기회들 중의 하나이다.

눈 내리는 산길을 천천히 걷는다. 걸으면서 이 하늘 아래 살고 있을 어떤 수수한 인생들에 대해서 생각한다. 눈처럼 소박한 인생들을 떠올

리며 삶이란 얼마간 굴욕을 지불해야 지나갈 수 있는 길인가를 묻는
다. 글쎄, 잘 모르겠다. 나도 내 길을 걸어오면서 내 몫의 굴욕을 지불
했던가? 그랬던 것도 같다. 입술을 깨물며 굴욕과 치욕을 목구멍 속으
로 삼키던 날들. 그런데 이 눈길에서는 왜 그날들이 전생처럼 아득하
기만 할까. 문득 웃고 싶다.

세상의 꼴찌인 바보들과 아이들은 다 어디 있는가? 그들과 어깨 걸
고 이 눈길에서 달음박질도 하고, 눈싸움도 하고, 벌렁 누워 양팔을 내
저어 눈 천사도 만들어보고 싶다. 뭐, 혼자면 또 어때랴? 눈 내리는 산
길을 혼자 신나게 달린다. 헉헉대며 멈춰서 묏등 옆에 쌓인 평평한 눈
위에다 내 몸만 한 눈 천사 하나를 남겼다.

가난한 백석 시인이 "아름다운 나타샤를 사랑해서 눈은 푹푹 나리
고……" 우리는 책을 읽는다. 아침부터 밤까지 밥해 먹기나 불 때기처
럼 꼭 해야 할 두어 가지 일만 하고 종일 책을 읽는 날이 많아진다. 내
리는 눈과 고요한 시간들 속에서 나는 행복하다. 처음에는 책상 앞에
단정히 앉아서, 춥다며 이불 속에 들어가 앉아서, 허리가 아프다며 슬
그머니 엎드리다가, 급기야 드러누워서 책을 읽는다. 따끈한 방구들에
등이 따듯해진다. 잠이 솔솔 찾아온다. 쿨쿨. 음냐 음냐. 아름다운 나타
샤가 흰 당나귀 타고 산골로 가는 꿈을 꿀 거나.

겨울에 읽기 즐거운 책들은 텃밭 기르는 이야기, 정원 가꾸기, 원예 이야기 등이다. 그 유명한 타샤 튜더 할머니의 화사한 정원들, 스웨덴 작가 크리스티나 비외르크의 〈리네아의 이야기〉 시리즈들(어린이용 책이지만 재미있다.), 헤르만 헤세가 만년에 썼다던 나무와 정원 가꾸는 이야기, 체코 작가 카렐 차페크의 유머 가득한 정원 일 이야기, 다이앤 애커먼의 정원 일에 관한 지적이고 탐미적인 산문, 최근에는 마이클 폴란이 독특한 시각으로 쓴 정원 이야기와 윌리엄 알렉산더라는 남자가 흙과 동식물과 벌였던 유쾌한 전쟁 이야기를 읽었다. 읽으면서 "하하." 웃었다. 일본인 사토우치 아이가 쓴 《원예도감》도 아기자기 알콩달콩 읽힌다. 박원만 씨가 쓴 텃밭 농사에 관한 책은 문학적 즐거움은 없지만 꽤 실용적이다. 약초도감이나 본초도감 들여다보는 재미도 넉넉하다.

몽테뉴를 읽기에도 좋은 계절이다. "크세주! 나는 무엇을 아는가?"를 평생 묻고 또 물었던 16세기 인본주의자. "삶의 가치는 높이 올라가는 데 있는 게 아니라 질서 있게 행동하는 데 있다."고 생각하고, "삶의 위대함은 위대함 속에서가 아니라 평범함 속에서 발휘된다."고 믿은 사람. 이 몽테뉴 읽기는 때로 지루하기 짝이 없어서 하품이 쩍쩍 난다. 그래서 겨울에 읽어야 한다. 다른 계절이라면 읽을 맘이 전혀 안 드는 전쟁 이야기들과 정치 이야기들이 겁나게 많으니까. 그래도 보석들이

곳곳에 숨어 있으니 보물찾기를 해본다. 올 겨울에 읽은 구절 하나.

"당신이 비겁하고 잔인한지 충직하고 헌신적인지의 여부를 아는 것은 오직 당신뿐이다. 남들의 눈에는 결코 당신이 안 보인다. 그들은 당신의 본성을 보기보다는 오히려 당신이 부리는 기교를 볼 뿐이다. 그러니 그들의 판단에 개의치 말라. 오히려 당신 자신의 판단을 중히 여겨라."

밤새 잘그랑거리다
눈이 그쳤다.

나는 외따롭고
생각은 머츰하다

— 문태준 〈누가 울고 간다〉 중에서

나도 외따롭고, 눈이 그쳤고, 생각은 머츰하고, 겨울이 천천히 가고 있다. 오리온 별자리가 주위에 창창한 별들을 거느리고 차가운 겨울 밤하늘을 가로지르고 있다.

에필로그

우리는 희망이 필요한 존재이고, 희망이 없으면 현실에서의 삶을 버티기가 무척 어렵다는 생각이 든다. 그런데 이 책을 쓰면서 희망과 환상보다 냉혹한 현실인식이 한발 앞서나가는 바람에 당혹스러울 때가 많았다. 내 세대야 그렇다 치더라도 우리 아이들 세대가 살아갈 세상은 대체 어떻게 되어갈까? 정말 근심이 되기 때문이다. 판도라의 상자 속에서 희망을 꺼내고 싶은데, 희망은 영영 안 나오고 자꾸 께름하고 불길한 것들만이 꺼내질까 두려웠고 지금도 걱정이다.

아이들이 살아갈 푸르른 미래가 그려지지 않아서 머리를 땅에 수그리고 울고 싶은 적이 있었다. 가장 직접적인 이유는 이 책을 한창 쓰고 있을 무렵에 일본에 덮친 쓰나미 소식과 원전 사고 소식 때문이다. 딸들과 마을회관에 가서 TV를 보는데 몸이 떨려왔다. 상처 입은 이 행성이 몸을 흔들며 아프다고 그만하라고 외치는 것처럼 느껴졌다.

이 지구라는 행성은 인간을 비롯한 온갖 생명체들을 태어나게 하고 품어온 참으로 귀한 행성이지만, 인간이 꼭 있어야 하는 곳은 아니다. 인간 없이 아주 오랫동안 지냈고 앞으로도 그럴 수 있다. 이 지구와 다른 생명체들이 우리에게 이렇게 속삭이는 것만 같다.

"그대 인간들을 만나기 전에 우리는 그대들 없이도 잘 지내왔다오. 지금 당장 그대들이 없어져도 우리는 너무나 잘 지낼 거라오. 아니, 그대들이 없어야만 우리가 더 잘 지낼 수 있을지도 모르겠소."

이런 인식이 인간인 나를 아프게 한다.

나는 결코 인간 혐오론자가 아니다. 도리어 인간으로 태어나서 살아가는 이 삶을 한껏 사랑하는 사람이라고 생각한다. 그런데도 지금 인간이 벌여놓은 문화나 문명에 대해서는 부정적이라서 스스로 갈등과 모순에 빠지곤 한다. 내가 사랑하는 구체적인 개개인들과 내가 꺼리는 부패한 인간 집단들을 어떻게 연결시킬 수 있을까? 우리는 모두 깨끗한 공기, 물, 음식, 보금자리 같은 서식지가 필요한 존재들이다. 그런데도 자기 서식지를 제 손으로 파괴하는 이상한 존재들이기도 하다. 주로 이런 관점에서 생각하고 글을 썼다. 나는 인간이 모든 것을 지배할 수 있고 인간만이 행복해야 한다고 생각하는 인간 우월론자는 아니다.

"행복한 사람들은 좀처럼 자신의 결점을 고치지 못한다. 행운이 그들의 잘못된 행실까지 무마해주고 있어서 언제나 자기가 옳다고 생각하기 때문이다."라고 라로슈코프는 말했다. 희희낙락 행복한 사람이 되기에는 우리 발밑이 너무 흔들린다. 나는 그리고 우리 인간들은 너무나 많은 결점들을 고치지 못하고 있다. 앞으로는 고칠 수 있을는지……. 인간이 함께 존재하는 세상이 인간 없는 세상보다 아름다울 수 있다면 얼마나 좋겠는가를 소망해본다.

그래도 책을 끝냈다. 이 혼돈 속에서도 나는 한 가닥 희망의 끈은 놓지 않은 모양이다. 이 책을 읽은 독자들이 과연 이 희미한 끈을 발견했는지는 잘 모르겠다. 누구나 금방 찾을 수 있도록 눈에 확 띄게 그 끈을 진열하지는 못한 것 같다. 그래도 나름대로는 열심히 이런저런 말을 건넸다. 혹 낯설고 거친 표현과 독선이 글 속에 들어있어서 읽는 이의 눈에 거슬렸다면, 글쓴이의 소양이 부족하고 글재주가 없으며 인간적인 성숙도 전혀 안 돼 있구나 여기고 너그러이 이해해주길 바란다.

　　처음에는 나도 붉은 장미꽃잎만큼이나 화사하고 향기롭고 싱그러운 글을 쓰고 싶었다. 하지만 쓰다 보니 도대체 그럴 수가 없었다. 내 안에 숨어 있던 탱자가시들이 뽀족하게 삐져나와 허영의 풍선을 찔러대기 일쑤였기 때문이다. 장미꽃은 지나친 야망이었던 것이다. 그저 봄 산 아련히 피어나는 노오란 생강나무 꽃이나 울타리 사이 하얀 탱자 꽃 정도라도 된다면 행운이겠다.

　　'생태주의'라는 그릇은 크고 넓고 소중한데, 그 안에 담기에는 우리 세 모녀의 삶이 지지부진하고 옹졸하고 볼품없는 탓도 있다. 다 쓰고 나니 부끄럽고 괴로워진다. 아, 하늘을 우러러 한 점 부끄럼 없이 살려면 이런 글을 쓰겠다는 허영심에 유혹당하지 말았어야 했다. 어쩐다, 쓰겠다고 하고선 계약금도 냉큼 받아 다 써버렸으니…….

　　늦가을 볕이 내리쬐는 물 마른 논바닥에서 그래도 살아보겠다고 진흙구멍을 찾아 기어들어가는 미꾸라지들이 떠오른다. 물거품 몇 방울만 있어도 끝내 버틸 수 있는 강한 생명력을 가진 녀석들이다. 땅밑 어디에선가 이 생명들이 숨쉬며 견디며 기다리고 있다. 이 생명들에게 따뜻한 물을 건네줄 이들은 어디 있는가? 보살피고 길러내는 이들, 어루만지고 쓰다듬어주는 이들, 땅과 자연의 파괴에 분노하고 저항하고 행동하는 이들! 이 지구 어디에선가 열심히 살아가고 있을 이들 에코 페미니스트들과 에코 아나키스트들에게 나의 사랑과 존경을 보내면서 이 책을 썼다. 이들은 내 삶이 가까이 다가가서 사랑하고 닮고 싶은 모델들이다.

아이들도 관심 있는 주제들에 관해서 글을 써 보았다. 이 글들을 써나가면서 우리 세 모녀는 전보다 좀 더 깊은 대화를 많이 나누었다. 우리 삶을 중간에서 정리해보는 기회여서 나름대로 의미가 컸다. 물론 우리는 여전히 사소한 것들을 가지고 티격태격하고 서로한테 잘난 척을 하며 살고 있다. 그래도 삶이란 언제나 변화한다는 것을 아이들을 보면서 깨닫곤 한다. 힘껏 자라고 자유롭게 살아가길!

나는 우리 인류가 어디에서 왔고 왜 생겨났는지를 잘 모르겠다. 어디로 가고 있는지도 잘 모른다. 그럼에도 한 사람의 인간인 나는 한줌의 허영심과 한줌의 자부심을 갖고서 내 자신의 좁은 길을 갈 수밖에 없을 것이다. 땅에 뿌리박은 이 길을 가면서 열심히 사랑하길 바랄 뿐이다.

지금은 봄, 마당에 수선화와 튤립이 피어났다. 산에는 진달래와 생강나무 꽃들이 만발하다. 지난 겨울의 혹한을 이기고 피어나는 이 꽃들에게 바닥을 치고 나서 솟구쳐 오르는 나의 사랑을 전하고 싶다. 너희들이 바로 희망이구나. 고맙다! 굳건히 간직하고 있다가 피어나는 사랑의 엄숙하고 외로운 사명을 알게 해주어서.

　이 책의 초고를 읽고 격려와 조언과 질책을 해준 경미씨, 영경씨, 경옥 선생님, 재희 선배에게 감사를 전한다. 시골 사는 우리 세 모녀에게 늘 변치 않는 지지와 사랑을 보내주고 있는 오랜 벗들과 종민 선배, 혜련 선배에게는 고맙다는 말을 꼭 하고 싶다. 혜련 선배는 초고를 읽고서 애정 가득한 비판으로 나한테 부족한 게 무엇인지를 아프게 일깨워주었다. 그리고 인주 선배는 먼 길을 달려와서 밤늦도록 초고 하나하나를 짚어가며 진지하고 지적인 토론을 해주었다. 글 때문에 풀이 죽어있는 나에게 얼마나 힘이 되었는지 모른다. 이들의 호의 어린 충고 덕분에 글을 고치면서 또다시 많은 걸 깨닫게 되었다. 그리고 가뭄에 단비처럼 우리에게 기꺼이 사랑과 도움을 나누어준 여러 사람들을 떠올린다. 특히 정규 그림 교육을 받은 적은 없으나 숨은 재능과 열정을 여전히 지닌 채, 침침해진 눈으로 우리 세 모녀를 스케치해준 길영 오빠에게 너무나 고맙다는 말을 전하고 싶다. 모두 고맙습니다!

아버지는 일요일에도 일찍 일어나
검푸른 추위 속에 옷을 입고
날마다 모진 날씨에 일하느라
갈라져 쑤시는 손으로

재속에서 불씨를 찾아 살려놓았다.
하지만 아무도 고마워하지 않았다.

잠에서 깨면 추위가 바스러지는 소리가 들렸다.
방이 따뜻해진 뒤에야 아버지는 우리를 부르셨고
그제야 나는 느릿느릿 일어나 옷을 주워 입고
오랜 시간 쌓인 집안의 분노가 두려워

아버지에게 건성으로 말을 건네곤 했다.
추위를 녹여주고 내 신발까지
닦아놓은 아버지에게 말이다.
내가 그때 어찌, 어찌 알았을 것인가
사랑의 엄숙하고 외로운 사명을

— 로버트 헤이든 〈그 겨울의 일요일들〉

p.s 글을 쓴 뒤 일 년 정도 지나서 책이 나왔는데 그동안 우리 삶에도 작은 변화들이 있었다. 그러다 보니 오해의 여지가 생겨난 것 같다. 이 책을 읽다 보면 논 농사를 우리 세 모녀가 온전히 지은 것처럼 읽히게 되는데, 사실은 그렇지 않다. 4년 정도 우리 가족과 인연을 맺어온 남자의 도움이 있어서 가능했다는 사실을 밝혀둔다.

세 모녀 에코페미니스트의 좌충우돌 성장기

없는 것이 많아서 자유로운

초판 1쇄 발행   2012년 3월 10일
초판 4쇄 발행   2016년 7월 5일

지은이 도은·여연·하연

펴낸곳 (주)행성비
펴낸이 임태주

출판등록번호 제313-2010-208호
주소 서울시 마포구 토정로 222 한국출판콘텐츠센터 318호
대표전화 02-326-5913 팩스 02-326-5917
이메일 hangseongb@naver.com 홈페이지 www.planetb.co.kr

ISBN 978-89-97132-14-0 (03810)

행성B 잎새는 (주)행성비의 픽션·논픽션 브랜드입니다.